***Philippe Lemaire** est grand reporter à France 3. Auteur de chansons, réalisateur de films documentaires, il se fait remarquer dès son premier livre* Les Vendanges de Lison. *Depuis, le succès ne l'a jamais quitté. Tous ses romans sont parus aux éditions De Borée.*

Le Chemin de poussière

Du même auteur

Gus, collection Romans, De Borée, 2010.
Compagnons de fortune, collection Romans, De Borée, 2009.
La Soureillade, collection Romans, De Borée, 2007.
La Belle absente, collection Romans, De Borée, 2006.
Le Chemin de poussière, collection Romans, De Borée, 2005.
Les Vendanges de Lison, collection Romans, De Borée, 2004.
Les Cévennes au cœur, éditions La Fontaine de Siloë, 2003.
Il était une fois la châtaigne, De Borée, 2001.

Imprimé en U.E. en janvier 2011
Dépôt légal : février 2011
ISBN : 978-2-8129-0299-4

PHILIPPE LEMAIRE

LE CHEMIN DE POUSSIÈRE

De Borée
Terre de poche

À Moïse Bacri pour ses souvenirs rassemblés dans « La Branche de l'arbre », à Françoise et Jacques Boyer qui ont réussi avec leur « numéro 7 » tiré de leurs vignes du Languedoc un vin d'exception qui m'a beaucoup aidé à trouver l'Inspiration, à Jean Bissuel, à Jérôme Berruyer, à Patricia Monti, à Muriel Lemaire.

À Muriel.

I

Les pleurs de l'enfant

Elle vit l'enfant, sans éprouver aucun sentiment de tendresse particulier, prendre son élan et se mettre à courir sur le chemin avant de venir buter sur les premières pierres. Elles représentaient autant d'obstacles qu'il franchirait avec un petit rire d'orgueil qui se transformerait en larmes quand il finirait, Sarah en était sûre, par chuter douloureusement. Peut-être son genou se mettrait-il à saigner ? À moins qu'une longue estafilade ne lui ensanglante le front. Ses pleurs redoubleraient alors de violence à la vue de son propre sang. La plus totale incompréhension se peindrait sur son visage devant le mystère de la souffrance.

Cependant, Sarah était incapable d'esquisser le moindre geste pour le retenir, de pousser la moindre exclamation pour obliger l'enfant à ralentir sa course. Pour le moment il courait. Il devenait oiseau. Automobile. Éclat de rire. Il se retourna pour être certain que sa mère l'admirait sans pouvoir se rendre compte que ce qu'il prenait pour de l'admiration n'était qu'une indifférence fatiguée.

L'enfant était vêtu d'un bermuda de toile beige qui lui descendait jusque sous ses genoux grêles, et d'une petite chemisette à rayures horizontales grises et bleues qui barraient son étroite poitrine.

La chaleur était accablante. Elle brûlait les poumons de Sarah, comme la fumée âcre de ces cigarettes soviétiques auxquelles elle avait récemment renoncé sans vraiment savoir pourquoi.

Elle n'avait pas non plus la force, ni l'envie sans doute, d'appeler l'enfant pour le faire revenir et le coiffer d'un petit bob de toile blanche, dont elle tenait la bride passée autour de son avant-bras, et qui l'aurait protégé de la morsure du soleil. Sarah était même certaine que, si elle avait voulu crier, aucun son n'aurait franchi la barrière de ses lèvres, qu'il se serait dissous dans la chaleur vibrante de ce jour de plein été.

Dans sa main fermée, elle serrait si fort les trois ou quatre petits cailloux qu'elle avait pu ramasser que les articulations de ses doigts en étaient devenues blanches. C'étaient des cailloux bien lisses, ballottés pendant des millénaires au fond du lit du fleuve qui les avait polis, lustrés, arrondis pour finir par faire ressembler ces petites choses insignifiantes et inertes à des objets précieux parce qu'elle les avait choisies.

Le premier surtout. Au toucher, il était d'une douceur soyeuse avec des reflets bleutés. Il était parcouru de minuscules veinules blanches qui donnaient l'impression qu'il allait se mettre à vivre dans sa paume. C'est le premier qu'elle poserait sur la tombe comme le voulait la tradition.

Sarah tituba sous la violence inouïe de ses émotions et de ses souvenirs. Elle avait le front en sueur, sans qu'elle sache avec certitude si c'était à cause du tumulte de ses sentiments ou de la chaleur. Toujours est-il qu'elle sentait à intervalles réguliers des gouttes se détacher de son front, glisser le long des ailes de son nez avant de venir se dissoudre sur l'arrondi du sein et nourrir la pellicule de moiteur acide qui formait une sorte de seconde peau sous ses vêtements, un pantalon de toile et une chemise en lin clair qui devait être d'homme.

« Allons… petit soldat ! Il ne faut pas te laisser attendrir. Serre les poings. Tire le verrou. » Plus Sarah se répétait cela, et plus elle sentait ses paupières se gonfler. Elle finit par fondre en larmes. Des larmes brûlantes. L'enfant, qui avait deviné d'instinct qu'il se passait quelque chose de grave, était revenu en courant vers sa mère et la regardait stupéfait.

« Dis, Mam… pourquoi tu pleures ?… Ce sont les enfants qui pleurent d'habitude !

– C'est rien… c'est le soleil !

– Voui… Le soleil, y pique les yeux. »

Le chemin, qu'elle n'avait reconnu qu'après une hésitation parce qu'il était envahi par un taillis de ronces, montait en pente douce jusqu'à la maison qu'elle ne pouvait voir de là où elle se trouvait parce qu'il faisait un coude à travers la vigne.

Il ne présentait aucune difficulté particulière sauf qu'il n'était plus entretenu depuis des années. Il était retourné à l'état sauvage, tout comme la vigne. Cette impression d'abandon, de désolation avait quelque chose d'insupportable qui paralysait Sarah. Elle restait figée sur place, les bras ballants, incapable de bouger dans la fournaise de cet été sans souffle, aussi cassant et sec que du bois mort.

Le ciel était d'un blanc de craie, si blanc qu'on aurait dit qu'il allait s'effriter comme les pierres d'un vieux monument. Le soleil semblait fouiller de ses griffes de vautour les flancs de la colline qui glissait vers la rivière à laquelle Sarah venait soudain de penser. Peut-être que là-bas elle trouverait un peu de fraîcheur, un peu de paix… oui, reprendre ses esprits comme on reprend haleine.

Pourtant elle ne bougeait pas. D'ailleurs à quoi bon. Normalement elle aurait dû entendre le gazouillis de cristal de la rivière. Et là, pas le moindre son comme si la chaleur avait étendu la chape de son silence par-dessus le paysage. Même pas un cri d'oiseau. Il n'y avait de vivant, dans cet univers calciné aux reflets mauves et roux, que les silhouettes en quenouille des peupliers qui marquaient le cours d'une rivière qui devait être à sec. Alors Sarah restait là, pétrifiée, au milieu du chemin, comme si elle appartenait désormais elle-même à ce paysage minéral. Mais elle avait fermé les yeux pour ne plus voir la vigne, parce que c'était une vigne en train de mourir. Et ce soleil semblait en prolonger l'agonie.

Depuis longtemps les ceps avaient perdu le bel alignement qui avait fait la fierté de son père. La vigne n'était plus qu'une carapace informe de feuilles grisâtres que les herbes folles, les chardons et les ronces achevaient d'étouffer comme les mâchoires d'un piège.

Depuis belle lurette, les échalas s'étaient brisés et finissaient de se transformer en poussière sur le sol desséché. De toute façon, ils ne servaient plus à rien puisque plus personne ne venait relever les sarments pour les attacher au début de l'été. D'ailleurs, les rares sarments encore vivants rampaient pitoyables et inutiles, sur le sol caillouteux. Ne subsistait plus de cette aristocratie orgueilleuse de la vigne que cette pantomime grotesque et désespérée qui bouleversait Sarah. Depuis longtemps les sarments ne portaient plus la moindre grume. Quand, par hasard, une grappe avait échappé au carnage de l'abandon, le soleil en avait aspiré le jus avec voracité, ne laissant que des grains aussi flasques, aussi ridés que la peau d'une vieille femme. Ce n'était pas une absence de vie qui sourdait de ces vignes à l'abandon mais une agitation brouillonne, désordonnée qui mimait la vie.

Du reste, beaucoup de ceps déjà morts pointaient vers le ciel comme un reproche leurs griffes tordues et stériles.

De temps en temps surgissait pourtant de ce chaos un cep plus vigoureux que les autres ou peut-être plus acharné que les autres à survivre et qui avait réussi à préserver quelques belles grappes à l'abri de feuilles généreuses. Oh ! elles ne pesaient pas bien lourd ces grappes ! Elles auraient tout entières tenu dans la main de l'enfant mais on devinait, dans la sombre transparence d'améthyste des grains minuscules, leur acharnement à rester en vie. Elles avaient refusé de perdre le combat contre les ronces. Contre la mort.

« Si quelqu'un s'intéresse un jour à nouveau à cette vigne, ce serait bien de tout faire repartir de ces ceps qui ont tenu bon, se dit Sarah, parce que toute cette souffrance devrait donner un sacrement bon vin ! »

Sarah était arrivée à Magalas sous une lumière vibrionnante qui paraissait soupeser le silence des volets clos. Le village très escarpé était plongé dans la torpeur de cet après-midi torride. La jeune femme avait cherché un endroit protégé du soleil pour garer sa voiture mais les places sous les arbres qui dispensaient une ombre chiche et tiède étaient déjà occupées, si bien qu'elle avait dû se résigner à la garer en pleine fournaise. Elle appréhendait le moment où elle devrait reprendre le volant. Elle n'avait pas l'intention de s'éterniser dans ce pays. L'enfant s'était assoupi sur le siège arrière. Énervée, elle le bouscula pour le remettre debout avant de le traîner par la main pour gagner les ruelles étroites et sombres qui s'enroulaient autour de l'église.

Parfois un carré de vignes soigneusement peigné se découpait à l'extrémité d'une de ces ruelles dans un rectangle de lumière intense et floue. Sarah savait que n'importe où elle tournerait son regard, elle trouverait la vigne. De la vigne à perte de vue. De la vigne jusqu'à plus soif, une étendue ondulante et monotone de vigne.

Magalas n'avait pas beaucoup changé depuis son départ. Et à présent elle se maudissait d'avoir cédé à cette impulsion qui l'avait poussé à rouler toute la nuit pour régler des problèmes qu'elle aurait pu parfaitement traiter par courrier… Oui, bien sûr, il y avait Jacob. Elle le verrait. Deux baisers rapides sur les joues de son grand-père et hop, elle repartirait dans l'autre sens.

S'enfuir ! Elle en avait l'habitude. On le lui avait souvent rabâché. Enfin, chacun avait sa vérité. Elle avait la sienne.

Il y avait toujours la même épicerie. Elle était fermée. Les cageots de fruits et de légumes de l'étal étaient abrités du soleil par une bâche. Sarah se demanda si le père Estaves en était toujours le propriétaire. C'était un Espagnol énorme, le visage en permanence enduit d'une couche épaisse et grasse de sueur qui lui faisait comme un maquillage. Son ventre débordait sur son pantalon sans ceinture dont il ne fermait jamais les deux premiers boutons. Chaque geste lui arrachait une plainte telle qu'il paraissait prêt à rendre l'âme.

« Son âme, il a bien dû la rendre depuis le temps », soupira Sarah en songeant que cet Espagnol avait été un des seuls à leur témoigner un peu de compassion à leur arrivée. Et à leur faire crédit…

Elle croisa aussi une vieille femme qui avançait d'un pas furtif, tout en méfiance, portant un broc qu'elle avait été remplir à la fontaine, par souci d'économie sans doute. Sarah chercha dans sa mémoire à qui pouvait bien appartenir cette silhouette noire et cassée mais sans être certaine de l'avoir même croisée un jour. En fait, depuis qu'elle était arrivée, elle avait l'impression que ses souvenirs la fuyaient. La vieille poursuivit son chemin sans leur décocher le moindre regard.

Soudain, le bruit d'une perceuse vint arracher une plainte au silence. « Tu vois, petit soldat, se dit Sarah, quelqu’un vit ici. » L’enfant se mit à geindre pour que sa mère le porte. Le poids de l’enfant lui coupa bientôt le souffle. Sarah avait dû s’égarer, car elle se retrouva sur la place où les deux seuls restaurants à dix lieues à la ronde se faisaient face. Le premier avait un nom de légende : l’Excalibur mais il avait été transformé en banal snack. Le second était encore plus insolite. Dans cet air chauffé à blanc, il proposait une choucroute comme plat du jour. C’était écrit à la craie sur une ardoise posée près de l’escalier qui menait à la salle. « Tiens, ce sont sans doute des « réfugiés » alsaciens », ironisa la jeune femme.

Sarah finit par retrouver la ruelle où habitait Céleste Pages. C’était une des plus étroites du village où la vie semblait s’étioler dans la pénombre. Elle était si étroite que les façades des maisons toutes en hauteur semblaient devoir se toucher sur le mince rectangle du ciel. En pente raide, elle était partagée en son milieu par un rigodon qui n’avait pas dû recevoir la moindre goutte de pluie depuis des mois.

Sarah ne pouvait plus se tromper. Elle reconnut la maison de Céleste Pages à la volée de trois marches qui permettait d’accéder à la lourde porte de chêne sculpté. Le bruit du marteau résonna dans la maison. Ce marteau, c’était une véritable pièce d’orfèvrerie de bronze. Après un moment qui lui parut interminable et alors qu’elle s’apprêtait à rebrousser chemin, finalement plutôt soulagée, elle entendit :

« Voilà… Voilà… J'arrive. »

Sarah imagina la petite silhouette de souris trottiner dans le long couloir.

Céleste Pages ne manifesta aucune surprise. C'était comme si elles s'étaient quittées la veille.

« Tiens t'vl'à toi… C'est ton petiot ?

– Oui.

– Je suis qu'une vieille bécasse bien sûr ! À qui voudrais-tu qui soit d'autre ? Ça a fait suffisamment jaser ! Allez, entre avec ton fardeau, j'vais faire chauffer la débeloire… parce que tu prendras bien un café ? »

Dès l'entrée, une violente odeur de cire avait saisi Sarah à la gorge. Elle se souvint avec quel soin maniaque la vieille Céleste avait toujours astiqué les meubles chez eux quand elle s'occupait de leur maison. Des heures elle passait avec ses baumes de cire aux compositions mystérieuses qu'elle fabriquait elle-même et qui donnaient aux meubles des reflets de flammes rouges en répandant une odeur d'essence de térébenthine dans toutes les pièces, ce qui agaçait sa mère. « Voilà des fragments du passé réveillés par une banale odeur de cire », se dit Sarah.

Céleste a précédé la jeune femme et l'enfant qui paraît tout décontenancé, dans la pénombre du couloir au sol de tomettes également huilé de cire.

Comme à son habitude, elle avait dû s'endormir en lisant son journal, parce qu'il gît au pied du fauteuil d'osier rembourré de coussins au crochet dans lequel elle « aime faire un petit somme », comme elle le répétait si souvent à Sarah autrefois. Elle vient de chausser ses lunettes qu'elle avait déposées sur un guéridon et relève le menton de l'enfant pour le scruter en clignant des yeux.

« Alors, t'es venue avec ton petit bonhomme ? C'est le portrait de son père tout craché… Comme il est mignon et sage, mais on voit qu'il a déjà son caractère. »

Et s'adressant à l'enfant :

« Tu veux un bonbon à la violette ? J'en ai toujours pour les petits bonshommes très sages. »

Sans attendre la réponse de l'enfant, Céleste va fouiller dans un tiroir de son buffet et, tout en tournant le dos à Sarah et à son fils, elle grommelle :

« N'empêche que c'est bien du malheur tout ça. »

Céleste tend une boîte de fer-blanc à l'enfant qui n'ose pas refuser. Mais on voit qu'il est sur ses gardes. Il se sent mal à l'aise dans cette maison dont on tient les volets clos en plein jour et qui sent toutes sortes d'odeurs qui le désorientent. Une maison inconnue, c'est toujours intimidant pour un enfant, surtout quand tous les meubles sont en bois sombre, qu'il y a une horloge dont le balancier qui accroche des reflets de cuivre semble se moquer de lui et que de surcroît, il y a une cuisinière qui ronfle. En plein été, par cette chaleur, c'est absurde. Alors pour se donner une contenance, il fixe la toile cirée qui recouvre la table ronde. Elle est décorée de gondoles vénitiennes et à tout instant il s'attend à ce que les gondoliers, avec leurs chapeaux à ruban, se mettent à chanter. Il aimerait bien que quelqu'un se mette à chanter dans cette pièce si sombre. Il est persuadé qu'il se sentirait mieux…

Céleste a tisonné sa cuisinière. On voit les braises repartir derrière la minuscule fenêtre en mica. Elle fait glisser la cafetière sur les cercles de fonte du foyer, quand elle surprend le regard de Sarah :

« Tu t'demandes bien pourquoi j'fais encore du feu par cette chaleur… Ben parce que j'm'sens toujours les os glacés… Et même si ça remplace pas celle de mon Jaimé… ça fait toujours une chaleur… Tu t'souviens, il en a fallu du temps à ta mère pour qu'elle prononce « Raïmé » à l'espagnole… Qu'est-ce qu'on a pu rire ! » Après tout, vivre n'est peut-être rien d'autre que cette quête perpétuelle d'un peu de chaleur…

Comme toutes les vieilles du silence, Céleste maintenant parlait et parlait parce que quelqu'un lui prêtait l'oreille. Elle parlait comme si elle avait aboli le temps. Ses yeux gris et éteints retrouvaient de la lumière.

« Il était bien un peu plus jeune que moi mon Jaimé… N'empêche qu'il était bien plus usé… Avec ton père il s'entendait si bien… Qui aurait pu prévoir… »

Céleste marqua un temps d'arrêt comme si elle venait de se rendre compte qu'elle allait dire quelque chose qu'il ne fallait pas dire, avant de reprendre dans une tout autre direction.

« Alors, ils ont fini par te retrouver les chacals ?

– Ce ne sont pas des chacals. Ils font leur métier. »

Oui ! Ils avaient fini par la retrouver dans cette maison au loyer exorbitant, nichée au cœur d'une rue sordide de Soho. Elle n'avait cessé de fuir. Il fallait bien que cela s'arrêtât un jour. Il y avait eu Lisbonne et d'autres villes et surtout d'autres visages dont elle avait oublié la plupart, et enfin Londres.

Elle écoutait les variations Goldberg interprétées par Glenn Gould – c'était Jacques qui lui avait fait découvrir ce pianiste au jeu à la lumineuse densité –, quand la concierge, une Rose Smith quelconque, avait frappé à la porte. Le choc avait été terrible et avait l'avait laissée sans force.

Est-ce que les choses auraient tourné autrement si elle avait renoncé à son fichu orgueil. Question absurde parce qu'à jamais sans réponse.

« Tu dis ?

– Rien… Rien. Voilà que je déraille à mon tour, se dit Sarah. Je parle toute seule. Tout cela n'était-il pas écrit depuis le départ d'Alger ? Le cœur de la tragédie, il était là. Pas besoin de chercher midi à quatorze heures… Tu te l'es cent fois… mille fois répété, et t'avais raison, petit soldat. »

Sarah songe aussi à l'enfant. Elle se dit que c'est « un premier homme ». Pour lui, les choses ont un devenir. Il peut être différent. Il est possible de tout imaginer avec « un premier homme ». Mais tôt ou tard, il jettera un regard en arrière. Alors il jugera. Et soudain, l'hypothèse de ce jugement terrorise Sarah. Elle a peur que la tragédie ne vienne dévaster son « petit jardin », et en même temps elle se sent incapable de le protéger.

Pour l'heure, le « premier homme » s'abîmait dans la contemplation des flocons de neige qui retombaient lentement sur Notre-Dame de Paris après que Céleste eut retourné la boule de verre qui enferme le monument.

Céleste poursuivait son monologue, faisant les questions, faisant les réponses.

« Et ta mère ? Toujours sans nouvelles ? Bien sûr… Tu verras, celle-là, pardonne-moi d'être sévère, resurgira un jour et fera comme si de rien n'était… Remarque, moi, je ne juge personne. Chacun mène sa vie à sa guise. »

Sarah regretta soudain d'être venue. Que faisait-elle sinon juger ? Et ça l'agaçait. Qu'y avait-il à juger d'ailleurs ? Sa mère avait voulu vivre, voilà tout.

« N'empêche que tout cela c'est bien du malheur ! Mon pauvre Jaïmé disait toujours, le malheur ça fait comme cul et chemise avec les hommes. Et il s'y connaissait en malheur. C'est d'abord pour cela qu'il s'est senti si proche de ton père. Il avait reniflé l'odeur du malheur. Pourtant, il a bien cru à un moment que cette vermine vous laisserait en paix. Regarde, Céleste, qu'il me disait, ils sont en train de prendre le dessus. Ils retrouvent leur innocence… Eh bien, je dois te dire, ma petite Sarah, que ça le rendait heureux… »

Malgré elle, la jeune femme jeta un regard vers le cadre posé sur le buffet. Jaïmé avait le visage émacié, taillé en lame de couteau avec un regard de tragédie tout en braise. Il semblait pourtant vouloir les rassurer, elle et l'enfant. Il leur souriait. Un sourire timide et fragile. Un sourire vivant.

La main de Céleste trembla quand elle versa le café dans les deux tasses ébréchées qu'elle avait posées sur des ronds de paille pour éviter les taches sur le bois du guéridon.

« Je suis venue chercher la clé, dit Sarah.

– Ah, la clé ! Il faut que je la retrouve… Tu sais, avec l'âge on n'a plus toute sa tête… La clé… C'est normal. Il fallait bien que quelqu'un la réclame un jour. La maison ne pouvait pas rester à l'abandon éternellement. Note qu'au début, je montais de temps en temps. Pour aérer. Pour enlever le plus gros de la poussière et pour mettre des pièges…

– Des pièges ?

– Ben oui. Pour chasser les souris, pardi. Tu nigaudes, ma fille… Mais où ai-je bien pu mettre cette maudite clé ? »

Céleste fouillait les tiroirs l'un après l'autre avec une sorte de fébrilité désordonnée, tout en pestant contre les défaillances de sa mémoire et de sa vue.

Or, Sarah avait l'impression que tout cela n'était qu'une comédie dont le sens lui échappait, et que leur ancienne servante, qui n'avait toujours pas rechaussé ses lunettes, savait pertinemment où se trouvait la clé de leur maison.

Sarah ne pouvait deviner que cette solitude qui venait de se briser était comme une fête pour la vieille femme et que par conséquent elle avait envie qu'elle se prolonge.

Comme si elle avait lu dans les pensées de Sarah, Céleste observa.

« Tu trouves que c'est bien long… T'es pressée de repartir ? »

Et puis, sautant du coq à l'âne, elle remarqua :

« Dans quel état tu vas trouver la maison ? Et le vignoble ? Laisser des vignes à l'abandon, y a pas idée. C'est ce qui m'a fait douleur. C'est pour cela que je n'ai plus eu le courage de monter à la maison. Mon cœur n'aurait pas tenu. Maintenant que tu es là, c'est pas pareil. Si tu as besoin d'aide, fais-moi signe, je monterai avec ma lessive. »

Lessive ! C'était un mot sacré dans la bouche de la vieille femme. C'était un mot qui récurait les anciennes peines. Un mot qui faisait briller, qui faisait reluire, un mot capable de nettoyer l'âme à grande eau pour y faire entrer un peu de soleil.

« Merci », dit simplement Sarah. C'était à son tour de sentir sa gorge se nouer. La sollicitude de celle qui avait été bien plus qu'une servante l'avait touchée. Elle se reprocha sa raideur, son manque de chaleur. Elle avait envie soudain d'aller se pelotonner comme autrefois entre les bras de la vieille femme qui lui aurait dit, en lui passant une main dans les cheveux :

« Allons, allons… Tout ça ce n'est rien… Il faut faire front, petit soldat ! » Car elle aussi avait pris l'habitude de l'appeler petit soldat.

« Ah, la voilà cette maudite clé ! Prends-en soin, parce que je n'en ai pas d'autre… L'autre ? C'est peut-être ta mère qui l'a emportée. »

Céleste avait tendu à Sarah une grosse clé de fer accrochée à une ficelle passée dans un os creux en guise de porte-clés. En fixant Sarah, elle finit par demander :

« T'iras voir ton grand-père Jacob ?

– Oui, bien sûr.

– Tu sais. Il t'a beaucoup défendu contre eux. Il t'aime celui-là ! »

Un cri brutal, strident, vint déchirer les tympans du silence et tirer Sarah de l'espèce d'hébétude cotonneuse dans laquelle elle était plongée depuis un moment. Comme elle l'avait pressenti, l'enfant s'était aplati de tout son long sur le chemin, son menton ayant heurté l'arête tranchante d'une pierre. À présent, il hurlait à chaudes larmes. Il saignait abondamment et son polo était déjà maculé de taches sombres.

Quand il revint en courant pour se jeter dans les bras de sa mère, celle-ci fut incapable de le consoler. Elle le repoussa même, inconsciemment, en cherchant à éviter que le sang ne vienne salir son pantalon blanc. Les cris de l'enfant redoublèrent.

« Allons, calme-toi… Ce n'est rien ! Juste une petite coupure. T'auras pas moins mal si tu cries. »

Sarah se sentait très maladroite devant la douleur de l'enfant… Alors elle se mit en colère :

« Bon sang, tu n'avais pas besoin de courir comme ça ! » puis, presque malgré elle, d'un geste brusque, elle empoigna la main de l'enfant et se dirigea vers le talus qui surplombait la rivière. Elle tourna le dos aux vignes.

« Maman, porte…

– Arrête de jouer au bébé. T'es capable de marcher.

– Maman, porte », répéta l'enfant en geignant, tout en observant sa mère par en dessous pour être sûr qu'elle allait se laisser attendrir. Et la manœuvre réussit.

« Petit sournois ! » dit Sarah en hochant la tête dans un sourire avant de hisser l'enfant contre sa poitrine. Il lui entoura le cou de ses petits bras maigres.

« Maman, cours », réclama l'enfant maintenant qu'il se sentait en sécurité dans un nid douillet. Il avait déjà transformé la douleur en jeu.

Sarah se laissa alors entraîner par la pente de la pâture hérissée de taupinières et bientôt la mère et l'enfant ne furent plus que le même éclat de rire qui fouettait les branches des saules, tandis que son chemisier s'auréolait de taches brunes.

La rivière avait soif. Elle glissait exténuée dans son lit de roches plates recouvertes de mousse sous une frondaison de peupliers, d'acacias et de saules. Elle se multipliait en filets paresseux et sans force.

Arrivée au bord, Sarah nettoya le menton de l'enfant avec un mouchoir. La plaie n'était pas profonde. Très vite, il s'échappa pour aller s'accroupir et prendre de l'eau dans ses deux mains en coupe, avant d'arroser sa mère en riant. Elle répliqua. Il y eut comme ça, sous l'ombre tiède des peupliers, un bref éclair de bonheur, transparent et tendre qui ne dura pas mais qui fut suffisant pour les rapprocher l'un de l'autre.

Bientôt l'enfant alla s'allonger sur une touffe d'herbes sèches jaunies. Il fit mine de dormir, ce qu'il ne tarda pas à faire réellement.

Sarah défit alors son chemisier. Elle se souvenait qu'il fallait toujours laver les taches de sang à l'eau froide. Malgré la chaleur étouffante, elle frissonna. Elle se sentait étrangement seule. À la fois indécise et désorientée, incapable de savoir ce qu'elle devait faire. Son exaltation du voyage l'avait abandonnée. Elle redevenait maussade et triste, quand elle entendit un pépiement joyeux. Oh ! ce n'était pas vraiment un concert, seulement quelques trilles pleins d'une gaieté cristalline auxquels s'essayait en solitaire une mésange bleue qu'elle essaya de repérer. En vain. Le silence retomba presque oppressant quand l'éclair d'argent d'un chevalier guignette cingla l'air avant que l'oiseau ne vienne se percher sur l'arête d'une roche qui émergeait de l'eau. Il se mit à observer Sarah de ses petits yeux vifs avec un air désapprobateur. À un geste de la jeune femme, l'hirondelle d'eau fit un bond en arrière et réinstalla sa méfiance un peu plus loin avant de s'envoler d'un battement d'ailes et de se perdre sous la voûte du feuillage.

D'autres oiseaux le remplacèrent. Des oiseaux qui, un instant déconcertés par l'intruse, s'habituèrent vite à elle. Sarah reconnut à son plumage rouge sur le ventre un bruant fou qui sautillait au pied d'une maigre touffe de roseaux. Sa tête noire et blanche plongeait à intervalles réguliers à travers la fine pellicule d'eau. Et quand il avait le bonheur de cueillir une larve, il regardait Sarah d'un air triomphant.

Sans qu'elle s'en rendît immédiatement compte, le manège des oiseaux l'apaisa. Elle retrouva une forme de quiétude et songea, avec une douce mélancolie, à son geai bleu.

« C'est un gros bec », lui avait dit Léonce Audecœur, « un geai bleu à gros bec », avait-il même précisé quand elle lui en avait parlé.

C'est lui qui lui avait appris les oiseaux quand ils étaient arrivés de là-bas. Il les reconnaissait rien qu'à leur chant. Léonce Audecœur était un passionné. C'était un homme entre deux âges, le corps massif. Il était toujours habillé de noir. Il avait été instituteur. Il portait un collier de barbe en broussaille qu'il lissait du dos de la main chaque fois qu'il réfléchissait. Il avait des petits yeux vifs et malins qui brillaient d'indulgence derrière les carreaux de ses lunettes. Des yeux qui avaient fini par ressembler à ceux des oiseaux qu'il aimait.

Quand il s'agissait d'oiseaux, Léonce Audecœur avait l'oreille parfaite. C'était un musicien des oiseaux. Il savait les apprivoiser. Ses poches étaient toujours pleines de baies séchées, de graines, de mies de pain. Sarah avait connu sa corneille. Il l'avait baptisée « la Marquise ». Elle tournoyait au-dessus de sa tête sans jamais le quitter des yeux.

Il suffisait qu'il siffle pour qu'elle vienne se poser sur son index qu'il lui tendait comme un perchoir ou sur son épaule. Quand il prenait le bus pour la ville, elle venait l'attendre à son retour. Un jour, elle s'était laissé surprendre par un chien étranger. Léonce Audecœur avait eu une peine immense. Un vrai chagrin d'enfant. C'est ce jour-là que Sarah lui avait parlé de son geai bleu. Elle venait tout juste d'avoir dix-sept ans. Elle ne sut jamais si elle avait réussi à le consoler, mais il avait décidé de lui apprendre les oiseaux. Il avait fait preuve d'une patience infinie.

Et là, au milieu de cette fanfare des oiseaux, Sarah sentit cette douleur oppressante, pesante comme du plomb et qui ne l'avait pas quittée depuis son arrivée, s'alléger comme par miracle. Elle ramassa une pierre blanche et ronde sur le bord de la rivière qui rejoignit les autres et la clé au fond de sa poche. Elle réveilla l'enfant et lui dit, puisque c'était son seul auditeur :

« Viens… on n'ira pas à la maison. Ni les voir eux. Je n'ai pas le courage. » L'enfant ne pouvait pas la comprendre.

II

« Le départ »

LE PORT N'ÉTAIT PLUS qu'un carnaval silencieux de fantômes gris et de regards éteints sous la lumière vacillante et tiède d'une aube couronnée d'émeraude. La veille, ceux qui surmontant leur peur s'étaient agglutinés aux grilles pour une nouvelle nuit d'attente, avaient été les premiers à pénétrer dans l'enceinte de la « transatlantique ».

À présent, ils étaient là, assis sur des cageots retournés, ne formant plus qu'une houle de dos brisés, de nuques résignées. Ils s'agrippaient aux valises qu'ils avaient pu emporter, bourrées à la hâte de l'insignifiance des jours et qui étaient posées à leurs pieds. Fermées parfois d'une simple ficelle, elles ne contenaient rien d'autre qu'un maigre butin de vêtements dépareillés, d'ustensiles de cuisine et de bijoux sans valeur, mais auxquels ils tenaient parce qu'ils avaient jalonné des moments heureux. Il y avait aussi les autres bijoux.

Les précieux. Ceux-là, ils étaient soigneusement serrés contre les poitrines à l'intérieur de petits sachets en cuir ou en velours bleu cobalt. De ceux-ci, on ne se séparerait qu'en dernier ressort, à la limite même de la désespérance, de sorte qu'ils rassuraient malgré tout.

Il y avait aussi parfois le livre qu'un adolescent n'avait pas voulu abandonner parce que c'était un prix d'excellence. C'était marqué à l'encre violette sur la page de garde : Lycée Bugeaud, Alger le...

Il y en avait qui erraient hagards, désemparés, tandis que des mouettes dessinaient d'indolentes arabesques au-dessus de la baie, l'une d'elles se détachant du ciel à intervalles réguliers pour venir poignarder la mer comme une lame, en faisant jaillir une gerbe d'étincelles de la meule des vagues.

Parfois, le mouvement grinçant d'une grue enfouissant dans la profondeur des cales d'un pinardier son chargement de barriques prisonnières d'un filet de chanvre arrachait au silence une plainte métallique et lugubre. Car ce qui, hier encore, n'était qu'un va-et-vient incessant de portefaix agiles et bruyants qui rythmait la vie frénétique du port n'était plus qu'une douleur muette et compacte.

Tous et toutes s'apprêtaient à partir comme des voleurs. Forcément, partir c'était l'aveu de la peur, de l'impuissance, alors ils avaient honte.

La silhouette massive à la fois rassurante et inquiétante de l'*El Biar* se détachait sur un ciel de jour naissant dans une odeur de goudron et d'huile brûlée. Les feux du bateau, que l'homme de quart n'avait pas encore éteints, continuaient de briller mais en donnant une lueur pâle et délavée.

L'*El Biar* qui allait les emporter dans « l'autre pays », un monde dont la plupart d'entre eux n'avaient qu'une idée vague et froide forgée lors de trop brefs séjours, tirait sur ses amarres comme s'ils lui avaient communiqué toute leur peur.

Or, pour une raison confuse, on les faisait attendre sans leur donner d'explications convaincantes, ordres et contrordres se succédant sans logique apparente. Et cette attente imprévue leur usait les nerfs. Parfois un sanglot en déchirait le murmure assourdi. Il était vite réprimé par un bras plein d'une tendresse résignée qui enveloppait les épaules de la femme, tandis qu'à ses pieds un enfant courait en riant, le cœur gonflé d'insouciance.

Cette foule, dont l'exubérance quasi animale s'épanouissait jadis dans la poussière dorée du soleil, s'était transformée en un halo de silhouettes harassées aux regards vides et amers. C'étaient des hommes et des femmes aspirés par l'abîme insondable de leurs pensées les plus sombres parce qu'on les chassait de tout ce qui avait été leur vie. Une vie qui se transformerait bientôt en souvenirs avant que le poison de la nostalgie ne les métamorphose en paradis perdu.

Souvenez-vous, leur susurrera leur mémoire : c'était une existence faite de petits riens qui avaient la saveur salée des vagues dans lesquelles on se jetait avec ivresse avant de nager, le visage offert au soleil, tandis que le corps se mouvait avec volupté dans l'étreinte glacée de la mer.

C'était le bruit d'une machine à coudre qui venait soudain déchirer le silence d'un après-midi brûlant. C'étaient ces quelques figues dérobées aux arbres qui entouraient le cimetière musulman d'El Kettar et qui avaient forcément davantage de sucs. C'était la lumière haletante d'un vert aveuglant qui se réfléchissait sur les feuilles de caroubier à l'odeur entêtante d'amande amère.

C'était ce lien mystérieux et futile qui unissait les hommes à l'heure de l'anisette *phénix* prise à la terrasse des cafés. C'étaient des rues dont les maisons blanches étaient écrasées sous la lumière éblouissante et d'où s'échappaient les odeurs de poivrons grillés qu'on faisait sécher au soleil. À moins que ce ne fût celle des beignets qu'un Arabe au visage hermétique faisait frire dans une huile brûlante et qui répandait un parfum de miel chaud. C'étaient tous ces jours impalpables et légers où le bonheur avait la couleur translucide d'une corne de gazelle.

Aujourd'hui, le bonheur n'avait plus de couleur puisque, comme des plantes fanées, on les arrachait à leurs racines. Ils avaient les membres et l'âme brisés comme si des tortionnaires sans visage leur avaient fait subir le supplice de la roue. On les chassait de leurs terres et de leurs rêves. Et en les dépossédant de leurs rêves, on les dépossédait aussi d'eux-mêmes.

Ils auraient dû hurler de colère. Dans la cour de la transat, en attendant un improbable navire qui les emmènerait ailleurs, ils n'en avaient plus la force. La colère, c'était pour avant – il y a des siècles – avant que l'idée même de départ ne les ait effleurés. Aujourd'hui, ils n'avaient même plus la force des larmes.

Tout exode porte toujours en lui un fragment d'espérance. Ici, dans l'enceinte de ce port qui, peu à peu, se réveillait, on voyait bien qu'il n'y avait plus d'espérance sur ces visages fatigués et tristes, seulement l'empreinte acide de la déchirure.

Les Hamani n'avaient pu trouver qu'une carriole tirée par un bourricot pour les emporter, eux, leurs bagages et leurs souvenirs. Et encore, il avait fallu sacrifier un collier de perles nacrées de bonheur pour payer l'Arabe furtif et inquiet venu les chercher alors qu'il faisait encore nuit.

Pour effectuer le trajet de la rue de la Lyre au port, Jeanne avait trouvé le prix exorbitant et s'était emportée.

« Comment avez-vous pu accepter de lui donner mon collier, père ? C'était un cadeau de Simon... Ils profitent de notre désarroi pour s'en mettre plein les poches, ces voleurs ! »

Elle avait parlé suffisamment fort pour que l'Arabe resté dans la pénombre du vestibule l'entende. D'ailleurs Jacob était certain d'avoir surpris un sourire se dessiner sur ses lèvres.

« Vous avez une autre solution ? Non ! Alors taisez-vous », l'avait-il rabrouée. Il n'avait jamais beaucoup aimé la mère de Sarah. Pourtant on pouvait dire qu'il l'avait choisie pour son fils Simon, de sorte qu'il s'en voulait de son hostilité.

Il avait vu la colère souder les lèvres de Jeanne mais elle s'était tue.

« Comme d'habitude », songea Jacob. Depuis qu'elle et Sarah partageaient son petit appartement de la rue de la Lyre situé juste au-dessus de son magasin de « Luthier en piano », comme c'était inscrit à la peinture dorée sur la vitrine – quand on est « Luthier en piano », habiter rue de la Lyre avait toujours fait sourire –, il avait souvent subi ses brusques accès de colère. C'était une explosion brutale et brève, comme un flot de lave qui se libère. La voix de la jeune femme, plutôt grave d'ordinaire, allait se percher dans les aigus ridicules et son visage, sans une ride, se fripait comme la peau d'une datte desséchée. Elle en devenait presque laide. Puis, aussi soudainement qu'elle était apparue, la colère refluait. Le visage de la jeune femme retrouvait son impassibilité coutumière et toute sa beauté. C'était à se demander si elle n'avait pas déjà oublié la raison même de son emportement.

Le plus souvent, c'était pour des motifs futiles. Elle ne retrouvait pas la boîte d'épingles à l'endroit où elle l'avait mise. C'était parce que Sarah la dérangeait dans la lecture d'une de ses romances à l'eau de rose, en essayant de plaquer maladroitement un accord sur le piano droit qu'il avait réussi, malgré l'étroitesse du salon, à caser dans un recoin.

Un jour, il lui avait fait une remarque.

« Vous feriez mieux de vous plonger dans des livres plus intéressants que vos sornettes sentimentales. Ça vous élèverait l'esprit. Lisez Camus… »

Elle ne l'avait pas laissé poursuivre. Elle n'avait rien dit. Cette fois-là, il n'y avait pas eu d'explosion. Le volcan était resté dans son cratère. Mais elle l'avait juste fixé de ses longs yeux marron, si effilés qu'ils lui faisaient le regard oblique, exactement le même que Sarah. Il y avait tant de fureur et sans doute tant de haine dans ce regard qu'il n'avait pas insisté. Il avait tourné les talons en maugréant :

« Ah ! si j'avais su… »

D'ailleurs, le plus souvent, les disputes éclataient à propos de Sarah. Jeanne lui reprochait de trop gâter sa petite-fille. Comme si l'on pouvait reprocher à quelqu'un de trop aimer !

C'était toujours la même rengaine.

« Vous lui passez tous ses caprices, lui disait-elle souvent en haussant le ton.

– Je n'ai qu'elle comme petite-fille, alors…

– Alors ce n'est pas une raison pour la pourrir, pas une raison pour en faire une égoïste !

– Parce que je lui ai donné l'argent de sa séance de cinéma, je la pourrirais ? Mais vous dites n'importe quoi !

– Et en plus c'est pour le cinéma ! Avec les attentats, c'est de la pure folie. Heureusement que nous sommes là, son père et moi, sinon…

– Sinon elle tournerait mal ? On peut dire que vous vous y entendez pour la priver de son enfance… Avec vous elle est triste ! Je me demande même lequel de vous deux la supporte le moins.

– Vous savez bien que tout cela est de votre faute », lui avait lancé Jeanne au plus fort de sa colère.

Elle n'était encore jamais allée aussi loin pour dire tout ce qu'elle avait sur le cœur.

Jacob avait surpris le regard interrogatif de Sarah, alors il avait baissé les yeux tout en lui glissant les deux nouveaux francs indispensables pour aller voir *la Guerre des boutons* au Majestic.

Jacob aimait cette salle parce que, dès le retour du printemps, on repliait le toit, si bien que durant toute la séance on avait un ciel qui embaumait le jasmin au-dessus de sa tête et tous les baisers qui s'échangeaient sous le faisceau du projecteur étaient comme des offrandes faites aux étoiles dans une nuit intense.

Comment n'aurait-il pas trop aimé Sarah ? Elle le guérissait du temps qui fait pousser d'étranges jabots de chair flasque autour des cous. Quand elle riait, il se sentait sans âge.

Comme toujours, ces histoires d'amour entre de vieux messieurs et de toutes petites filles avaient commencé pendant l'enfance. Jacob se rappelait souvent comment Sarah venait se pelotonner sur ses genoux en passant ses bras grêles autour de son cou sitôt achevée la leçon de lecture. Il était patient avec elle, d'une patience infinie. Il le reconnaissait volontiers : il ne l'avait jamais été autant avec Simon.

Un jour, elle lui avait dit avec tout l'aplomb de ses six ans :

« Moi, j'aime pas les vieux. Ils sont froids et sentent mauvais !

– Alors tu n'aimes pas ton grand-père ?

– Toi, c'est pas pareil… Tu m'aimes de bonheur, alors pour moi, tu ne seras jamais vieux. »

C'était comme si Jacob faisait faire ses gammes à sa mémoire. Il aimait cette mélancolie des images qui surgissaient à l'improviste, sorties tout droit d'un temps qu'il croyait effacé. Elles le rendaient à la fois d'une tristesse profonde, parce qu'elles n'avaient plus rien à voir avec celles de la Sarah d'aujourd'hui qui était en train d'offrir l'air un peu revêche de ses « bientôt dix-sept ans » au miroir du vestibule et heureux, parce que ces moments de grâce s'étaient un jour posés sur sa vie.

Était-ce sa faute si des larmes un peu ridicules venaient gonfler ses paupières ?

Tiens ! Voilà qu'il se rappelait aussi ces longues promenades dans des jardins qui embaumaient la fleur d'oranger, la petite main de Sarah nichée comme un moineau au creux de la sienne dont on commençait à voir les veines bleues et gonflées. Il lui avait montré comment cueillir des figues de Barbarie sans se piquer. Il suffisait de prendre une longue tige de roseau, de la fendre en quatre à une extrémité, d'y insérer un petit croisillon de bois, d'emprisonner le fruit qui rosissait de plaisir, un coup sec suffisait alors, et le cactus était décapité. La chair de la figue était à portée de lèvres. Sarah avait applaudi. Il en avait éprouvé une sorte de fierté un peu niaise mais qui lui avait fait chaud au cœur.

Le soir, c'étaient des contes interminables qu'il inventait pour elle. C'étaient aussi d'incessants allers et retours entre le couloir et sa chambre, juste pour lui laisser le temps de jucher sur le dessus de la porte une poupée de chiffon qui lui tombait sur la tête chaque fois qu'il y entrait. C'était un clown. Elle l'avait baptisé Siko. Avec son pantalon trop large couvert de pièces de couleur, son paletot déchiré et ses chaussures-battoir, il donnait l'impression de rire avec eux.

Un jour, il lui avait offert un vélo. Un tout petit à sa taille. Quand ils l'avaient su, Simon et Jeanne, qui habitaient encore Alger à cette époque, avaient mis leur colère au diapason.

« Tu veux donc qu'elle se tue ! avait hurlé Simon en s'emparant du vélo, tandis que Sarah fondait en larmes.

– Vous serez satisfait quand elle sera défigurée ou estropiée, avait surenchéri Jeanne.

– Vous l'empêchez de vivre…, s'était maladroitement défendu Jacob.

– Son éducation nous regarde », l'avait interrompu Jeanne.

Non, décidément, il n'aimait pas sa belle-fille.

Jacob n'avait qu'un regret qui lui faisait, à dire vrai, une drôle de brûlure à l'intérieur de la poitrine : que Sarah n'ait pas l'oreille musicale. Même après l'avoir promenée si souvent dans sa voiture-piano ! Ah, sa voiture-piano ! Rien que son évocation lui arracha un sourire malgré sa tristesse. C'était une « quatre-chevaux » qu'il avait commandée blanche. Puis il avait repeint le toit en noir, « comme ça, elle ressemble à une touche de piano », avait-il expliqué aux voisins ébahis. Le seul inconvénient, c'est qu'il ne pouvait se servir de sa voiture-piano que pendant les mois d'hiver, car le toit sombre la transformait en fournaise aux premières chaleurs de printemps. Il venait de s'en séparer en la vendant pour une bouchée de pain…

Quand Jacob avait insisté pour que Sarah se mette au piano, Simon était intervenu :

« Tu ne vas pas recommencer comme avec moi. »

Jacob s'était gardé d'insister. Il revoyait ce jour terrible de la distribution des prix. C'était une cérémonie particulière. On entrait au lycée par l'escalier monumental orné de plantes en pots qui menait à la porte d'honneur dont on avait ouvert les grilles pour la circonstance. Les premiers arrivés dans leur habit du dimanche se saluaient gravement. Certains bavardaient un moment sur l'escalier pour qu'on les remarque avant de pénétrer à leur tour à l'intérieur du lycée. Dans la cour, ils se cherchaient une chaise sous l'ombre d'un eucalyptus. Ceux qui n'avaient pu trouver d'ombre s'éventaient avec des éventails arabes en paille tressée. Les femmes étaient en robe claire et la plupart d'entre elles portaient des chapeaux, genre capeline, dont les rubans voletaient. Au raclement des pieds sur le gravier de la cour, on sentait une grande impatience gagner ce qui avait fini par constituer une foule dense et bruissante.

Jacob était arrivé très en avance, le cœur gonflé d'orgueil. Cette année, son fils Simon allait ouvrir la cérémonie. Il avait trouvé sans peine une place au premier rang, juste au pied de l'estrade qu'on avait décorée de ficus en pot. Son regard ne cessait d'aller de sa montre en argent, qu'il tirait sans cesse de son gousset, au piano qu'il avait installé la veille sur l'estrade. C'était un demi-queue. Son fils allait jouer une des toutes premières sonates de Mozart. Ils l'avaient longuement répétée ensemble. Elle ne présentait pas de difficultés majeures, alors il était impatient d'écouter Simon. Il vit comme dans un brouillard la cohorte des professeurs pénétrer sur l'estrade. Ils portaient des bonnets carrés et de longues toges noires avec des étoles dont la couleur changeait selon la matière qu'ils enseignaient. Tout le monde s'était levé. À un geste du proviseur, les professeurs s'assirent sur les chaises garnies de velours et installées en demi-cercle sur l'estrade. On attendait le petit Simon. Tout le monde attendait Simon. Mais l'enfant, qui venait tout juste de fêter ses dix ans, n'avait pas pu franchir les quelques mètres qui le séparaient du piano. Paralysé par la peur, il avait été incapable de jouer. Bientôt Jacob avait entendu son fils pleurer, de longs sanglots déchirants qui n'avaient cessé que lorsque quelqu'un avait éloigné l'enfant. Jacob s'en était voulu de sa colère et de son absence d'indulgence mais il n'avait jamais vraiment pu effacer ce sentiment de honte. Ce jour-là avait provoqué une fêlure. C'est à partir de ce moment-là que tout avait commencé à aller mal entre eux. Simon n'avait plus jamais voulu toucher un piano.

Cela faisait trois mois que Sarah et sa mère étaient arrivées d'Ikedjane, où Simon continuait à s'occuper des vignes de sa grand-tante. Quand il avait été démobilisé, il avait été heureux qu'une lointaine parente l'appelle pour l'aider. À sa mort, il avait continué de s'en occuper. C'était devenu son domaine. Jacob n'avait jamais compris ce goût de la terre, non sans être dupe. Il savait que son fils fuyait ? C'était une occupation dans laquelle il s'était jeté à corps perdu pour oublier la guerre et pour oublier le reste. Mais petit à petit, il y avait pris goût et ce goût s'était transformé en passion au grand étonnement de son père. Puis Jacob n'avait pu s'empêcher d'éprouver une sorte de respect pour le travail de Simon quand il s'était aperçu que la vigne, avec un vin qui se vendait bien, apportait sinon la prospérité, du moins une certaine aisance à la famille. Mais il n'était jamais allé jusqu'à mettre les pieds à Ikedjane…

Qu'est-ce que tout cela allait devenir à présent que la peur et la mort s'étaient installées dans la Mitidja ? On se cadenassait à l'intérieur des maisons et de ses sentiments, une arme à portée de la main. Quand un fellah vous saluait, vous vous demandiez si, à la tombée de la nuit, il n'allait pas se transformer en assassin. Et lui pensait la même chose de vous. Les jours se déroulaient ainsi dans une sorte de terreur sournoise qui avait fini par mettre les nerfs à vif. Pourtant autour d'Ikedjane, tout semblait sans mystère. La rivière continuait de dérouler ses anneaux de lumière dans une vallée rose et bleue où frissonnaient à perte de vue les reflets argentés des champs d'orge et de fèves encore verts. La vigne était une promesse impassible de bonheur. À l'entrée du domaine, les eucalyptus qui bordaient l'allée grésillaient dans une brise moite. Simon ne pouvait empêcher son cœur de battre un peu plus vite quand il rentrait et qu'il apercevait, tassée sur le sol comme un animal aux aguets, la maison aux murs chaulés de blanc qui semblait se dissoudre dans la lumière quand celle-ci devenait trop éblouissante… Tout semblait sans mystère et pourtant la folie était là.

Dès lors, Simon n'avait eu qu'une idée en tête : que Sarah et Jeanne partent près de son père, où elles seraient plus en sécurité que dans la solitude nocturne du domaine. Il serait moins tourmenté et pourrait organiser tranquillement leur départ à tous.

Jacob Hamani ne se souvenait plus au juste à partir de quand ils avaient commencé à se sentir comme des bêtes traquées. La mort ? Ils l'avaient tolérée tant qu'elle avait fait partie de la rumeur macabre de la ville. Persuadés qu'ils resteraient hors de son atteinte, ils s'en étaient accommodés.

Puis un jour, alors que Jacob et sa bru sortaient des galeries Bugeaud, ils avaient aperçu à quelques pas devant eux le petit-fils Miguenès, un épicier juif que Jacob connaissait bien. Le garçon tenait la main d'une jeune fille blonde que Jacob était persuadé de connaître aussi mais sans pouvoir remettre un nom sur le visage qu'il voyait de profil. Ils attendaient leur bus.

Jacob allait leur adresser un signe, quand ils étaient arrivés à quatre pour entourer le garçon en le séparant brutalement de la jeune fille. Les deux premiers Arabes l'avaient immobilisé, le troisième lui avait relevé la tête en le saisissant par le menton, tandis que le quatrième faisait jaillir l'éclat bleuté d'une lame de douk-douk avant de lui trancher la gorge. Le sang s'était aussitôt épanoui en une énorme fleur vermeille. La jeune fille avait mis un moment qui parut durer l'éternité avant de comprendre et de pousser un cri de fin du monde… Le garçon avait porté les mains à son cou en un geste de défense à la fois grotesque et pathétique avant de s'affaisser sur les genoux puis de glisser sur le sol sans que personne ait pu esquisser le moindre geste ! Les autres avaient disparu dans la foule.

Jacob avait alors ressenti une peur panique. Pas pour lui. À son âge, il ne craignait plus la mort, mais pour Sarah ! En un éclair, il avait vu son visage se superposer à celui du petit-fils d'Oswald Miguenès avant que quelqu'un ne le recouvre d'un journal et n'arrache la jeune fille au corps inerte.

Il avait l'impression d'avoir hurlé bien qu'aucun son ne soit sorti de sa bouche. Non ! Il ne verrait pas un jour – Quand ? Demain ? Après-demain ? Dans une semaine – le nom de Sarah inscrit à la craie sur l'ardoise de la morgue. Jeanne avait remarqué qu'il tremblait de tous ses membres. Soudain inquiète elle-même, elle lui avait demandé :

« Vous n'êtes pas bien, Père ? »

Et elle lui avait pris le bras comme pour le soutenir ou l'apaiser, un geste qu'elle n'avait encore jamais eu auparavant. Elle l'avait aidé à marcher. Il avait été ému par cette soudaine sollicitude.

Quand Jacob Hamani était rentré rue de la Lyre, Sarah n'était pas là. Il avait envoyé sa mère la chercher, puis il s'était versé un verre d'alcool fort qui lui avait incendié la gorge, mais il s'était senti mieux. C'est à ce moment-là qu'il avait pris sa décision. Il fallait partir. Il ne leur restait plus qu'à quitter ce pays où on était pris sous les feux croisés de la haine parce qu'en face aussi on menaçait, on enlevait, on massacrait. C'était une sarabande funèbre.

C'était douleur contre douleur. Vengeance contre vengeance. Infamie contre infamie.

Oui, ils allaient partir. Fuir le plus loin possible. Il savait que pour une fois Simon serait d'accord avec lui. Alors, il s'était levé pour aller ôter la mezzouza accrochée au chambranle de la porte censée protéger le foyer. Jusqu'à présent, ce petit bout de parchemin qui commençait par ces mots « Shema-Israël » – écoute Israël – avait toujours rempli son rôle. Aujourd'hui, Jacob n'y croyait plus. Pour lui, Dieu s'était tu.

Bientôt une autre nostalgie s'était abattue sur lui comme un vol de perdreaux sur un chaume : la nostalgie du sacré.

Donc ils allaient s'enfuir. S'enfuir de l'autre côté de la mer pour protéger sa petite Sarah. Pour protéger sa « blondinette ». L'évocation de ce surnom qu'il lui donnait par tendre dérision puisque la masse de ses cheveux, qui encadrait un visage aux joues un peu massives avant de s'effacer en un menton bref et rond, était aussi noire que du charbon, lui arracha un pâle sourire.

« Arrête de m'appeler comme ça ! Ça m'énerve ! » lui avait-elle encore lancé la veille quand il lui avait demandé comment elle avait trouvé le film. Sa bru s'en était mêlée.

« Ne la poussez pas à bout. Tout le monde vit sur les nerfs en ce moment, et on le supporte mal », avant d'ajouter « elle est bizarre tout de même. »

Il avait eu envie de lui répondre que sa fille serait peut-être moins bizarre si ses parents l'aimaient davantage, mais s'était retenu.

Puis, dans le tourbillon du départ, les Hamani avaient moins pensé à leur peur mais les regards qui s'étaient posés sur tous les objets et les meubles dont ils allaient se séparer s'étaient chargés d'une sourde mélancolie.

Jacob avait dû se résigner à vendre, après sa quatre-chevaux, une commode en bois de rose à un marchand de dattes qui s'appelait Akim. Il était d'une énorme corpulence avec un visage luisant de sueur. Ses doigts agiles ne cessaient de grignoter les perles d'un chapelet de bois sous l'étoupe de la gandoura graisseuse enfilée par-dessus sa djellaba. Pendant des heures il avait discuté le prix, marchandant franc après franc et finissant par lâcher en plissant les yeux sous des paupières lourdes :

« De toute façon, si vous attendez trop, je finirai par l'avoir pour rien. » Et il avait éclaté d'un gros rire qui avait secoué son épais double menton.

Comme s'il avait cherché à les humilier davantage encore, il était venu prendre livraison de la commode à la fin d'un après-midi, quand la foule recommençait à envahir la rue de la Lyre. Pire ! Simon avait dû l'aider à descendre le meuble, tandis que l'autre lui répétait sans cesse dans l'étroit escalier.

« Attention… Faut pas cogner… Tu vas abîmer mon meuble… »

Tout cela dit d'une petite voix plaintive et jubilatoire qui faisait grincer les dents de Jacob.

Dans la rue, ils avaient chargé le meuble précieux sur une simple brouette, ce déménagement insolite et ridicule n'ayant pas manqué d'attirer les badauds. Jacob avait vu l'autre se rengorger en prenant tout son temps. Pour avancer, il avait écarté la foule en poussant de petits cris stridents qui ressemblaient à s'y méprendre aux cinq notes de « Dje-zair-yaya, vive l'Algérie nouvelle ! »

La roue de la brouette qui était voilée grinçait horriblement. Une femme en haïk blanc interpella Akim en arabe. Il lui répondit en français :

« C'est toi qu'es une mauvaise femme… Un cadeau pareil c'est ni pour ta bouche ni pour ta couche. »

De retour dans la chambre, Jacob avait longuement contemplé le rectangle gris que la commode avait laissé sur ce mur avant de se dire, les yeux au bord des larmes :

« Cette fois, je ne suis plus qu'un vieillard inutile chassé de sa maison. » Et ce sentiment d'inutilité n'allait cesser de grandir en lui au fil des jours jusqu'à l'obsession.

Ils avaient jeté les meubles qu'ils n'avaient pas pu vendre dans la mer, à la pointe Pescade, avec une sorte de satisfaction haineuse pour empêcher que les « autres » n'en profitent.

Depuis qu'il était revenu d'Ikedjane, Simon s'était enfermé dans un silence épais et hostile. Il devenait irascible. À son père qui lui demandait ce qu'il avait décidé pour le domaine, il avait répondu sèchement : « J'ai fait ce que je devais faire. Tout ce que je devais faire. » Il n'en avait pas dit davantage, le regard mauvais.

Jacob ne pouvait deviner qu'il ne subsistait du domaine qu'une carcasse calcinée. Dans un état second, Simon avait mis des jours et des jours à détruire tout ce que ses mains avaient construit. Ça avait commencé un matin quand la rumeur avait couru que des voisins qui lui donnaient la main au moment des vendanges, avaient été retrouvés égorgés avec leurs deux enfants. Un garçon de six ans et une fille de sept. La gamine s'appelait Claire. Elle avait une petite moue espiègle à vous attendrir le cœur le plus dur.

Il s'était alors dirigé d'un pas mécanique vers le hangar de tôle qui abritait le tracteur et toutes les charrues. Sous le hangar, l'air était déjà brûlant malgré l'heure matinale. Simon avait senti la sueur lui piquer les yeux. Il avait tenté de l'essuyer d'un revers de sa manche, mais le tissu rêche de sa chemise de toile ne fit qu'aggraver les choses. Il avait fini par s'en accommoder. En déplaçant la décavaillonneuse pour accrocher la défonceuse au tracteur, il se déchira le dos de la main qui se mit à saigner abondamment. Il ne s'en soucia pas et le sang finit par sécher dès qu'il y eut suffisamment de poussière pour recouvrir la plaie et former une espèce de croûte noirâtre et terreuse.

Le soc de l'énorme charrue avait été travaillé dans l'acier le plus dur mais parfois le tracteur se cabrait tout de même quand il venait buter sur une roche plus obstinée qu'une autre. Sous le soleil de plomb, Simon avait travaillé tête nue. Parfois le craquement sinistre d'un cep que la charrue arrachait au sol, couvrait le bruit du moteur.

Simon avait mis plusieurs jours en avançant parfois très tard dans la nuit pour défoncer les rangs des vignes les uns après les autres. Les ceps n'étaient plus qu'un amas de griffes tordues et grotesques lançant leurs imprécations inutiles vers un ciel indifférent. Les sarments étaient couverts de feuilles déchirées, hachées, que la terre ocre semblait prête à boire. Les grappillons étaient encore verts. Ils ne deviendraient jamais vendange.

Au début, les ouvriers arabes étaient sortis de leurs mechtas pour le regarder faire, puis ils étaient rentrés. Simon avait été incapable de deviner ce qu'ils pensaient mais comme de toute façon il s'en foutait, cela n'avait guère eu d'importance. Il avait continué jusqu'à avoir la peau du visage brûlée par le soleil, tout en se disant que tout ce qu'il détruisait, il lui faudrait le reconstruire un jour ailleurs. C'était cette pensée qui lui avait donné la force de tenir, de continuer.

À la fin, il s'était dirigé vers l'olivier qu'il avait planté devant la maison, pour la naissance de Sarah. C'était déjà un arbre noueux. Il en avait entouré le tronc avec un filin d'acier qu'il avait accroché au tracteur. Le filin s'était tendu jusqu'à rompre mais l'arbre eut une plainte déchirante avant de céder. Il s'était couché sur le sol. Oui, il fallait tout effacer…

En entrant dans le chai, il avait marqué un temps d'arrêt devant l'alignement des cuves. Heureusement, une seule était pleine, sans cela il n'aurait pas eu le courage de faire ce qu'il voulait faire. Il avait bien vendu le vin de la dernière vendange. Alors il avait ouvert la trappe de la cuve. Aussitôt le vin avait jailli en un bouillonnement vermeil et joyeux. Il avait coulé dans la rigole de ciment avant d'aller se répandre sur la terre qui le baisa avec autant d'avidité que si elle avait la gorge sèche.

Le plus dur restait à accomplir. Il avait préparé des bonbonnes de verre remplies de pétrole. Lentement, il avait arrosé les murs de sa maison. Le pétrole s'y était accroché en formant des larmes huileuses et en répandant une odeur âcre. Il avait jeté un morceau de coton enflammé.

Les flammes sont d'abord chétives, hésitantes, musardant avec les murs blancs en une sorte de caresse amicale tout en dégageant une fumée noire épaisse et tourbillonnante. Elles refusent de s'élever, comme si elles voulaient rester à ramper sur la terre avant d'embraser en un grand coup de colère tous les murs de la ferme qui se mettent bientôt à craquer, à se tordre. Simon contemple le brasier. Il devine derrière les flammes la chambre où il a aimé le corps de Jeanne. Il imagine la longue table de bois où, pendant toutes ces années, ils ont pris leurs repas. Parfois avec des ouvriers arabes qu'il avait fallu convaincre d'entrer dans la maison des colons. Oui, il fallait tout effacer. Absolument tout.

Quand il n'y eut plus devant lui qu'un tas de cendres fumantes et de bois calcinés, il monta dans sa vieille camionnette, plus seul que jamais. Dans le rétroviseur, il aperçut un groupe d'Arabes qui s'étaient rassemblés autour de ce qui restait de la maison. Aucun n'esquissa le moindre geste d'adieu. Pas même la nounou qui avait élevé Sarah et qu'il avait fini par considérer comme faisant partie de sa famille.

Plus la date du départ approchait, plus ils s'enfermaient dans leur silence, un silence épais et poisseux comme l'amertume. D'ailleurs, qu'auraient-ils bien pu se dire ? Alors chacun s'était réfugié sur son versant de solitude.

La veille au soir, Jacob était descendu dans sa boutique, où il ne restait plus qu'un piano droit et blanc. C'était un Gaveau qu'une riche famille de colons lui avait laissé en dépôt pour qu'il le vende. Elle n'était jamais venue le rechercher et il n'avait pas eu le cœur de le bazarder avec tout le reste. Il avait pris sa clé à long manche d'ébène qui lui servait à accorder. Il avait commencé à plaquer de la main gauche accord après accord, tandis que de l'autre il modifiait la tension des cordes à l'aide de sa clé.

Quand il estimait qu'une note était juste, il passait à une autre. Puis il avait pris un chiffon imbibé d'eau oxygénée et avait frotté toutes les touches pour les blanchir.

Sarah, qui l'observait en silence depuis un moment, lui demanda :

« Pourquoi tu fais tout cela ?

– Qui sait ? Peut-être un jour une petite fille viendra jouer et elle pensera à nous. C'est important de laisser un souvenir de nous dans ce pays. »

Lui, le seul souvenir qu'il emportera, c'est celui d'une odeur. Celle de son magasin : un mélange d'huile de lin, d'essence de térébenthine, de cire et de poussière.

Il s'était emparé du cadre qui traînait sur le piano. Sur la photo, il était très jeune. Il avait les cheveux gominés et portait un costume en lin blanc avec de larges revers à la veste. On apercevait distinctement la chaîne de sa montre en argent qui pendait au gousset du gilet. Il souriait et s'apprêtait sans doute à jouer. À côté de lui, appuyé nonchalamment contre le piano, il y avait un chanteur célèbre, Lili Labassi. Il avait une voix de ténor et Jacob l'accompagnait partout au piano. Dans des concerts ou pour des mariages, ou pour des Bar Mitzva. Jacob se souvenait qu'il rentrait souvent très gai à la maison, pour ne pas dire carrément ivre, ce qui mettait sa femme Suzanne, qui vivait encore à l'époque, dans une rage folle. Parfois les assiettes volaient dans la cuisine.

Lili Labassi et lui étaient figés dans un temps couleur sépia. Jacob prit la photo et méticuleusement la déchira en morceaux. Il y a des souvenirs qui se consumeraient en traversant la mer. Il fallait faire place nette. Bientôt sa vie plongerait à son tour dans ce néant, alors il faisait place nette. Il alla baisser la grille de fer du magasin. Il n'y avait plus grand monde sous les arcades de la rue de la Lyre. Petit à petit, le rideau masqua les lettres dorées : Jacob Hamani, luthier en piano. Quelque chose venait de mourir en lui. Il n'emporterait, comme vestige de sa vie d'avant, que sa clé à accorder au bout de son long manche d'ébène. Elle était inutile. Comme lui. Il se dit que désormais il allait être à la charge de ce fils qu'il n'avait pas su vraiment aimer et auquel il avait, sans le vouloir, fait beaucoup de mal. Cette idée lui était décidément insupportable. Mais là où il allait, il n'y aurait plus jamais de piano à accorder.

Dans l'appartement de la rue de la Lyre, chacun avait fait la même chose : emporter ou déchirer. Préserver ou renier. L'inventaire avait été morose et douloureux.

Jeanne se serait fait tuer plutôt que de l'avouer, elle emportait un simple bouquet de fleurs de jasmin séchées, un de ces bouquets que l'on glissait derrière l'oreille d'une jolie fille. Si les yeux remerciaient du bouquet, on osait un baiser dans un grand éclat de rire pour ne pas donner trop d'importance au geste. On était à la fois timide et plein d'audace, sans savoir que ce bouquet, un jour, quelqu'un le conserverait dans le secret de ses souvenirs. Jeanne se rappelait comment elle avait rougi. Ce n'était pas un bouquet que lui avait offert Simon…

Sarah avait cherché ce qu'elle pourrait bien emporter, mais le sommeil l'avait gagnée sans qu'elle se décidât. Quant à Simon, il avait trop de rage, trop de haine en lui pour emporter quoi que ce soit. De toute façon, on ne peut emporter des flammes. Si, il emportait malgré tout, malgré lui, quelque chose. C'étaient des mots : aramon, mourvèdre, carignan, grenache, cinsault. C'étaient des noms de cépages qui ressemblaient à un voyage dans l'imaginaire de la terre.

L'Arabe, qui avait posé un chapeau de paille par-dessus le turban crasseux qui lui ceignait le front, avait refusé de les aider à descendre leurs bagages. Après tout, ils avaient si peu à emporter qu'ils n'avaient guère eu besoin de lui.

Dans l'appartement vide qui résonnait curieusement, Jacob avait accompli un dernier geste. Il avait ouvert la cage des tourterelles. Il avait dû frapper sur les barreaux pour qu'elles consentent à s'échapper, comme paralysées par cette liberté soudaine qui leur faisait peur. Elles avaient voleté jusqu'à l'appui de la fenêtre que Jacob tenait ouverte, semblant ne pas comprendre ce qu'on attendait d'elles, poussant de petits roucoulements de colère. Au moins là, elles étaient dans la rue ! Jacob s'apprêtait à fermer la porte à clé, quand il s'était ravisé. Il avait murmuré comme pour lui seul :

« À quoi bon… »

Ils étaient descendus avec leurs valises qui leur battaient les mollets. Dehors, l'Arabe se tenait dans la pénombre en serrant la bride de sa mule d'une main noueuse, l'œil aux aguets en essayant de percer, de son regard craintif et nerveux, l'obscurité qui enveloppait encore les arcades, et dans laquelle il imaginait il ne savait quelle menace, tandis que l'aube naissante s'installait rue de la Lyre. De temps à autre, on entendait une détonation sèche qui le faisait sursauter, l'obligeant à affermir sa poigne sur le licou de la bête pour l'empêcher de broncher. Sans un mot, Simon avait chargé les valises.

L'Arabe fit claquer sa langue. La mule tira sur les limons de la charrette. Une valise bascula contre les ridelles. Ce fut un cortège étrange et honteux qui s'ébranla vers le port. Ils croisèrent Tony Miralès et sa femme qui revenaient du marché, un panier d'osier rempli de poivrons, de tomates et d'aubergines. Par-dessus, enveloppés dans du papier de soie, il y avait des petits pains d'anis. La vie suivait son cours.

Quand les deux familles se croisèrent, chacun détourna la tête pour ne pas voir la honte des autres. On entendit la sirène lointaine d'une ambulance, alors que la carriole arrivait à hauteur de la grand-poste. Devant eux, il y avait le miroitement de la mer. Bientôt, ils franchirent les barbelés déroulés sur le sol qui délimitait le périmètre du port. Des soldats en treillis ne leur jetèrent qu'un regard indifférent. Les valises, qui tiraient sur leurs bras, leur semblèrent soudain plus lourdes. Infiniment plus lourdes.

À leur tour, ils essayèrent de trouver une place dans la foule qui attendait que l'*El Biar* appareille, sans savoir qu'ils allaient attendre jusqu'au crépuscule le départ du bateau.

III

La traversée

LE CIEL AVAIT PRIS une de ces teintes imbéciles qui rend sentimental, une sorte de lavis couleur rose thé avec des traces jaune safran, quand une manche galonnée avait libéré le portillon qui fermait la passerelle de bord. Elle s'enfonçait comme un pieu dans les flancs de l'*El Biar*. Il y avait d'abord eu un brouhaha dans lequel Jacob Hamani avait cru discerner du soulagement avant qu'il ne se transforme en une espèce de murmure soyeux. Soulagement compréhensible puisqu'ils étaient restés presque la journée entière sous un soleil de plomb, la gorge en feu ; trouver un peu d'eau fraîche et boire devenant une occupation de plus en plus obsédante au fil des heures.

Quand le marin les avait invités à monter, Jeanne avait soupiré d'une voix lasse :

« Enfin. Mais on ne saura jamais pourquoi ils nous ont fait attendre tout ce temps. »

Simon avait alors voulu essuyer la sueur qui lui coulait sur le front avec son mouchoir, mais elle l'avait repoussé avec irritation.

Chacun s'était emparé de ses bagages. Les valises s'étaient mises à pendre au bout des bras comme des trophées pleins d'amertume. Dans la bousculade, il y avait eu des cris. Même quelques injures qui libéraient de la tension des dernières heures. C'était comme du sang qui se remettait à battre dans les veines après une longue immobilité.

Il y avait eu surtout des sanglots qui les avaient sortis de cette hébétude animale et passive quand ils s'étaient rendu compte que dans deux minutes, une minute, quelques secondes, ils allaient quitter ce sol que tous ils avaient aimé.

Devant eux, la passerelle qui oscillait avec ses planches disjointes devenait une sorte de frontière impitoyable qui les empêcherait à jamais de revenir en arrière. Une muraille qui coupait leur vie en deux.

Quelques pétrels attardés dans le crépuscule qui s'annonçait semblaient les narguer de leurs piaillements colériques. Un fou masqué, le poisson qu'il avait éperonné dans le bec, était pourchassé par d'autres oiseaux. Ultimes images qui se logeaient dans leur mémoire sans qu'ils en aient conscience.

Quand ce fut son tour d'avancer, Simon posa un pied sur la passerelle avec une détermination farouche, le visage fermé, les mains crispées sur les poignées des valises. Pour ne pas se laisser submerger par les regrets, il n'avait cessé de se répéter que là-bas ça valait bien ici, que le ciel avait partout la même couleur et que les feuilles de vigne trembleraient de la même façon sous la bise qu'à Ikedjane. Il reconnaissait qu'il avait eu de la chance d'avoir trouvé cette « vigne au tiers » sur l'autre rive de la Méditerranée grâce à une annonce parue dans *la Dépêche d'Alger*.

Il imaginait cette vigne. Il la voyait devant ses yeux peigner soigneusement une colline inconnue dont il dessinait à merveille les courbes dans sa tête. Ça l'aidait.

De toute façon, il avait toujours vu dans cet exil forcé une sorte de vérité pathétique de la condition humaine et avait depuis longtemps renoncé à se révolter.

Ce qui l'inquiétait, c'était son père. Il ne lui avait jamais pardonné, mais c'était son père, voilà tout. Il ne se résignait pas à le voir s'enfoncer dans cette désespérance muette qui laissait pressentir que bientôt il n'aurait plus la force de vivre.

C'est au changement de sonorité de ses pas, à l'odeur âcre d'huile brûlée et de métal chaud, qu'il s'aperçut qu'ils avaient pénétré à l'intérieur du navire. Devant lui, son père, le dos voûté, avançait comme s'il portait un fardeau. Sarah ne le touchait pas, mais semblait le soutenir. Curieusement, au milieu de toute cette foule, Jeanne semblait plus légère. Elle avait le visage détendu comme si ce départ la soulageait dont elle ne savait quel poids.

Quand ils atteignirent les coursives qui conduisaient aux cabines, le ciel avait changé de couleur. Il était devenu bistre et était parsemé de longues estafilades émeraude. C'était un ciel qui parlait avec emphase.

Accoudés au bastingage, les premiers arrivés purent contempler la longue procession d'insectes blessés et fourbus se poursuivre sur la passerelle. D'en haut, on entendait beaucoup mieux le clapotis des vagues battre contre les flancs du bateau en un rythme d'une sourde mélancolie. Une lumière gris ardoise enveloppait maintenant la ville, la plongeant dans cette extase poignante d'entre chien et loup. Vu de la passerelle, comme la ville paraissait soudain paisible et tranquille.

Ne s'étaient-ils pas trompés ? Après tout, n'avaient-ils pas exagéré le danger ? Ne faisaient-ils pas fausse route en s'enfuyant ? Et Jeanne se dit qu'il devait y avoir, comme tous les autres soirs, des hommes qui mimaient l'insouciance à la terrasse des cafés.

Au moment d'appareiller, on vociféra des ordres. Il y eut des grincements de chaîne quand on remonta l'ancre. Un choc sourd qui fit vibrer la coque du paquebot indiqua qu'elle venait de se loger dans l'écubier. Les Hamani ne l'entendirent pas. Ils avaient gagné leur cabine parce qu'ils n'avaient pas eu le cœur de se retourner et de voir Alger, avec les premières lueurs qui scintillaient comme des étoiles, disparaître lentement à l'horizon.

Sarah partageait sa cabine avec son grand-père. L'espace confiné sentait l'odeur de tabac froid et, assez inexplicablement, le chou aigre. Quelqu'un avait abandonné un journal datant de plusieurs jours. Le matelot chargé de l'entretien n'avait pas cru bon sans doute de le faire disparaître. Les gros titres annonçaient les premières décisions du tout nouveau haut-commissaire du gouvernement en Algérie, le suicide d'un mannequin vedette de Nina Ricci parce qu'on avait découvert qu'elle avait menti sur son âge. Il y avait aussi une photo de la chanteuse Régine, opulente et rousse, dansant le twist avec un verre sur la tête. C'était la litanie des jours saisis dans leur banalité ordinaire. Jacob chiffonna le journal. Il n'y avait pas un mot sur leur douleur.

Il s'assit sur le bord de sa couchette, sa kippa posée au sommet de son crâne chauve. Sarah vit soudain le dos de son grand-père secoué de sanglots.

« Pourquoi tu pleures, Jacob ? Même si ce foutu pays ne veut plus de nous, ce n'est pas l'enfer.

Depuis le temps qu'on nous chasse de partout, on a l'habitude. »

Même petite, elle n'avait jamais appelé son grand-père autrement que par son prénom. Pourquoi ? Elle aurait été incapable de l'expliquer. Peut-être par besoin d'entretenir une espèce de camaraderie complice avec le seul membre de sa famille qu'elle aimait vraiment. Elle revit son visage effaré quand elle avait massacré au piano une chaconne de Bach qu'il avait mis des semaines et des semaines de patience à essayer de lui apprendre. Elle devait avoir sept, peut-être huit ans. L'évocation de ce souvenir la fit éclater de rire. Il se méprit.

« T'as raison de te moquer de moi... Je ne suis qu'un vieil imbécile. »

Elle voulut le détromper, mais il la fit taire d'un geste de la main, et poursuivit :

« C'est sûr, c'est pas la fin du monde... Mais là-bas, je ne servirai plus à rien. C'est un pays sans piano. Je ne verrai plus mes copains. Je n'entendrai plus leurs voix. C'est peut-être ce qu'il y a de plus dur dans l'exil : l'absence des voix. Peut-être s'écrira-t-on une lettre ou deux, mais par la force des choses, elles se feront de plus en plus rares, et je ne saurai jamais ce qu'ils vont devenir. C'est d'abord cela l'exil, le silence des jours qui s'écoulent. Et à mon âge, je n'aurai pas le temps d'apprendre à d'autres à me supporter. »

Il eut un petit rire de gorge pour ponctuer sa phrase, avant d'ajouter, après un long soupir :

« Se dire qu'on n'a plus le temps d'entamer une autre vie, c'est quelque chose de terrifiant. Toi, c'est pas pareil : la vie, tu l'as devant toi. »

Sarah crut discerner dans le ton de son grand-père l'infini des regrets. Et il ajouta d'une voix aussi basse qu'une plainte :

« Que ma carcasse finisse dans une fosse commune, je m'en fous. L'Autre là-haut saura bien faire son tri. Mais je ne pourrai plus jamais aller sur la tombe de Suzanne. Ne plus pouvoir parler à ta grand-mère, je crois que je ne saurai jamais le supporter. »

Sarah sentit sa gorge se nouer. Elle vint s'asseoir près de Jacob et lui entoura les épaules de son bras comme on console un enfant. Elle aurait été incapable de lui dire un mot sans elle-même fondre en larmes, donc elle se tut. Elle se sentait gauche et impuissante devant ce chagrin.

« Tu consoles la vieille bête ? dit-il avant d'essuyer ses yeux d'un revers de manche et de poursuivre : Ce n'est rien, juste un moment de cafard. »

Il esquissa un pâle sourire. Il avait ôté ses lunettes. Il avait un nez fort, pas trop busqué, des sourcils épais et encore sombres, un front interminable et surtout deux plis verticaux pleins d'amertume qui encadraient sa bouche aux lèvres lourdes, et que Sarah remarqua pour la première fois, comme s'ils venaient de naître sur ce visage tourmenté. Et pour la première fois, Sarah se dit que son grand-père était vieux. Cette découverte la bouleversa.

L'atmosphère étant devenue trop étouffante à l'intérieur de la cabine, Jacob et Sarah finirent par sortir. Avec soulagement. Les coursives étaient encombrées d'une foule nerveuse et volubile. Tout le monde parlait fort comme si le flot des paroles devait les libérer de l'angoisse. On s'interpellait sans se connaître. La question qui revenait le plus souvent était :

« On vous attend à terre ? ou quelqu'un vous attend là-bas ? » Cette probabilité fixant une ligne de partage invisible entre ceux qui, précisément, étaient attendus, et ceux qui ne l'étaient pas. Elle changeait la nature profonde de leur exil. Quelquefois on n'attendait même pas la réponse, on reprenait sa marche au milieu des autres, au milieu de tous ceux qui partageaient la même douleur, et dont on se sentait à la fois très proches et très lointains. Sur ce bateau, ils ressemblaient eux-mêmes à de fragiles esquisses ballottées par les vagues et prêtes à sombrer.

Un attroupement s'était formé au pied de l'escalier métallique accédant au pont. Un coup de mer un peu plus violent et les canots de sauvetage grincèrent sur les cabestans. Dans ce qui restait de jour, à moins que ce ne fût dans la clarté laiteuse de la lune, on pouvait apercevoir un long sillon d'écume blanche empanachée de fumée, tandis que les lumières du navire éclataient dans la mer. Une femme aux lèvres épaisses fortement maquillées, le corps serré dans un tailleur de laine, retenait autour d'elle un groupe d'hommes. Elle avait une lourde chevelure brune et ondulée qu'elle secouait en ponctuant ses phrases. Elle parlait fort en tirant sur l'écharpe bleu pâle qui lui entourait la gorge. Jacob la trouva vulgaire, mais ne put s'empêcher d'écouter.

« Ne soyez pas désespérés ! On n'est pas partis pour bien longtemps, va ! Sitôt que les choses vont se calmer, on rappliquera dare-dare, croyez-moi. Ils ne vont pas manquer de nous rappeler, sinon comment ils feraient tourner leur fichu pays. Même indépendants, ils s'apercevront vite qu'ils ont besoin de nous. » Elle ajouta, comme pour elle-même : « Après tout, ce pays est aussi le nôtre. »

La bouche très rouge de la femme chantait un moment d'espérance. C'était du baume sur des plaies à vif. On sentait que tous ceux qui l'écoutaient voulaient y croire.

« Que le Très Haut vous entende », dit un homme en posant sa main sur le bras nu de la femme, comme on touche une icône.

« Dieu n'a rien à voir là-dedans… C'est du simple bon sens », répliqua la femme avec un air offusqué et en faisant tournoyer à nouveau sa chevelure torride.

Un homme entre deux âges s'était approché du groupe. Il se tenait derrière Jacob et Sarah. Il se singularisait en portant un veston sombre ainsi qu'un gilet boutonné sur une chemise blanche, une cravate nouée autour du col et un feutre à bord retourné. Il paraissait démodé, sans doute un inspecteur quelconque envoyé par un ministère quelconque. Il coupa la femme.

« Si vous revenez, ils vous attendront », et il fit le geste de passer son pouce sur la gorge avant de hausser les épaules et de tourner les talons, parce que la cloche annonçant un dîner frugal venait de retentir. La réponse de la jeune femme se perdit dans le vacarme des paquets de mer qui se fracassaient contre la coque parce que le vent devenait plus fort.

Jacob avait posé la main sur l'épaule de Sarah comme s'il cherchait un appui. Et c'est vrai qu'à ce moment-là, c'était comme si toutes les vieilles douleurs de son corps s'étaient réveillées. Il n'avait pas bougé d'un pas mais il se sentait les jambes molles comme si le roulis quasi imperceptible était prêt à le déséquilibrer. Il murmura :

« Après tout, qui peut savoir ce qui peut arriver. Elle n'a peut-être pas tort. »

Il se souvint que par une ultime provocation il n'avait pas fermé à clé la porte de son appartement de la rue de la Lyre. Il le regretta. La voix tranchante de Sarah le tira de sa songerie.

« Ah non, tu ne vas pas croire à toutes ces sornettes… Rapatrié… ça veut bien dire que notre patrie est ailleurs, non ?

– T'as raison, petit soldat. On ferait mieux d'aller dîner. Tes parents attendent. »

En descendant vers la salle à manger, par l'escalier en colimaçon, Jacob éprouva la désagréable impression d'avancer comme un jouet mécanique, un de ces jouets en tôle peinte qu'on remonte avec une clé. Il se sentait ridicule mais n'en continua pas moins d'avancer vers cet énorme vide qui lui aspirait les tripes et l'âme.

Pendant la nuit du voyage, personne ne parvint vraiment à trouver le sommeil. D'habitude, le ronronnement lointain et assourdi des machines dans la profondeur du navire communiquait aux corps de sourdes vibrations qui les aidaient à sombrer dans l'inconscience. Mais là, il y avait trop de pensées contradictoires qui assaillaient les uns et les autres, trop de nervosité, trop d'inquiétude pour pouvoir trouver ne serait-ce qu'un semblant de sommeil. Alors, au cours de la nuit, beaucoup se levèrent pour déambuler dans les coursives en quête de repères. On y apercevait les extrémités incandescentes de cigarettes brasiller dans la nuit.

Elles faisaient comme des signaux appartenant au code mystérieux de la détresse.

Dans une obscurité sans lune, l'*El Biar* ne donnait plus l'impression d'avancer. Sur une mer redevenue trop calme, il paraissait s'être figé en une sorte d'immobilité nocturne et angoissante.

Sarah avait dû somnoler un moment, car elle fut réveillée par un cri qui déchira la nuit de la cabine pour se demander aussitôt si ce n'était pas elle qui venait de le pousser. Un cauchemar ? Elle avait le corps en sueur, le front moite. Elle s'aperçut que la couchette de son grand-père était vide. Elle se leva à son tour et partit à sa recherche. Sitôt dehors, elle remarqua, dans la pénombre que seule perçait la lumière bleutée des veilleuses, une femme qui pleurait. À côté d'elle, un homme la suppliait et essayait de la consoler mais sans penser à sécher ses larmes.

Elle ne rejoignit son grand-père que sur le pont. Il parlait avec un groupe d'Arabes qui se tenaient à l'écart de la foule des autres passagers. Ils étaient adossés contre des bâches qui recouvraient sans doute des malles. Les Arabes étaient serrés les uns contre les autres pour se protéger d'un vent impétueux et glacial qui secouait maintenant le bateau et qui rabattait en tourbillonnant des volutes de fumée âcre qui les faisaient tousser. L'un des Arabes, celui qui paraissait le plus âgé, tira d'un cabas des galettes de pain qu'il déchira en morceaux pour les partager avec ses compagnons, qui commencèrent à mastiquer en silence. Il en offrit à Jacob qui refusa d'un geste. D'où elle se trouvait, Sarah ne pouvait entendre ce qu'il disait. Elle ne distinguait que la longue silhouette de son grand-père, les épaules voûtées, qui parlait avec les mains.

Un des Arabes pointa un doigt dans sa direction. Des fragments de pain tombèrent dans les plis de ce qui sembla à Sarah être un sarouel. Il les épousseta d'un revers de la main. Jacob s'était retourné et s'avança vers elle.

« Ah ! te voilà, petit soldat. Toi non plus tu ne peux pas dormir ? » Et comme s'il s'était senti pris en faute, il désigna les Arabes et ajouta :

« Eux aussi s'enfuient…

– Qu'est-ce que tu leur disais ?

– De quoi veux-tu que l'on parle sinon de ce voyage qui ne mène nulle part. Tu sais, tout se bouscule dans ma tête. Ne plus avoir rien de solide auquel se raccrocher, ça donne l'impression de s'enfoncer dans un marécage. Oui, ce bateau, c'est un marécage.

– Tu vois tout en noir. Il nous éloigne aussi de cette folie, c'est déjà pas si mal. »

Jacob n'entendait plus ce que lui disait Sarah. Les paroles de sa petite-fille ne lui parvenaient que comme une suite de sons informes auxquels il était incapable de donner un sens. Il arrive un moment où le cafard devient si compact qu'il enserre sa proie, qu'il l'isole des autres, avant de l'étouffer peu à peu. Souvent la nuit en décuple la force. Pensant sans doute que Sarah ne l'entendait pas, il murmura, tout en fixant le gouffre obscur de la mer.

« Ce serait si simple... avoir le courage... basculer.

– Et tu salueras les mérous de ma part. Mon pauvre Jacob, même les crabes ne voudraient pas de toi. T'as la peau bien trop dure. »

Il se produisit alors quelque chose d'inimaginable un instant auparavant : Jacob éclata de rire. Un rire qui sonna comme une délivrance dans l'épaisseur de la nuit. Même s'il se perdit dans le vacarme des vagues, ce n'était plus un rire de vieux.

« Il ne faut pas te faire tant de soucis. Tu sais bien que mon père a tout prévu. Comme d'habitude, ajouta Sarah ironique.

– Tu es sévère avec ton père.

– Un père qui n'est jamais venu me border dans mon lit un seul soir. T'appelles ça un père ? Et ma mère, c'est pareil.

– Ne les juge pas. Un jour peut-être tu comprendras. J'ai ma part de responsabilité dans cette histoire. Peut-être que plus tard je t'expliquerai.

– Pourquoi pas maintenant ?

– Plus tard. »

Sarah haussa les épaules. Elle n'insista pas, comme si cela ne la concernait plus, mais Jacob venait de se rendre compte à quel point sa petite-fille était une écorchée vive. Il songea : « Oui, il faudrait que je lui explique. » Tandis qu'elle ajoutait :

« Pour ne plus se ronger les sangs, il faut prendre la vie comme elle vient. Il suffit d'oublier tout ce qu'on a abandonné, et hop ! on referme la fenêtre sur ses souvenirs.

– T'as déjà oublié ton amoureux, cœur d'artichaut ?

– Quel amoureux ? demanda-t-elle, soudain sur ses gardes.

– Quel amoureux ! Elle me prend vraiment pour une vieille baderne. Mais Mansour, pardi. Tu crois que je n'ai pas remarqué ton manège. »

Ce fut au tour de Sarah de paraître décontenancée, avant de reprendre :

« Surtout ne dis rien à mon père, sinon il va me tuer.

– Bien sûr que non, petite folle. »

Sarah s'enferma dans un silence mélancolique. Elle pensa à son père qui ne supportait pas qu'elle s'approche des garçons. Dès qu'elle avait eu des seins, ils s'étaient mis à bourdonner autour d'elle comme des abeilles de mai autour des fleurs d'eucalyptus. Alors, il lui avait fallu chaque jour rendre compte de son temps. Une minute de retard, c'était une avalanche de questions ou de reproches. Si ce n'était pas son père qui les posait, c'était sa mère. Sa vie n'était plus devenue qu'un chronomètre pour mesurer le temps exact du trajet qui séparait le collège d'Ikedjane de la ferme. Deux kilomètres trois cent cinquante-deux mètres exactement qu'elle devait parcourir sans flâner. Sans se détourner. Sans pouvoir respirer. Sans liberté. C'était devenu ça sa vie : pas de tendresse, mais un gigantesque chronomètre.

Elle n'avait pas d'amie, elle avait dû s'en inventer pour pouvoir mentir en toute quiétude. Elle se demandait encore comment elle avait pu s'échapper avec Mansour à deux ou trois reprises. Et surtout, comment ils avaient pu défier les mille oreilles et les mille yeux qui voyaient tout ce qui se passait dans le village à travers les murs épais en pisée des gourbis. Comme il avait fallu broder. Inventer. Ruser, avec parfois le cœur qui battait tant la chamade qu'elle était obligée de l'emprisonner au creux de sa main pour ne pas qu'il s'envole.

Mansour ? À dire vrai, elle l'avait oublié. Enfin, presque. C'était un garçon très brun que ses parents, qui travaillaient à la vigne de son père, avaient réussi à envoyer au collège. Il était très brun mais avait des yeux si vastes, si liquides, que n'importe quelle gamine qui les avait croisés un jour n'avait plus qu'une idée en tête, aller se jeter dans ce regard pour s'y baigner toute nue. Elle s'en voulait mais avait sombré comme les autres. Chaque fois qu'elle le regardait, qu'elle s'approchait de lui, il baissait les yeux ou pressait le pas pour l'éviter. C'était un Arabe, alors… un jour qu'ils étaient seuls sur le trajet du collège, elle s'était mise à courir pour le rattraper. Parvenue à sa hauteur, elle lui avait demandé sans reprendre son souffle pour ne pas lui laisser le temps de s'échapper :

« Tu t'y connais en nid ? »

Il l'avait regardée, interloqué, cherchant de son regard affolé une échappatoire mais à cet endroit il n'y avait qu'une étendue de terre ocre et de roches grises pigmentées de touffes d'alfa, alors il s'était senti pris au piège, d'autant que sans lui laisser le temps de répondre, elle avait enchaîné :

« J'ai vu un immense geai bleu ! J'aimerais que tu m'aides à trouver son nid. »

Le matin même, l'oiseau était passé juste au-dessus de sa tête, indifférent et farouche dans la lumière oisive du jour naissant. Son vol était lourd et saccadé, pourtant elle n'avait eu que le temps de l'entrevoir et d'entendre ses petits cris rauques de colère. Mais ça avait été un embrasement de couleurs. D'abord ce bleu sous le ventre – « Presque comme tes yeux », expliqua-t-elle à Mansour –, du bleu parsemait également les ailes. Il y avait aussi toutes sortes d'autres couleurs dont elle ne se souvenait pas parce qu'elle n'avait fait qu'entrevoir l'oiseau. Mais ça avait été une fête enivrante, le mirage de la beauté absolue qui vous coupe le souffle.

« Celui qui n'a jamais vu de geai bleu ne peut pas comprendre », expliquait-elle maintenant à un Mansour médusé qui buvait ses paroles. L'image du geai bleu l'avait poursuivie durant toute la journée, comme le symbole de son audace inouïe pour avoir osé adresser la parole à un Arabe de son âge.

Elle s'était juré de retrouver l'oiseau. C'était le genre de serment irréfléchi que l'on se fait à soi-même mais auquel assez inexplicablement on se raccroche. Le vol du geai bleu l'avait bouleversée. Il venait de donner un sens à sa vie en lui faisant entrevoir la beauté du monde. Elle n'aurait pas compris que Mansour refusât de l'aider. D'ailleurs, il n'osa pas. Les deux autres fois où ils se revirent, ils partirent à la poursuite de l'oiseau mais sans jamais le retrouver.

Quelle n'avait pas été sa stupéfaction quand, quelques semaines plus tard, elle avait revu Mansour à Alger. Il était planté devant la vitrine du magasin de la rue de la Lyre. Il devait attendre depuis longtemps son retour et dévorait les pianos des yeux. Elle lui avait souri. Elle était sortie. Dans une grande ville, c'était plus facile de se promener ensemble. On faisait moins attention à eux. Alors, un jour, elle lui avait pris la main. Il avait rougi mais bientôt s'était enhardi. Dans un jardin, derrière une haie de cyprès, il avait osé un premier baiser. Elle avait conclu que ses lèvres sentaient l'amande douce. Elle n'avait pas trouvé cela désagréable. Quand il avait glissé sa main entre son corsage et sa peau, elle s'était crispée mais avec la caresse qui avait enveloppé son sein, elle avait découvert l'hallucinante vibration de plaisir. Il avait fait frissonner son corps tout entier. Elle avait tout de même jugé qu'elle en savait assez sur l'amour.

Sarah se sentit soudain enveloppée par un souffle glacial. Elle n'y avait pas encore prêté attention mais elle reconnut le piaillement des mouettes, tandis qu'une lueur rose pâle déchirait l'horizon. Le vent venait de la terre. Il était âpre et salé. Il transperçait leurs vêtements.

« Allons, petite fille, il faut se préparer. » Jacob avait aussi le corps parcouru de frissons. Il parut fatigué, très fatigué, à Sarah. Une petite fille en robe rouge que le vent avait transformée en une corolle de fleurs voulait aller marcher sur la mer. Ses parents avaient toutes les peines du monde à la retenir. Bientôt le paquebot fut en vue de Marseille.

Ils étaient comme des naufragés tassés contre le bastingage à essayer d'entrevoir, avec une angoisse palpable, un morceau de cette terre qui s'avançait vers eux de toute son ombre à la fois inquiétante et rassurante, tandis que l'*El Biar* se préparait à accoster. Dans la cohue, Jacob et Sarah avaient perdu les parents, qu'ils renoncèrent bientôt à chercher. Justement, à côté d'eux un homme avait mis sa main en visière pour essayer de reconnaître sa jeune amie – c'est du moins ce qu'il leur avait expliqué – parmi la foule qui attendait sur ce quai de la Joliette, massée derrière des barrières métalliques. De temps en temps, une main s'en détachait pour adresser un signe à quelqu'un sur le navire. Car il y avait ceux qui étaient attendus – les plus chanceux –, ceux qui faisaient semblant de l'être pour donner le change, et ceux qui ne l'étaient pas du tout, comme les Hamani : c'étaient les plus nombreux.

Ils étaient harassés. Hagards. L'ombre bleutée des barbes de la nuit avait creusé les traits des visages. Les enfants que leur mère portait dans leurs bras, s'étaient mis à pleurer de concert. On les avait emmitouflés dans des couvertures ou dans des langes pour les protéger du vent glacial qui soufflait de la terre et dont la violence les avait surpris. Des femmes rajustèrent machinalement leur foulard sur leurs cheveux.

Sur le quai, il y eut un long moment de flottement, d'indécision, comme s'ils avaient dû réapprendre à affermir leurs pas sur le sol avant que tous, ils ne laissent derrière eux, comme un regret, l'*El Biar* amarré.

Les formalités policières tatillonnes et soupçonneuses durèrent des heures. Elles mirent les nerfs à vif à plus d'un. L'air vibrionnait d'invectives ou de supplications. Près des Hamani, un grand type pérorait, prenant l'indifférence excédée de la foule comme une approbation.

« Mais vous voyez comment ils nous traitent ! Pire que des chiens ! Je vous le garantis, ils entendront parler de moi. »

De l'autre côté du guichet, en guise de réponse, on entendit juste : « S'il n'est pas content celui-là, il n'a qu'à reprendre le bateau dans l'autre sens. On ne lui a pas demandé de nous envahir. On n'en retient aucun de ces pouilleux ! »

Les uniformes s'étaient transformés en un mur d'hostilité. Cependant, il arrivait que l'un d'entre eux se montrât compatissant. Il hochait alors du képi en examinant tout de même longuement les papiers, allant parfois consulter le gradé maussade qui se tenait en retrait et qui finissait immanquablement par faire un geste las de la main pour signifier qu'il accordait le passage, comme s'il accordait sa grâce. Alors la file avançait d'un cran pour se livrer à la sollicitude empressée d'autres uniformes : ceux des infirmières de la Croix-Rouge.

L'une d'elles, la démarche arrogante, le visage anguleux, mais les cheveux permanentés dépassant de la coiffe grise, se précipita vers Jacob pour l'aider à marcher.

« Est-ce que je parais si faible que ça pour qu'on veuille m'entourer comme un impotent », se demanda-t-il. Tout en souriant, il la repoussa avec fermeté. Un instant désorientée, elle fit pivoter sa coiffe au-dessus de l'agitation bruyante et désordonnée de la foule, avant de fondre comme l'épervier sur la musaraigne sur une vieille femme qui avançait péniblement en s'appuyant sur une canne, tout en traînant sa valise. L'infirmière s'en saisit avant de passer un bras autoritaire sous celui de la vieille dame, avec un air de triomphe qui n'échappa pas à Jacob. Elle avait trouvé sa proie.

Jacob se demanda si ce n'était pas le vide de leur propre existence qui en précipite ainsi certains vers les autres. Il demanda à Sarah :

« Si sa raison de vivre c'est de s'occuper d'une vieille avec une canne, c'est un peu court, non ?

– Ça, c'est de l'ironie de vieille baderne, s'esclaffa-t-elle, on ferait mieux de retrouver les parents, je n'ai pas envie qu'on s'éternise ici. »

À leur grand étonnement, Jacob et Sarah n'en eurent pas fini pour autant avec les infirmières. Tout avait été organisé pour que chaque nouvel arrivant soit obligé d'emprunter une sorte de sas en toile à l'intérieur duquel – suprême humiliation – on vaporisait sur leurs cheveux et leurs vêtements, du D.D.T. Comme s'ils étaient des pouilleux. Comme si on les soupçonnait d'apporter avec eux on ne sait quel germe mortel. Et pas question d'échapper aux cerbères de la désinfection : si quelqu'un se rebellait, aussitôt deux policiers entraient dans le sas la matraque à la main. Alors, personne n'insistait vraiment. C'est à ce moment-là que Jacob remarqua que tous ceux qui les avaient approchés jusqu'ici portaient des gants.

Dans le vaste hall de la gare maritime, on avait installé une longue table sur des tréteaux. Elle était recouverte d'un drap sur lequel il y avait des piles et des piles de sandwiches qu'on tendait aux arrivants qui se mettaient bientôt à mastiquer d'un air absent, le regard encore plus vide qu'auparavant. On leur offrait ensuite une tasse de chocolat chaud ou de café brûlant, qu'ils lampaient mécaniquement. Le train des bonnes œuvres était en marche. Avec une célérité désormais souriante, les belles âmes du Secours catholique, de l'armée du Salut ou du Secours israélite, rassérénées par le D.D.T., pouvaient s'affairer l'esprit tranquille. Car chacun avait ses naufragés, comme autrefois les dames patronnesses leurs pauvres.

Des moineaux avaient pénétré à l'intérieur de la gare maritime par des vitres brisées. Ils sabraient l'air de grands coups d'aile en donnant l'impression d'aller s'écraser contre la verrière, avant de bifurquer au dernier moment. Les plus audacieux s'étaient déjà mis à sautiller sur les dalles du sol pour picorer, entre la forêt des jambes, les miettes de pain ou de gâteau. Les plus craintifs reprenaient leur distance d'un battement d'ailes. Sarah regarda les moineaux en songeant à son geai bleu.

Dans un angle du bâtiment, on avait installé une vraie pouponnière avec des réchauds pour chauffer les biberons. Des jeunes filles en blouse blanche soulageaient les mères en le donnant à leur place. On avait l'impression, à voir leur sourire épanoui, qu'elles y prenaient un vrai plaisir. Auparavant, elles n'avaient manqué de faire gicler une goutte de lait sur le dos de leur main pour en vérifier la température avant d'enfourner la tétine dans la bouche du moineau avide qui se précipitait en piaillant. Un bébé se mit à hurler. Sa mère, une très jeune femme au visage rond et coiffée d'un béret bleu marine, comme on en porte dans les pensionnats religieux, demanda un pliant de toile à l'infirmière. Sitôt assise, elle tendit à l'enfant un sein lourd qui le calma. Simon dit à Jeanne :

« Elle doit avoir l'âge de Sarah, avant d'ajouter, on n'est pas près de les retrouver dans cette foule.

– Ne t'inquiète pas, ils ne sont pas perdus, ils ont toujours su se débrouiller. »

Les Hamani se rejoignirent au terme de l'ultime étape de ce jeu de piste de la souffrance : des tables derrière lesquelles se tenait une armada de fonctionnaires de la préfecture. Méticuleux et austères, ils faisaient remplir des formulaires, des tas de formulaires. La tension était à son comble.

Bousculant ceux qui se trouvaient sur son passage, Simon revenait furieux.

« Que se passe-t-il ? demanda Jacob.

– Tous pareils… Des imbéciles. Des petits boucs étriqués et misérables, éructa Simon. Je leur demande l'heure des trains et ils me répondent qu'ils ne sont pas employés au chemin de fer et exigent que je remplisse leur maudite paperasse pour toucher des aides.

– Qu'as-tu fait ?

– Je leur ai jeté à la figure.

– Tu fais le fier, mais on en aura bien besoin de cet argent. Après tout, ils ne nous font pas l'aumône. Ils nous le doivent.

– Ah ! toi et ton argent ! rétorqua Simon excédé, de toute façon, ce n'est pas une poignée de nouveaux francs qui changera notre sort. Maintenant, dépêchons-nous. Il va falloir trouver un taxi dans cette cohue si on ne veut pas manquer notre train. »

Ce n'est qu'au moment où ils installèrent leurs valises dans leur compartiment, pestant contre l'étroitesse des filets à bagages, que les Hamani prirent conscience de leur différence. Le train était bondé. Les autres voyageurs se retournèrent sur eux parce qu'ils parlaient fort, et parce qu'il y avait leur accent. Un accent qui a toujours fait chanter ses consonnes, fait sonner ses muettes, un accent aux sonorités de feu de paille.

Le sifflet du chef de gare libéra toute la puissance des bielles et des pistons de la lourde locomotive qui s'ébroua en crachant un panache de fumées aussi noires et âcres que celles qu'ils avaient respirées sur le paquebot. Sarah remarqua alors les photos accrochées aux parois du compartiment de seconde classe. Elle ne put s'empêcher de s'exclamer, faisant sursauter les autres voyageurs :

« Regardez ! C'est notre pays ! »

Les vues en noir et blanc avaient été prises rue Michelet et place de la Poste. Elles représentaient un Alger idyllique à jamais disparu, et déjà si loin d'eux. Ils sentirent leur gorge se nouer.

Devant la vitre du train défilaient des paysages qu'ils n'avaient jamais vus ailleurs que dans leur manuel de géographie. D'abord des montagnes aux arêtes effilées et aux parois déchiquetées de ciment gris, de vastes étendues d'herbes noueuses qui alternaient avec les cathédrales hautaines des platanes, ou avec des roselières. Des villages battaient le rappel, autour de leur clocher, de maisons aux fronts butés et aux toits de tuiles ocre et rondes.

Un vol de flamants roses qui semblèrent un instant vouloir se lancer à la poursuite du train annonça une nouvelle frontière. Ils pénétrèrent dans un pays liquide qui semblait posé sur un miroir sans tain. Les sabots des chevaux en liberté faisaient jaillir des étincelles qui explosaient dans la lumière du soleil. L'échine de taurillons espiègles traversait des haies de joncs comme autant de traits de fusain tracés par un peintre fou. Depuis longtemps Sarah avait abandonné son air boudeur pour coller son nez à la vitre. Elle était redevenue une enfant qui s'émerveillait.

Puis ils entrèrent enfin dans le pays des vignes, une étendue infinie de vignes que le train semblait profaner. La ligne des ceps formait comme de gigantesques rails qui se perdaient dans une terre grisâtre. Au fur et à mesure que le train avançait, les collines étaient de plus en plus fréquemment balafrées de larges taches béantes comme des plaies à vif : c'étaient les vignes qu'on avait arrachées. Et bientôt, dans la lumière grise ardoise du crépuscule, ils aperçurent les premiers feux de sarments. Ils arrivaient dans un pays en colère.

IV

L'installation

« ALORS, CE N'EST QUE ÇA ? »
Les mots de Jeanne cinglèrent Simon. Elle avait mis dans son ton tout le mépris dont elle était capable. Un silence consterné s'installa tandis que leurs regards fouillaient la pénombre de l'immense pièce, tout en longueur, tirée à la hâte de son abandon. Ils se tenaient sur le seuil, incapables d'esquisser le moindre geste en se demandant combien de vies il leur faudrait pour faire disparaître toute cette poussière mais en essayant de cacher leurs sentiments aux autres.

La trace des objets déplacés se lisait encore sur les immenses dalles de pierre nue du sol. Là on avait dû traîner un rouleau de corde, ici des outils ou peut-être même une vieille charrue.

Dans la lumière récalcitrante de la lampe à pétrole que Jacob avait fini par dénicher quand ils s'étaient aperçus que l'électricité n'était même pas branchée, la pièce avait un air sinistre. Avec leurs valises posées à leurs pieds, ils ressemblaient à des prisonniers à l'entrée de leurs cellules.

Jacob renonça à dire le psaume qu'il avait préparé : « Quand tu apercevras la colline nimbée de lumière, tu sauras que le Très-Haut va te donner de sa force pour construire une nouvelle vie. » Et en franchissant la porte de ce qui devait être une ancienne magnanerie, il avait rangé sa kippa au fond de sa poche.

Un mûrier grinçait dans la cour.

« Alors, c'est ça que tu t'es engagé à payer une fortune », reprit Jeanne, plus hostile que jamais. Son ton était sarcastique.

« Mon pauvre, il doit bien rigoler ton Sauvaire-Ronze, il a trouvé un pigeon. Heureusement que tu n'as rien signé !

– J'ai donné ma parole, répondit Simon avec l'air d'un enfant pris en faute.

– Une parole, ça se reprend.

– Pas chez moi. Et puis ici au moins, on n'a plus la frousse. »

Jeanne haussa les épaules et, prenant Jacob à témoin, elle enchaîna :

« Dites-le-lui, Jacob qu'il s'est fait escroquer. Une fois de plus, on a profité de notre désarroi et de sa crédulité : regardez – elle balaya la pièce d'un geste de la main –, on est retourné un siècle en arrière... Avant c'était... »

Jacob l'interrompit :

« Il ne faut plus penser à comment c'était avant, sinon on devient fou. »

Pour Jeanne, cette vision de pauvres chaises dépareillées, d'une table de chêne recouverte d'un drap déchiré et, dans un coin, de quatre lits pliants en toile achetés dans la précipitation parce qu'ils n'avaient pu faire moins, était pire que la maison en torchis d'Ikedjane.

Pourtant, Dieu sait qu'elle avait été presque heureuse à l'annonce du départ. Elle avait imaginé en secret une autre vie. Elle en avait embelli les contours à travers la lecture de quelques magazines et les récits d'amis qui avaient séjourné souvent en métropole.

Elle avait imaginé une vie tourbillon qui lui ferait tourner la tête et elle se retrouvait là, les bras ballants, au bord des larmes, avec Simon qui ne comprenait rien à rien, à côté d'elle, ou qui faisait semblant.

Elle avait imaginé qu'il faudrait commencer par se maquiller. C'était très important le maquillage. Il varierait selon les humeurs du matin ou du soir. Ombre parme ou émeraude des fards à paupières, impertinence mutine des mascaras. Rouge cerise ou framboise pour l'insolence des lèvres. Elle venait de se rendre compte que jusqu'à présent elle avait vécu une vie sans maquillage, elle en fut bouleversée.

Dans cette vie longtemps imaginée, il faudrait porter aussi des vêtements qu'on choisirait avec soin. Fini les robes sacs couleur morose. Il y avait de l'élégance dans ses rêves. C'était incompréhensible mais elle n'avait jamais éprouvé d'attachement particulier pour cette terre, pour sa culture, à la différence des autres. Ses racines se trouvaient là où elle se sentait bien.

C'était une vie d'apparence et d'apparat, une sorte de fête perpétuelle des jours et des sens au cours de laquelle on rencontrerait des tas de gens intelligents et cultivés qui vous feraient la cour, car Jeanne avait plus que jamais besoin de plaire pour se rassurer.

Elle venait de rencontrer ses premières rides dans un miroir. Des rides qui avaient refusé de disparaître quand elle avait essayé de les effacer d'un doigt. Alors, elle s'était sentie prise dans l'engrenage du temps. Elle avait éprouvé une peur panique. À trente-six ans, elle avait peur. Peur de tout ce temps qu'elle avait déjà vécu et qui n'avait donné de sens à rien. Certes, son imagination avait embelli sa nouvelle vie, histoire d'adoucir aussi la tristesse du départ. Elle le savait. De là à se satisfaire d'un endroit pareil, elle ne pouvait pas ! Elle avait envie de hurler sa déception.

Dans cette maison qui n'en était pas une, elle venait brusquement de se rendre compte qu'elle avait vécu sur des apparences et des faux-semblants, dans un ennui médiocre, et qu'en définitive rien n'allait changer. Elle était parvenue à ce moment charnière où l'on ressent la nécessité de hâter le pas pour essayer de rattraper le temps par les basques avant qu'il ne soit trop tard. Trop tard pourquoi ? Elle n'en savait fichtre rien. Trop tard pour apprendre à monter à cheval ? Trop tard pour se mettre à lire les œuvres complètes de Keats ? Trop tard pour se faire photographier nue ? Oui, parce qu'elle avait les seins qui commençaient à tomber. La vie est faite d'une somme de « trop tard » parce que le temps court toujours plus vite que les rêves.

À cet instant précis, elle haïssait Simon. Elle le haïssait de s'être montré trop conciliant, trop indifférent à son égard. Elle haïssait son manque d'ambition. S'il ne manquait pas de courage, c'était un courage résigné. Elle, elle se détestait aussi comme elle détestait la chauve-souris qui avait sans doute pris trop de L.S.D. et qui venait de surgir de l'obscurité avant de retourner dans la nuit de la pièce. Comme elle détestait ce vide.

Au début, quand ses parents avaient donné leur accord pour qu'elle rencontre Simon toujours en présence d'une cousine ou d'une tante – bien plus tard, elle avait appris que c'était Jacob qui avait tout manigancé –, elle avait trouvé Simon séduisant. Il était grand. Il avait une sorte d'élégance naturelle qui tranchait avec la vulgarité hâbleuse et bruyante des autres.

Surtout, il avait fait la guerre. Il avait même été blessé de sorte qu'il était rentré à Alger pour y guérir, ce qui l'avait sans doute sauvé des rafles et des camps. Un air absent, presque apeuré au milieu des autres, avait fini d'attendrir Jeanne. Elle avait donné son amour en dot au mariage arrangé. Quand on avait crié Mazeltov et brisé du verre à la synagogue, elle s'était crue sincèrement heureuse. Elle venait de fêter ses dix-neuf ans et la petite fille à peine sortie de l'enfance avait trouvé un héros.

Tout s'était gâté quand il s'était mis en tête d'aller s'occuper des vignes d'une lointaine parente, lui qui n'avait pas la terre inscrite dans le cal de ses mains, ni dans ses gênes.

Elle s'était peint une vie tout en pastel, elle s'était retrouvée dans un enfermement de jours gris et mornes, sous un soleil implacable. Elle n'avait pas tardé à deviner que pour Simon le mariage n'avait été qu'une sorte de fuite et que ce qu'il fuyait était le fantôme d'une autre.

La découverte fut douloureuse et pleine d'amertume. Ce malentendu originel l'avait irrémédiablement blessée. Elle aurait pu se battre. Elle préféra se détacher de lui. Il n'avait rien fait pour la retenir. Au contraire.

La naissance de Sarah avait achevé de les rendre étrangers l'un à l'autre.

« De toute façon, ce n'est pas un enfant qui peut justifier une vie », s'était-elle écriée un jour de dispute.

L'arrivée dans cette maison étrangère, cette indifférence hostile, humiliante qui les chassait en quelque sorte une seconde fois de chez eux, auraient pu les rapprocher. Ils auraient pu faire front ensemble contre le monde extérieur. Et qui sait, il s'en était peut-être fallu d'un rien, d'un geste, d'un mot pour que cela se passe ainsi. Rien n'était venu si bien que ce silence les avait séparés davantage encore.

Sarah boudait dans son coin en jouant avec un brin de paille ramassé sur le sol, l'air frondeur et buté.

« À quelle vitesse celle-là a-t-elle reconstruit sa bulle », songea Simon.

Combien de fois s'était-il insurgé contre cette capacité de faire monde à part mais à chaque fois cela s'était mal terminé. Alors, ce soir, il avait simplement haussé les épaules et renoncé.

Le regard de Jacob passait de Simon à Jeanne tandis qu'ils se déchiraient. Et dans ce regard, il y avait son impuissance, toute son impuissance.

L'air était glacial à l'intérieur de la pièce qui sentait le renfermé, un mélange d'odeur de poussière, de moisi et de vieux bois. Pour briser la gêne qui s'était installée entre eux après l'éclat de

Jeanne, Simon, qui ne lui avait pas répondu de peur d'aggraver les choses, demanda :

« Si on faisait du feu ?

– C'est vrai qu'on gèle ici, mais où vas-tu trouver du bois à pareille heure, remarqua Jacob.

– Je crois qu'il y a un bûcher contre la maison. Il suffirait que quelqu'un vienne m'éclairer avec la lampe. Sarah…

– Oui, s'il faut que quelqu'un se dévoue », dit-elle en se levant, l'air maussade.

Simon avait très vite ramassé un fagot de branches sèches et quelques bûches de charme. À dire vrai, il n'avait jamais allumé le moindre feu dans une cheminée et semblait embarrassé dans ses gestes. Et après le crépitement prometteur du fagot, une fumée âcre se répandit dans la pièce en leur piquant les yeux à tous. Bientôt des bulles de sève se mirent à siffler en venant crever aux extrémités des bûches encore vertes.

« Décidément, c'est le paradis », maugréa Jeanne. Là non plus Simon ne releva pas.

Pour dîner, ils n'avaient que les restes du voyage : quelques morceaux de pain rassis sur lesquels ils étalèrent des poivrons à l'huile et des anchois tirés d'un bocal de verre. Ils mangèrent en silence tandis que la faible lumière de la lampe à pétrole scrutait leurs traits en accentuant la sourde tristesse qui s'était abattue sur eux. Et sans crier gare, toute la fatigue accumulée au cours du voyage s'empara de leurs muscles avant de les broyer méticuleusement comme une meule broie les épis.

Malgré cette fatigue, à moins que ce ne fût à cause d'elle, Simon ne parvenait pas à trouver le sommeil. Chaque fois qu'il faisait un mouvement, l'armature métallique du lit de camp grinçait horriblement. Il avait repoussé la couverture de laine qui sentait elle aussi le moisi et la vieille sueur. À côté de lui, bien qu'elle lui tournât le dos, il savait que Jeanne ne dormait pas non plus. Il entendait sa respiration légèrement sifflante.

Dans l'obscurité, les pensées dérivent toujours à la manière d'une musique qu'on entend à travers une porte. On discerne les contours de la mélodie, mais ils sont très flous, ce qui n'enlève rien à sa beauté assourdie. Simon était dans cet état de tiède apesanteur, tandis que les braises rendaient leur dernier soupir.

Ce soir, il était entré dans une maison étrangère. Comme un chasseur, il en avait tout de suite humé l'haleine rauque qui disait le temps passé, qui racontait des cicatrices de vie inconnue mêlées à ces petites joies de rien du tout aussi menues que des pépiements de moineau.

Bien sûr, jamais il ne pourrait oublier Ikedjane et leur vie d'avant. Le souvenir qu'il en conserverait aurait toujours la violence âpre de la déchirure, cependant il était heureux d'avoir justement trouvé une maison à souvenirs. C'était comme s'ils allaient remettre en marche une horloge arrêtée. Et tout ce temps deviendrait un peu le leur.

Le vent avait beau venir comme un vieux solitaire donner du groin contre les volets mal ajustés, il ne parvenait pas à s'inviter dans la pièce. Il n'arrivait pas à troubler la douce quiétude de Simon. Tout juste s'il réussissait à faire trembler les toiles d'araignées accrochées dans l'angle des poutres et que la clarté métallique de la lune, en pénétrant par l'ouverture en forme de cœur des volets, faisait luire. Et d'ailleurs, était-ce le vent ?

Oui, c'était un campement de fortune. Et alors, la belle affaire ! Du moins, avaient-ils évité d'être jetés sur les routes, d'être ballottés d'un hôtel borgne à un autre. Ils avaient évité les garnis louches de solitude et les réchauds à alcool des cuisines-placards. Et par-dessus tout, ils avaient évité d'être parqués dans un de ces grands ensembles anonymes et glacials où le cœur devient aussi dur que de la pierre.

Grâce à cette maison, il se sentait plus fort. Et puis il y avait la vigne. La vigne qu'il avait vue en arrivant venir lécher comme une chatte ses petits, les bat-flanc de la bâtisse. À cause de cette vigne, Simon se sentait moins malheureux.

Alors il ne comprenait pas les récriminations de Jeanne, l'indifférence maladroite de Jacob. Il comprenait encore moins Sarah. Étaient-ils en colère parce qu'on ne les avait pas accueillis à bras ouverts ? Mais qui accueille jamais un étranger à bras ouverts ? Parce qu'ils étaient des étrangers. Il fallait bien qu'ils fassent entrer cela dans leur petite caboche, ils n'étaient rien d'autre que des étrangers, que des émigrés ! Et l'émigré, on s'en méfie, voilà tout. C'était dans l'ordre des choses.

Désormais il y aurait toujours en eux deux pays : celui que la lumière des regrets ne cesserait d'embellir et l'autre, le réel, le trivial avec ses comptes, ses calculs, ses jalousies, le pays qu'ils allaient devoir empoigner à bras-le-corps pour s'y faire une place, pour y reconstruire une vie.

Et il avait fallu qu'ils viennent gâcher son bonheur minuscule d'être entré dans cette maison qui était déjà un peu la sienne, un peu la leur aussi. Ce n'était qu'une question de paperasse à signer et d'argent à trouver.

Une maison, ça vous protège des miasmes du monde extérieur : jamais il n'avait oublié ce jour-là. C'était juste avant la guerre. Il avait fait son premier voyage en métropole pour une histoire de préparation militaire. À la fin des épreuves, il lui restait du temps car son bateau ne partait que le lendemain. Il était allé se baigner avant de s'allonger sur une plage de galets.

À côté de lui, il y avait des filles qui faisaient briller dans la lumière du jour le soleil de leurs éclats de rire. Elles le regardaient de temps à autre avec un air de gamines effrontées. Il les trouvait audacieuses, belles et libres.

Elles avaient fini par sortir d'un panier de pique-nique en osier une bouteille de limonade, des fromages de chèvre, un gros pain à la croûte aussi dorée qu'un louis, des tomates dans lesquelles la plus jolie, avec son petit visage pointu tout en malice, se mit à mordre à pleines dents en faisant couler du jus sur son menton. Une des amies, une petite brune un peu boulotte, mais avec d'immenses yeux verts et des mèches qui n'arrêtaient pas de folâtrer sur son front et qui n'avait cessé de regarder Simon à la dérobée, dit :

« Tu devrais demander au joli garçon s'il n'a pas faim… »

Simon s'était assis sur les galets à côté d'elles et avait mangé et bu de la limonade. Une limonade au goût acidulé de citron vert et de pomme tendre qu'il ne devait jamais non plus oublier. Une vie est aussi faite de toutes ces sensations parfois insignifiantes et qui se gravent dans la mémoire.

Le soir était tombé comme ça sur leurs bavardages futiles. Elles lui avaient parlé d'un chanteur inconnu qui swinguait les mots. Il s'appelait Trenet. Elles s'étaient gentiment moquées de son ignorance et de son accent. Elles étaient descendues à la ville pour s'amuser. Elles avaient décidé d'aller danser. Elles lui demandèrent de venir avec elles. Simon n'osa jamais leur avouer qu'il n'avait pas d'argent. Il les regarda disparaître en se dandinant sur les galets. Une maison, ça vous protège aussi de la pauvreté…

Jacob avait renoncé au psaume sur le seuil de la maison. À présent, Simon avait envie d'une autre bénédiction. De quelque chose de plus intense, de plus sacré que celle des mots que des générations de rabbins avaient répétée à l'infini. Il avait envie d'une bénédiction de chair, d'une sanctification par le désir pour se sentir chez lui. Chez eux. Alors il glissa doucement sa main contre le dos de Jeanne. Il la sentit se raidir. Et quand il voulut prolonger sa caresse entre ses cuisses, elle le repoussa d'un geste brutal. Il eut l'impression qu'elle avait hurlé « T'es fou ! » tandis qu'elle ne l'avait murmuré qu'entre des lèvres serrées de colère.

Simon se leva doucement, ouvrit la porte qui grimaça sur ses gonds en faisant un bruit d'enfer et le visage collé contre un rectangle de ciel clouté d'étoiles, il respira longuement l'odeur de la nuit.

Le vent soufflait fort. Il l'imaginait plus tard s'insinuant entre les feuilles de vigne comme sous les jupes d'une fille, avec cette délicatesse un peu friponne qui les faisait frémir de plaisir. Même que certaines se retourneraient pour cacher leur honte. Qui dira jamais toutes les histoires d'amour qui se sont murmurées ainsi les nuits de pleine lune entre la vigne et le vent.

C'étaient ces histoires qu'avait toujours aimé s'inventer Simon, non sans en mesurer toute l'absurdité. Mais elles enflammaient son imagination et l'aidaient à fuir un réel qu'il trouvait infiniment décevant. Elles meublaient surtout sa solitude et, ces derniers temps, elles l'avaient même aidé à surmonter sa peur. De cette façon, il avait eu l'impression de nourrir ses vignes, non seulement avec l'engrais de mouton, mais aussi avec du mystère. Et c'est ce mystère qui leur donnait davantage de cette force qui passait dans le vin. Malgré l'incrédulité qu'il aurait suscitée s'il avait avoué des choses pareilles, il était persuadé que dans le secret de la terre, ça se passait ainsi. D'ailleurs, il leur avait toujours parlé à ses vignes, histoire de les amadouer. Il n'avait encore rien dit à celles-ci, c'était normal puisqu'ils n'avaient pas encore fait connaissance. Et en s'avançant entre les rangs de ceps sombres, il retrouvait des repères familiers. C'était un fil qu'il tendait entre deux mondes : celui qu'ils venaient d'abandonner et celui-ci, inconnu, et qu'il pressentait obscurément hostile.

Ça l'aidait aussi à effacer le souvenir de tout ce qu'il avait fait avant le départ et dont il n'était plus sûr maintenant d'être fier.

À présent, il comprenait mieux la pulsion qui l'avait poussé hors de la maison, malgré sa fatigue et son épuisement. Il fallait qu'il prenne possession de cette vigne comme un soudard prend possession d'une femme.

« Il faut que je lui brise sa petite gueule de terre étrangère », se dit-il. Et il marchait en enfonçant ses pieds dans la terre caillouteuse avec une sorte de rage contenue. Autour de lui, il s'imprégnait des frémissements de la nuit, de ses sons, de son haleine inconnue, avec la jubilation du rapace nocturne qui enserre sa proie.

Il n'était pas certain de marcher dans la vigne qu'il aurait à travailler, à labourer, à décavaillonner parce que les chemins qui traversaient cette vaste étendue qui prenait des reflets d'étain en fusion sous le clair de lune étaient très compliqués. Était-il sûr d'avoir tourné à droite au bon moment ? Ne fallait-il pas plutôt prendre à gauche ? Après tout, quelle importance ! Cette étendue monotone de vignes le rassurait. C'était une vigne mafflue, prospère. C'était une vigne de rentier de la terre.

Il longea un bosquet de charme. Il reconnut l'odeur épicée d'un buis piqueté dans un bourrelet du chemin. Il sut qu'il avait interrompu le festin de mulot ou de lapereau d'une hulotte à son piaillement courroucé avant qu'elle ne s'éloigne à contrecœur d'un vol lourd. Un bref instant, il avait partagé avec elle un peu de cette vic intense et nocturne.

À un moment donné, il trébucha contre une pierre. Au lieu de se redresser, il se laissa choir pour finir agenouillé entre deux rangs avant de se mettre à caresser doucement les sarments qui portaient des ceps comme une splendide crinière. Il savait que si quelqu'un l'avait vu à cet instant précis, il l'aurait traité de cinglé. Et il aurait eu sans doute raison. L'idée le fit sourire, ce qui ne l'empêcha pas de ramasser une poignée de cette terre et de la pétrir doucement. Il en découvrit le grain comme on découvre celui de la peau d'une femme avant de la porter à ses lèvres pour la goûter. Pour un baiser de bienvenue, comme on rend une politesse. Il est ivre. Puéril. Idiot. Il le sait, mais il met dans cette folie toute sa volonté de survivre.

Quand il voulut regagner la maison silencieuse, il crut un instant s'être perdu. Cette fois, il se laissa prendre dans la nasse d'un sommeil sans rêve.

À l'horizon, les contreforts des Cévennes se noyaient dans un bain de brume pastel. L'aube semblait s'ébrouer à la manière d'un animal qui s'éveille. D'un côté, il y avait toute cette beauté translucide et frémissante, de l'autre, la faim qui les tenaillait. Ils n'avaient plus ni pain, ni lait, ni café. Simon s'en voulait de s'être laissé piéger par des choses si ordinaires. La famille Hamani se retrouvait loin de tout, sans pouvoir se déplacer, comme prisonnière de l'espace infini des vignes.

C'était comme si le pays tout entier s'était ligué contre eux. Ce dénuement extrême commençait même à donner un semblant de justification à l'humeur hargneuse de Jeanne.

Simon se rappela une scène qui l'avait bouleversé pendant son enfance. Des oisillons étaient tombés de leur nid accroché à l'embrasure d'une fenêtre. Ils sautillaient devant lui dans la rue en pente. Il s'était élancé pour les attraper. Il tendait déjà ses mains d'enfant pour les recueillir quand, d'un ultime battement de leurs ailes duveteuses, ils avaient réussi à s'écarter de lui. Le manège s'était répété deux ou trois fois. Au moment où il venait de renoncer, une voiture tirée par un mulet qui avançait au trot était venue les écraser tous les trois. Simon s'était mis à pleurer. Il ne savait pas pourquoi, mais il s'était senti coupable. Et là, il se sentait à nouveau coupable.

La veille au soir, un vague commis des Sauvaire-Ronze les avait attendus avec une camionnette. Il n'avait semblé marquer aucune différence entre eux et les journaliers qu'il avait l'habitude de récupérer à la gare. C'est à peine s'il les avait regardés. De toute façon, il ne les avait pas vus. Comme tous les émigrés, leur existence était devenue transparente.

L'homme était sans âge, avec des cheveux déjà argentés mais abondants, et qui frisaient sur la nuque. Il avait un visage taillé dans un buis dur et raviné, des yeux vifs et sombres qui donnaient à son regard une espèce d'intensité douloureuse avec une bouche encadrée de deux immenses plis pleins d'amertume.

Jacob était monté à côté de lui dans la cabine. Simon, Jeanne et Sarah s'étaient installés sous la bâche, assis sur les valises.

Jacob devait confirmer que durant tout le trajet leur chauffeur n'avait pas desserré les lèvres. Tout ce que Jacob avait pu en tirer, c'est qu'il s'appelait Jaimé – ça s'écrit avec un J, mais ça se prononce « Raïmé », avait-il précisé. Jacob en avait déduit que l'homme était espagnol. Il n'avait plus répondu que par un silence offusqué à ses tentatives pour entamer la conversation.

Arrivé à destination, il avait grogné un vague bonsoir en les plantant au milieu de la cour, avant de disparaître dans la nuit au volant de la camionnette. Sans dire quand il reviendrait. Ni même s'il reviendrait un jour. Et maintenant, ils étaient là à attendre. À tourner en rond. À guetter ils ne savaient trop quoi.

Dans la maison, il n'y avait même pas d'eau à l'évier. Il avait fallu aller la tirer à un puits que personne n'avait remarqué lors de leur arrivée à la nuit tombante. La cour était envahie d'herbes folles, de chardons, de ronces, et le sol tapissé de mauves avec parfois une touffe de myosotis ou d'asters qui avaient résisté à l'étouffement.

Trois oliviers s'interposaient entre l'habitation et la cuverie, une vaste bâtisse aux murs aveugles et de guingois dont la porte à deux battants était fermée par une chaîne cadenassée. Sous la cuverie, il devait y avoir la cave.

Simon, aidé de son père, dut couper les ronces à la faucille pour dégager la porte qui plongeait sur un escalier de pierre de quelques marches. Le bruit dérangea une couvée de loirs qu'ils entendirent détaler. Dans l'obscurité, c'étaient les sédiments de plusieurs vies qui s'entassaient comme des épaves sur le sol de terre battue.

Simon reconnut, au milieu des douelles éparpillées, une vieille machine à carder la laine, un rouet désossé, le courre d'une charrue, de vieux harnais rongés par la moisissure, une herse complètement rouillée et des barriques éclatées sur ce qui avait dû être des malchons. Dans un angle, enfouis sous des planches, il y avait aussi des rouleaux et des rouleaux de corde recouverts d'une crasse filandreuse, de quoi permettre à tous les habitants de la contrée de se pendre haut et court. C'était donc une sorte d'inventaire de la désolation que la lumière de la lampe à pétrole dénudait sous leurs yeux. Seul paraissait intact un muid qui affleurait la voûte.

Depuis leur départ, Simon avait vécu sur cette électricité particulière des nerfs à vif. Pour la première fois, il sentit un vrai découragement l'envahir. Il restait prostré au bord de cette sorte de vide marécageux qui l'aspirait en le laissant sans réaction. Sans force.

Jacob devina cet abattement. Il tapota doucement le dos de Simon avant de murmurer :

« Il va falloir seulement retrousser ses manches et refuser de se laisser abattre, ils seraient trop contents. »

Simon se demanda ce qu'enveloppait ce « ils », mais se tut.

« On s'y mettra tous, et tu verras, dans quelques mois, on rira de tout ça. »

Simon ne crut pas son père, mais ses paroles lui firent du bien. Quand ils remontèrent, Jeanne et Sarah étendaient du linge sur une corde qu'elles avaient tendue entre deux des oliviers. Oh ! c'était juste un chemisier clair et quelques mouchoirs à gros carreaux qui avaient beaucoup servi pour la sueur et qu'elles avaient rapidement passés à l'eau savonneuse, mais ça faisait comme une grande tache de vie dans la cour.

Simon avait pris une bonne cadence de marche. Il devait même se retenir pour ne pas accélérer le pas dans la pente du chemin caillouteux qui partageait la vigne. Il avait décidé de se rendre au village le plus proche, du moins jusqu'au premier qu'il croiserait sur sa route, parce qu'il ne savait pas trop où il allait. Il voulait simplement acheter tout ce qui leur manquait. Enfin presque, parce que Jeanne l'avait lesté d'une liste si impressionnante qu'il en avait souri. Il aurait au moins fallu deux mules pour tout rapporter en un seul voyage. Dans cet hypothétique village, il comptait bien trouver aussi une solution provisoire pour se déplacer.

Il avait à peine jeté un regard à la vigne qui n'était plus dans la lumière fluide de cette matinée fraîche qu'un entrelacs de lignes courbes sans élégance particulière. En se retournant, il se rendit compte que la maison avait disparu de sa vue. Il reconnut le gazouillis pressé d'une fauvette qui nichait dans un cornouiller. Au fur et à mesure qu'il s'approchait du taillis, le chant devenait plus strident, comme si l'oiseau voulait effrayer l'importun qui osait le déranger avant de se résigner à prendre ses distances d'un vol indigné et de disparaître dans l'air limpide.

Simon se souvint que toutes les enluminures du Moyen Âge dépeignaient toujours l'enfer comme un endroit sans oiseaux.

« Au moins nous ne sommes pas tout à fait en enfer », se dit-il. Il pensa à Jeanne. Depuis combien d'années ne lui avait-elle pas dit cette phrase toute simple : « Je suis heureuse. » Depuis des siècles sans doute. Depuis des siècles ils étaient entrés dans l'enfer de la vie à deux.

Après un nouveau coude, le chemin longeait une pâture qui avait remplacé la vigne dans la partie basse du versant. Elle coulait avec mollesse vers un bosquet d'aulnes, de saules, de hêtres nains et d'acacias qui ceinturait une rivière. Simon venait seulement de remarquer son chant cristallin. En levant la tête, il aperçut le chevron parfait d'un vol d'oies sauvages qui remontaient vers le nord. Pour des raisons assez mystérieuses, elles suivaient dans leur déplacement le fil de la rivière dont le scintillement devait les guider. Simon ne put s'empêcher d'établir un parallèle entre ce vol et leur propre sort, comme si les migrations s'inscrivaient dans une sorte de loi universelle des espèces vivantes et il en fut étrangement réconforté.

Alors que ces dernières semaines il avait épuisé toute son énergie à organiser leur départ, alors que le voyage et leur arrivée l'avaient laissé exténué, voilà qu'un simple vol d'oies sauvages et le chant d'une rivière suffisaient à lui rendre un peu de courage. Peut-être parce que d'où il venait, la terre avait toujours la gorge sèche.

« Après tout, le bonheur nu – il aimait toutes les possibilités que recelait ce mot nu –, ce n'est peut-être que marcher au milieu des arbres, chaparder une odeur d'herbe coupée ou pouvoir prendre la main d'une femme dans la respiration oppressante de la nuit… La seule certitude étant que chacun essaie de le construire à sa façon plus ou moins maladroite et qu'il faut quelquefois peu de chose pour changer sa perception de la vie. »

Simon en était à ce moment de ses réflexions, quand il entendit un bruit stupéfiant, un bruit d'un autre âge. C'était à se demander si toute la fatigue accumulée ne lui troublait pas l'esprit. Néanmoins, il put très vite se rassurer quand le bruit de sabots qui martelaient la route devint plus sourd après que l'attelage eut bifurqué sur le chemin. Un cheval à la robe couleur de châtaigne claire tirait une charrette anglaise. Simon remarqua le sourire fugitif sur le visage de l'homme, comme s'il était satisfait de l'effet produit. Il inclina à peine ses pouces passés dans les rênes pour arrêter la voiture à sa hauteur :

« Simon Hamani, je suppose ? »

Il avait aussi un accent qui chantait, mais avec des modulations différentes du leur et une voix rocailleuse et ample. Une voix de conteur dont la seule musique suffisait à embellir le monde ou à endormir votre méfiance.

« Antoine Sauvaire-Ronze... J'ai profité de l'occasion pour sortir l'attelage... Bientôt un concours... Je vous présente Socrate. Son nom, c'est une idée du prof », dit-il en montrant le cheval qui secoua la tête en agitant une crinière presque blanche. L'animal avait aussi les jarrets couronnés d'une touffe de crin du même blond au-dessus des paturons.

« C'est un haflinger. J'ai beaucoup d'affection pour les haflingers. Ils sont à la fois dociles et orgueilleux. Ils ont de la puissance et en même temps ils sont « bien éclairés »... Vous apprendrez à les connaître. »

Il avait parlé sur le ton de celui qui croise un ami rencontré la veille. Simon était plutôt déconcerté. C'était la première fois que les deux hommes se voyaient et Antoine Sauvaire-Ronze dissertait sur les mérites d'une race de cheval. Il se demanda si l'autre ne se fichait pas carrément de lui ! C'est à ce moment-là qu'il remarqua un fusil de chasse à canon superposé appuyé contre le garde-crotte de la voiture. Antoine Sauvaire-Ronze suivit son regard.

« Ah ! une belle arme. C'est un « chapuis » avec une crosse en noyer du Canada. Vous êtes chasseur ?

– Non. Vous savez, là-bas, on n'avait guère le temps de s'occuper... »

Simon chercha ses mots pour éviter d'être désagréable. Il voulait dire « à de telles âneries ». Mais sa phrase resta en suspens. Antoine Sauvaire-Ronze ne sembla pas avoir remarqué son ton sec et enchaîna :

« Oui, je comprends. » Une phrase qu'il ponctua d'un geste évasif de la main qui pouvait signifier toutes sortes de choses. En tous les cas, au lieu de se mettre à énumérer les mérites respectifs de toutes les marques de fusils de chasse, il baissa la tête pour s'absorber dans la contemplation de la croupe de Socrate qui avait arraché une touffe de plantain desséché à une ornière du chemin et qu'il s'était mis à mâchouiller.

Antoine Sauvaire-Ronze avait une allure toute en tweed et en velours. Il portait un feutre noir serti d'un ruban clair, une immense écharpe rouge dont les pans tombaient jusque sur ses cuisses et, sous la veste, un gilet fait d'une sorte de patchwork de tissu. Il avait des cheveux argentés qui ondulaient sur la nuque, un visage carré et épais barré par le taillis d'une abondante moustache effilée en crocs.

« Des vraies bacchantes de mousquetaire », songea Simon, que l'homme commençait à intriguer. À l'aplomb du nez puissant, les moustaches étaient jaunies par le tabac.

Antoine Sauvaire-Ronze fumait des cigares corsés dont il venait d'allumer un spécimen après en avoir coupé l'extrémité d'un coup sec de ses dents. Il n'en avait même pas offert à Simon.

Il avait aussi une ample fossette qui lui creusait le menton et de petits yeux ronds et vifs qui ne semblaient jamais se départir de leur air narquois derrière les larges carreaux de lunettes cerclés de métal.

Simon était déconcerté par le personnage mais il eut l'impression très nette qu'un monde immobile et figé venait de faire irruption dans sa vie, un monde sur lequel le temps n'avait pas prise, a fortiori la nostalgie non plus puisqu'il était la nostalgie. Et chaque fois qu'il verrait Antoine Sauvaire-Ronze par la suite, cette impression ne devait jamais vraiment le quitter.

« Déjà en promenade à peine arrivé ? »

Simon sentit toute l'ironie de la question et c'est sur la défensive qu'il répliqua :

« Ce n'est pas par plaisir. Nous n'avons plus rien à la maison. »

Il appuya sur le mot maison.

« Je partais à la recherche d'un village pour régler nos problèmes matériels et, si possible, trouver une voiture. Ici, on est très isolés.

– Je vous avais prévenu que l'endroit était un peu, disons, sauvage. »

Simon se demanda quand il aurait bien pu les prévenir, puisque jamais, ni dans ses lettres ni au téléphone, il n'avait fait la moindre allusion à l'état de délabrement de la bicoque. Au contraire, il se souvenait d'une phrase dans laquelle l'autre insistait sur l'endroit qui devrait leur plaire. Il trouvait peut-être normal d'héberger ceux qui travaillaient pour lui dans une écurie.

Simon sentit la colère monter et c'est d'un ton offusqué qu'il répliqua, tout en se demandant pourquoi Sauvaire-Ronze cherchait à les humilier.

« En effet, on ne peut pas dire que c'est un palais et que l'endroit est paradisiaque.

– Jaimé vous aidera à transformer tout cela. C'est aussi un excellent maçon. D'ailleurs il ne devrait pas tarder. Fallait pas vous mettre en peine – Simon remarqua la tournure vieillotte de la phrase et se dit que, dans cette famille, cela faisait sans doute plusieurs siècles que l'on considérait les autres comme des domestiques –, il vous emmènera acheter tout ce que vous voulez avec la camionnette... Ça va tout de même un peu plus vite qu'à pied. »

Devant l'ironie de la remarque, Simon se renfrogna et répliqua sèchement :

« À coup sûr.

– On n'a pas pu aller vous accueillir. Une obligation de dernière minute... Vous savez ce que c'est... Vous ne nous en voulez pas trop, j'espère ? »

Antoine Sauvaire-Ronze avait sauté du coq à l'âne, et Simon devait très vite se rendre compte que c'était une habitude chez lui, une sorte d'incapacité à fixer très longtemps son attention sur les sujets qui l'ennuyaient. Et infiniment de choses ennuyaient Antoine Sauvaire-Ronze. Il était en fait reclus dans une sorte d'indifférence au monde.

« Jaimé ne vous a pas expliqué et dit...

– Il n'a pas prononcé deux mots durant tout le trajet.

– Oui. Je sais. Il a l'humeur sauvage. Il est à l'image du pays. Mais il m'est précieux. C'est lui qui s'occupe de tout à « la Croix Belle »… Comment appellerez-vous votre maison ? C'est important de lui donner un nom.

– Nous n'en sommes pas encore là.

– Oui, mais c'est une habitude du pays. Une bonne habitude, vous ne trouvez pas !

– … ?

– C'est signe qu'on a retrouvé des racines.

– Nous, on vient de perdre les nôtres, alors rien n'est pressé.

– Comme vous voudrez. Quand les autres ont déguerpi sans crier gare, c'est Jaimé qui s'est occupé de la taille. Il a rameuté tous ses cousins. Et il en a de nombreux, vous pouvez me croire. Vous verrez, il y a encore beaucoup de sarments à brûler. Il faudra commencer par là… Vous aimez les concours d'attelage ? C'est magnifique : obtenir une obéissance parfaite du cheval avec à peine une pression sur les longues rênes… Une obéissance parfaite », ajouta-t-il, songeur, comme s'il rêvait d'un monde où chacun lui obéirait au doigt et à l'œil avec une simple pression sur les rênes, sans toutefois paraître y attacher plus d'importance que cela. Antoine Sauvaire-Ronze devait avoir des états d'âme trop grands pour le siècle.

« Ici, on taille en gobelet… Vous connaissez la taille en gobelet ? Cela donne davantage de jus au raisin. Et, c'est ce qui compte. En Algérie, comment vous tailliez vos vignes ? »

Sans attendre la réponse de Simon, il enchaîna, toujours sa manie de sauter du coq à l'âne.

« Vous êtes trois vignerons sur le domaine. Bien sûr, chacun est responsable de ses vignes, mais l'harmonie doit régner entre vous, sinon la vie deviendrait vite impossible. »

Et c'est d'une voix soudain pleine de lassitude, qu'il ordonna :

« Montez, je vous raccompagne à la maison. Il faut que je tourne l'attelage.

– Non, merci. Je préfère marcher.

– C'est comme vous voulez. De toute façon, Jaimé ne va pas tarder. Vous apprendrez à le connaître. »

Un claquement de langue suffit à ébranler l'attelage. Il jeta par-dessus son épaule le reste de son cigare encore allumé et une dernière phrase…

« De toute façon, on va se revoir pour signer toutes ces paperasses. »

C'est quand la voiture eut disparu derrière un coude du chemin que Simon se rendit compte qu'Antoine Sauvaire-Ronze ne lui avait même pas demandé comment s'étaient passés leur voyage et leur installation. Pas même un simple mot de curiosité. Pas un mot de compassion. Antoine Sauvaire-Ronze vivait à une distance abyssale des autres.

V

Une odeur de café chaud

Les Hamani s'étaient levés alors qu'il faisait encore nuit et se retrouvèrent tous ensemble autour de la table, dans une odeur amicale de café chaud et de pain grillé. Sarah se frotta longuement les yeux avant de s'asseoir. Jacob la taquina.

« Fais attention, t'abîmes ce que t'as de plus beau ! »

Les autres rirent. C'était comme si chacun avait voulu y mettre du sien pour effacer les tensions de ces derniers jours. La veille, Simon avait été surpris que tous veuillent l'accompagner pour travailler à la vigne, personne n'osant avouer que c'était une manière d'inscrire très vite son empreinte dans cette terre, comme on marque un animal au fer rouge. Il y avait d'ailleurs quelque chose de l'instinct animal dans ce désir qui les avait rapprochés.

Au milieu des autres, Jeanne avait été étonnée, comme à chaque fois, que personne ne devine ce qui venait de se passer. Juste avant de se lever, elle s'était laissé faire l'amour. Ça avait été une étreinte brève et chaude, encore embuée des restes de la nuit. Elle n'avait pas eu de plaisir, mais s'était pour une fois sentie bien entre les bras de Simon. Il lui avait caressé le visage comme s'il le redécouvrait pour la première fois.

Elle n'avait jamais vraiment compris que ça ne se lise pas dans les yeux, dans la façon de marcher, dans le frémissement du ventre, que le plaisir ne se grave pas dans la chair. Au contraire, ça s'effaçait plus vite qu'un dessin sur du sable à marée montante. Ça ne laissait aucune trace, pas plus que chacune de leur vie n'en laisserait sans doute. Ces pensées la rendirent triste, même si elle avait l'impression de continuer à flotter dans le souvenir de cette étreinte qui lui faisait les yeux brillants.

Même Jacob avait voulu travailler à la vigne. Il n'aurait pas accepté de rester à l'écart. Simon avait voulu le mettre en garde :

« Tu sais, la vigne, c'est un travail très dur.

– Pffuit… pffuit… tu ne voudrais pas m'éloigner par hasard ? Et ici, qu'est-ce que je pourrais bien faire d'autre ? » avait-il répondu sèchement pour couper court aux objections de Simon.

Oui, qu'est-ce qu'il aurait bien pu faire d'autre, sinon se morfondre entre ces quatre murs qui l'oppressaient et qui semblaient ricaner quand le vieux bonhomme inutile qu'il était devenu les frôlait.

« Après tout, ça te regarde… On verra bien », avait fini par concéder Simon.

Puis il avait regardé son père avec une espèce de tendresse ironique. En définitive, ça l'avait rassuré que tout le monde ait envie de s'y mettre. Même Jeanne et Sarah. De toute façon, il avait besoin d'eux, alors ?

Il finissait son bol de café ; son visage, dont on n'apercevait que deux yeux brillants au-dessus de la faïence, paraissait détendu. C'était comme si les Hamani étaient redevenus une famille. « Et c'est la vigne qui a accompli ce petit miracle », songea Simon. Comment n'en aurait-il pas été satisfait ? À Ikedjane, personne autour de lui ne s'était jamais préoccupé de la vigne.

Quand Jaimé et Léonce Audecœur arrivèrent, ils refusèrent le café que voulut leur offrir Jeanne. C'est un Jaimé toujours aussi laconique qui leur avait expliqué comment s'occuper de cette vigne « pour que le *patrone* soit content », avait-il marmonné. S'il y avait eu un tableau noir dans la maison, ils auraient eu l'impression de se retrouver à l'école. Toujours assise, Jeanne avait remarqué : « Ce monsieur est bien fier de son savoir. Il nous prend pour des imbéciles. » Simon lui avait demandé de se taire. Il avait écouté les conseils, comme s'il devait tout réapprendre, car il savait que derrière le mot abstrait de vigne, chacune avait ses exigences, son caractère et que le caractère de celle-ci était forgé par un sol qu'il ne connaissait pas, par des caprices du vent, du soleil, de la pluie, devant lesquels il fallait tenir l'échiné souple pour dompter son humeur incertaine s'il voulait réussir un grand vin, idée qui ne le quittait plus depuis qu'il avait vu ces vignes.

Un matin, Léonce Audecœur était arrivé avec Jaimé. « Lui aussi connaît bien la vigne, il pourra nous aider. » C'est tout ce qu'il avait dit, comme si cela suffisait pour faire le tour d'un homme.

On pouvait difficilement imaginer deux individus plus dissemblables. Léonce Audecœur était aussi corpulent que Jaimé était efflanqué. Il avait un visage massif et ouvert, un crâne dégarni, ce qui le vieillissait, un nez épaté légèrement couperosé sur les ailes, alors que celui de Jaimé tranchait l'air comme une lame. Il était aussi souriant que l'autre était taciturne. Il ne demandait qu'à rire, un gros rire qui éclatait comme un coup de tonnerre pour des broutilles. Il suffisait d'un vêtement qui s'accroche à un cep, d'un mot compris de travers, d'un pied qui se tord dans une ornière pour vous faire basculer une silhouette vers le ridicule. Léonce Audecœur portait sa bonne humeur en bandoulière. Simon s'était tout de suite senti attiré par lui.

Léonce Audecœur vivait de peu. Il se louait à droite et à gauche. Dans les pays de vignes, il y a toujours du travail.

Voir les pieds-noirs avait attisé sa curiosité. C'était lui qui avait demandé à accompagner Jaimé. Il ne les avait trouvés ni pires, ni meilleurs que les autres, ni très différents non plus. Il avait tout de même fait remarquer à Jaimé en plissant le front :

« Ceux-là, on dirait que le malheur leur colle à la peau… S'il frappe, il faudra au moins sauver la petite. Tu l'as regardée la petite avec ses immenses cils recourbés qui donnent du velours à son regard ? Cette innocence-là, c'est une proie facile pour le malheur.

– Tais-toi, imbécile. Tu vas l'attirer. Ils n'ont pas besoin de ça. »

Surtout Léonce Audecœur était l'homme des oiseaux. Il n'avait plus que deux passions dans la vie. Deux passions de pauvre : la musique et les oiseaux. On disait qu'il n'avait pas su retenir sa femme et que depuis, il faisait semblant d'être heureux. Et à propos des oiseaux, on disait qu'il n'y en avait pas deux comme lui pour prédire que la nidification de la pareline à calotte noire allait être retardée à cause du changement de temps. Il surveillait les migrations avec une curiosité gourmande et devinait dans la tache sombre perdue au milieu d'un prunellier sauvage le nid d'un bruant des prés ou celui de la mésange huppée accrochée à la toison d'un chêne vert. Et quand il s'était mis à imiter son chant, et que l'autre s'y était laissé prendre avant de lui répondre, Sarah l'avait regardé bouche bée comme s'il venait d'un autre monde. Elle avait essayé à son tour, ne tirant de sa gorge et de ses lèvres qu'une espèce de son grotesque qui les avait fait éclater de rire.

« Ne t'inquiète pas, je t'apprendrai. Ça demande beaucoup de temps, mais tu y arriveras. » Sarah avait songé à son geai bleu.

Une fois par an, les enfants de l'école primaire de Magalas réclamaient Léonce Audecœur pour une journée d'observation pendant laquelle l'instituteur se tenait à l'écart. C'était un vieil homme désabusé proche de la retraite. On prétendait qu'il avait épousé autrefois une vigneronne du Beaujolais qui s'appelait Lison. Elle l'avait abandonné quelques mois après leur mariage. Des enfants riaient sous cape quand ils se racontaient l'histoire en l'enjolivant.

Léonce Audecœur commençait toujours sa journée d'observation par expliquer que ce qui comptait, c'était le regard, qu'ils devaient chercher une sorte de communion intime avec la faune sauvage, d'innocence en quelque sorte… « Oui d'innocence pour retrouver tout ce que notre fichue civilisation nous a rendus incapables de sentir ou de voir », disait-il avant d'ajouter : « C'est important que les enfants apprennent à connaître le monde qui les entoure, sinon comment voulez-vous qu'ils l'aiment ? »

Tous connaissaient Léonce Audecœur parce qu'il ne passait pas inaperçu quand il traversait le village avec sa corneille apprivoisée perchée sur l'épaule. Sans doute que les rêves de Léonce Audecœur prenaient toujours la forme d'un oiseau.

À travers les nuages élimés comme des vêtements trop portés, on devinait la trame du ciel d'un bleu « œuf de grive ». Il y avait encore des lambeaux de brume accrochés au fond du vallon. Le léger babil du vent les accompagnait dans l'air translucide du matin.

Simon avait eu l'impression de revenir en arrière quand Jaimé lui avait expliqué que c'était mieux pour la vigne de passer une charrue pour se débarrasser de l'herbe, plutôt que de l'inonder de produits chimiques. Sarah avait voulu passer la bride et le mors à Platon. Jaimé lui avait montré comment glisser le pouce et l'index pour écarter les lèvres épaisses du cheval, et surtout comment il fallait glisser le mors dans la bouche pour éviter de la blesser.

Léonce Audecœur menait Platon par la bride entre les rangs de vigne, Jaimé guidait la charrue. On n'entendait que le claquement sec du sécateur qui tranchait les sarments et le raclement des dents de la charrue qui cisaillaient l'herbe sur le sol caillouteux. Simon ne laissait que deux ou trois yeux sur le courson. Il avait tout de suite affûté son regard pour ne pas perdre de temps. Ce travail-là, il le connaissait même si là-bas c'était Mouloud qui s'en chargeait avec des ouvriers. Il revoyait son contremaître qui portait toujours une gourde de thé à la menthe glacé accrochée à sa ceinture et un mouchoir à carreaux sur sa nuque en sueur pour se protéger du soleil. Il se demanda ce qu'il pouvait bien être devenu. Serait-il éternellement condamné à comparer passé et présent, ce qui lui empoisonnait la vie ?

Jeanne et Sarah s'étaient chargées de piqueter la nouvelle vigne qui jouxtait la parcelle qu'ils travaillaient avec le cheval. D'un coup de maillet, Sarah enfonçait le piquet d'acacia ou de châtaignier que Jeanne tenait le long d'un cep, puis elles attachaient les sarments au fil.

Jacob se penchait avec de plus en plus de difficulté sur les ceps. Il avait les articulations douloureuses, brûlantes même. Sarah, qui n'était pas très loin de lui, venait de surprendre une lueur de panique dans son regard. Il avait le souffle court et la respiration sifflante. Il se releva en grimaçant et laissa tomber son sécateur comme s'il n'avait même plus la force de le tenir en main, puis il commença à se masser les reins.

« Ça ne va pas Jacob ? demanda Sarah soudain angoissée.

– Ne t'inquiète pas petit soldat, juste un peu de fatigue. Et puis je n'ai pas l'habitude, l'âge me rappelle à l'ordre, c'est tout. »

Il sentait que son corps tout entier le rappelait à l'ordre. Mais il ne voulait pas céder d'un pouce. Peut-être que Simon, dans son for intérieur, aurait été heureux de le voir fléchir. Il chercha tout de même une excuse à sa faiblesse :

« Se pencher sur une vigne après s'être penché toute une vie sur des pianos pour les accorder, ça fait forcément quelques fausses notes. » Sa carcasse se rebellait. Elle craquait de toutes parts comme des branches mortes, après tout, quoi de plus normal. Cette allusion fugitive à la mort l'épouvanta. Maintenant qu'il s'était arrêté, la douleur se diffusait à une vitesse folle entre les fibres de ses muscles.

Vieillir, c'était d'abord avoir le privilège inouï de constater, le matin, que ces tristes lambeaux de chair qui pendaient autour de son cou devenaient de plus en plus gris et flasques. Il maudissait cette déchéance. Elle l'occupait désormais beaucoup plus que ce Dieu lointain auquel il avait fini par ne plus croire.

Depuis des millénaires, l'homme n'avait fait qu'imaginer que le monde tournait autour de lui, croyant dur comme fer être la première énigme de cet univers sans se rendre compte qu'il n'était que l'aboutissement d'un incident fortuit qui s'était produit il y a des millions d'années au fond d'un océan : l'éruption d'un volcan sous-marin qui avait fait apparaître la vie. Imaginer l'univers sans l'homme, c'était là la véritable énigme.

Jacob respirait mieux. Sarah avait repris son travail et ne prêtait plus guère d'attention à lui. Alors, il ramassa son sécateur et se remit à tailler des sarments. Même s'il n'était pas aussi rapide que les autres, il se sentait tout de même utile. Il aperçut Jaimé qui se relevait pour presser le « pourro » et s'envoyer une giclée de vin au fond du gosier avant de s'essuyer la bouche d'un revers de main et de tendre l'outre de peau à Léonce Audecœur. Jacob se dit que lui aussi avait la gorge sèche et qu'il aurait aimé boire un peu de vin. Des gestes que Jacob devinait plus qu'il ne les voyait réellement parce qu'il était derrière eux et qu'il ne les apercevait que de dos. « Après tout, c'est peut-être cela aussi la vieillesse : ne plus voir les autres que de dos. »

Jeanne quittait souvent la vigne au milieu de l'après-midi pour rejoindre Céleste et l'aider à préparer le repas qu'ils prenaient en commun avant de commencer la deuxième journée, celle pendant laquelle les hommes devenaient maçons ou plâtriers pour arranger la maison qui se transformait petit à petit. Sarah avait déjà sa chambre. On la lui avait installée dans l'ancien grenier à grains. Accrochée au mur extérieur, il y avait encore l'ancienne potence et la poulie qui servait à hisser les ballots de paille. Cette deuxième journée se terminait parfois très tard dans la nuit et les laissait éreintés.

Souvent les deux femmes se chamaillaient autour des fourneaux. Mais cela n'allait jamais très loin. Céleste était stupéfaite de voir la quantité de piments d'oiseaux qui vous emportaient la bouche plus sûrement qu'un feu de la Saint-Jean que Jeanne mettait dans son tajine d'agneau ou dans ses boulettes de viande. De son côté, Jeanne trouvait que Céleste faisait une cuisine sans nerf. Il lui arrivait de leur servir des tramousses avec une bouteille d'un petit blanc glacé sur laquelle on pouvait dessiner d'un doigt la buée de ses souvenirs. Plus tard, elle leur préparerait aussi sa *chatchouka.* Tout le secret résidait dans la façon d'ébouillanter les tomates pour les peler puis de les confire pendant des heures et des heures à feu doux avec les poivrons grillés dont elle aurait enlevé la peau en se brûlant les doigts comme d'habitude. L'air se chargerait alors d'odeurs d'ail et de paprika. Jeanne ne s'était pas immédiatement rendu compte qu'à travers les plats qu'elle préparait, c'étaient d'abord leurs racines qu'elle essayait de ressusciter. La cuisine était ainsi devenue une sorte de lieu clos où elle retrouvait pêle-mêle des odeurs et des gestes de son propre passé, étonnée de découvrir qu'elle y attachait de l'importance.

C'était la première fois qu'il faisait assez chaud pour dresser la table sous le mûrier de la cour. Il y avait comme une envie de fête dans l'air. Ce matin, Léonce Audecœur avait même apporté deux litres de vin qu'il avait mis à rafraîchir dans un baquet avec un pain de glace qui avait fondu depuis longtemps. Simon et Jeanne avaient monté des parpaings pour faire un foyer dans lequel ils brûlaient des sarments pour griller des côtes d'agneau. Jeanne avait décidé de leur faire « son caviar d'aubergine » qu'elle réservait d'habitude à Pourim. Le plus difficile avait été de trouver au marché des aubergines bien fermes à cette époque de l'année. La lame du couteau s'était enfoncée dans la peau violine avec un son mat et crissant. Après avoir découpé l'aubergine pelée en cubes, Jeanne l'avait fait cuire à la vapeur avant de la passer et de faire revenir la purée dans de l'huile d'olive, du cumin et de l'ail dans la poêle. L'odeur avait rempli la pièce de bonheur et épicé leur mémoire à tous.

Les hommes étaient rentrés de la vigne plus tôt que d'habitude. Ils avaient beaucoup mangé et bu davantage encore, et ils étaient maintenant plongés dans une sorte de béatitude somnolente.

Plus d'une fois au cours de la journée, Simon avait senti le regard tourmenté de Jaimé se poser sur lui comme s'il tentait de le jauger pour deviner ce qu'il avait vraiment dans le ventre. À présent, les deux hommes étaient assis par terre sur un sac de jute. Ils étaient appuyés contre un mur de la bâtisse qui avait pris une teinte aussi rousse qu'une queue de renard. Léonce Audecœur observait les femmes ranger la cuisine.

Jaimé avait sorti de la poche de sa vareuse de toile une boîte à rouler des cigarettes, en fer-blanc. Comme à son habitude, il n'avait rien dit. Il avait rempli de tabac deux de ces feuilles à cigarettes si épaisses qu'elles sentaient le goudron dès qu'on les approchait de la flamme. Il fallait humecter les bords d'un coup de langue avant d'arracher les brins de tabac qui dépassaient. Après avoir fiché la première cigarette entre ses lèvres, il l'avait allumée avec son briquet en cuivre et l'avait tendue à Simon, qui n'avait pas osé refuser, bien qu'il détestât fumer.

Simon avait senti qu'il s'agissait d'un cérémonial auquel Jaimé tenait. Une espèce de rite. D'ailleurs Simon avait cru discerner une lueur de satisfaction quand la flamme du briquet avait fait briller le regard de l'Espagnol qui avait soufflé une longue bouffée de fumée en la suivant des yeux.

On aurait pu croire à une sorte d'amitié entre les deux hommes. Une amitié sans mots.

Les mots étaient venus ensuite.

« Sur les plus hautes vignes des côtes de Thongues… après le cascaillou…

– Celles du campe nègre ? »

Jaimé opina avant de tirer une nouvelle bouffée de silence de sa cigarette et d'enchaîner :

« Il y a du mourvèdre, du carignan, du cinsault et de la syrah sur des ceps qui ont plus de quarante ans.

– Oui ?

– Ça donnerait un sacré bon vin si quelqu'un s'en donnait la peine. »

Simon ne voyait pas trop où l'autre voulait en venir. Il avait l'impression qu'il laissait filer la conversation au gré du courant et qu'il ferrerait la prise dès qu'il le jugerait bon. Jaimé répéta songeur

« Un sacré bon vin…

– Ça ne sert à rien de se faire des idées puisque tous ces raisins, comme les autres, vont partir à la coopérative.

– Et la colline se transformera bientôt en lotissements. »

Simon ne put s'empêcher de sourire et s'exclama :

« Vous êtes bien pessimiste !

– Ce n'est qu'une affaire de temps. La vigne donne trop. Le vin ne se vend pas assez cher, alors on produit davantage pour s'en tirer. C'est un engrenage infernal. Et on finit par jeter l'éponge et transformer les coteaux de vigne en terrains à bâtir parce que c'est le seul moyen de payer les échéances…

– Mais les Sauvaire-Ronze ne vendront pas, sinon pourquoi nous auraient-ils fait venir ?

– Oh ! le *patrone,* il est comme les autres. Il est pris à la gorge. C'est son banquier qui décidera pour lui. »

Jaimé ponctua sa phrase d'un petit rire sec plein d'amertume qui pouvait signifier advienne que pourra, avant d'ajouter :

« De toute façon…

– De toute façon ?

– Il vit à une autre époque. Il n'est pas fait pour celle-ci. Il n'a pas vu ou voulu voir que le monde avait changé. Sa passion pour les concours d'attelage, c'est sa manière à lui de rester fidèle au passé. Mais il sera broyé comme les autres. Quand la gangrène se met dans la terre, c'est une malédiction. Le progrès fait toujours trop de bruit… Que voulez-vous, vous arrivez à un bien mauvais moment.

– Pourquoi ne ferait-il pas son propre vin ? « La Croix Belle », c'est un beau nom de domaine, et si les coteaux sont si prometteurs…

– Toujours par fidélité, coupa Jaimé.

– … ?

– C'est son père qui a lancé les coopératives entre les deux guerres quand tout allait mal. Il avait donné l'exemple. Il leur avait porté tout le raisin de ses vendanges. Lui n'acceptera jamais de revenir en arrière, surtout qu'avant il y avait eu son grand-père. Le vieux Sauvaire-Ronze avait été un des meneurs de la révolte de 1907, quand il y avait eu des morts. Ça vous cimente une mémoire. Pourtant…

– Pourtant ?

– Il voit bien que les coteaux du campe nègre ont le plus faible rendement de toute la région. Avec un peu de vendange verte sur les mourvèdres et un vieillissement en barrique de chêne, on pourrait faire des cuvées exceptionnelles. »

Il y avait tellement de regrets dans la voie de Jaimé que Simon demanda :

« Tu connais bien le vin ? »

Le tutoiement était arrivé naturellement parce que Simon se sentait bien avec cette cigarette qui, en définitive, n'était pas si mauvaise que ça, et qu'il entendait par la fenêtre ouverte les femmes se chamailler en riant. C'était comme une musique qui chassait la tristesse. Mais il avait senti aussitôt Jaimé se refermer, redevenir un bloc de méfiance. C'est à contrecœur et entre ses dents qu'il laissa siffler les mots :

« Avant, il y a longtemps, nous habitions un petit village près de Valladolid, en plein cœur de la Rioja qui donne le meilleur vin d'Espagne. »

Sa mâchoire se serra. Et il ajouta :

« La guerre fait de tous les hommes de fichus salauds. »

Il eut un geste de la main qui signifiait qu'il n'en dirait pas plus. Simon s'en voulut d'avoir réveillé une souffrance pareille. D'une pichenette Jaimé jeta son mégot sur le sol. Il l'écrasa d'un coup de talon rageur. Il ajouta tout de même :

« Ah ! si quelqu'un achetait leur campe nègre pour faire du vin, ça donnerait peut-être des idées aux autres. »

La langue d'un chien peut ressembler à un ange. C'est ce que se disait Jacob tandis que la langue râpeuse du setter gordon de Léonce Audecœur lui léchait méticuleusement le visage. Léonce Audecœur emmenait rarement son chien avec lui à la vigne pour ne pas effaroucher les oiseaux. L'animal s'était précipité quand il avait vu cet homme, qu'il ne connaissait guère, s'affaisser de tout son long entre un rang de ceps. Il avait d'abord cru à un jeu et il avait bondi joyeusement avant d'être intrigué par la posture inhabituelle de l'homme qui, de toute façon, ne répondait pas à son exubérance.

Le chien avait un corps puissant et musculeux, un museau marron très long alors que le reste du pelage à poils ras était noir. Ses bajoues flasques étaient toujours humides d'une bave translucide qui coulait en filets. Il avait aussi de larges oreilles couvertes de poils frisottants qui ressemblaient à celles d'un épagneul. Des paupières échancrées sur un œil mouillé lui donnaient un air perpétuellement triste.

Jacob n'avait jamais voulu de chien. D'ailleurs, il n'aurait pas été à sa place dans le minuscule appartement de la rue de la Lyre. Mais sa vraie raison était ailleurs. Il avait été marqué par la hantise d'un de ses amis qui habitait seul une vaste maison sur les hauteurs d'Alger, avec un jardin fermé qui embaumait le jasmin et le laurier rose en été.

« Tu vois, s'il m'arrivait quelque chose un jour, je ne voudrais pas que mon chien dévore mon corps », lui avait répondu son ami un jour que Jacob lui conseillait de prendre un chien, « parce que c'est une compagnie », tandis qu'il se plaignait de sa solitude.

Jacob se sentait bien avec le chien à côté de lui. Il était sûr que rien ne pouvait lui arriver. Il repensa à un chien qu'il avait un jour chassé à coups de pierre. C'était une espèce de griffon visiblement abandonné qui s'obstinait à le suivre. Il se demanda pourquoi ce souvenir resurgissait après toutes ces années, ce qui ne l'empêcha pas d'éprouver un vague sentiment de honte. Était-il puni de quelque chose ? Le Très-Haut ? Peut-être qu'il lui en voulait de ne plus aller à la synagogue ? Mais la plus proche était à des dizaines de kilomètres et il fallait déranger Simon pour qu'il le conduise. Et puis Dieu avait bien d'autres chats à fouetter que de s'occuper de savoir si Jacob Hamani mangeait du lapin ou des fruits de mer, s'il avait bien allumé les sept bougies du sabbat.

Jacob sursauta à peine quand, en désespoir de cause, l'animal se mit à aboyer furieusement parce qu'il n'avait pas réussi à tirer l'homme de son sommeil et que le jeu ne l'amusait plus.

« Papa ! » avait crié Simon, devenu soudain blême. Tout le monde s'était précipité. Sarah contemplait maintenant son grand-père, les yeux écarquillés. Elle était pétrifiée, incapable d'esquisser le moindre geste. L'idée que Jacob puisse un jour disparaître ne l'avait jamais même effleurée et la laissait sans voix. Elle se répétait juste : « Ce n'est pas possible. Ce n'est pas possible, pas lui », comme si ceux qui nous sont proches devraient forcément être épargnés.

Jacob avait le visage en sueur. Céleste vint l'essuyer avec un mouchoir à gros carreaux. Jeanne et Simon l'empoignèrent chacun sous un bras pour l'aider à se relever.

Passé le moment de stupeur, on sentait que chacun était soulagé. Léonce Audecœur osa même une plaisanterie qui ne fit rire personne :

« Je n'avais encore jamais vu quelqu'un désagater une vigne en se couchant sur le dos. Il faudra que j'essaie. »

L'alerte se réduisit en apparence à ces quelques perles de sueur sur un front ridé et au mouvement désordonné d'une respiration à l'intérieur d'une poitrine. Dans l'esprit de Jacob, elle laissa des séquelles beaucoup plus importantes. Entrevoir sa propre mort ne laisse jamais indifférent. Il décida de rattraper les jours perdus de sa vie. Comme les autres s'étaient dissous dans l'inconsistance du temps, ils peindraient ceux qui lui restaient à vivre.

Simon dut s'exécuter sur-le-champ, tout en pestant contre cette nouvelle lubie de son père qui le retardait dans la taille des vignes. Une journée, ce n'était pas grand-chose, mais il redoutait Sauvaire-Ronze. Ce n'est pas qu'il l'empêchait de conduire le travail à sa guise, mais il ne voulait pas l'indisposer – toujours cette soumission de l'animal qu'on conduit à l'abattoir, n'aurait pas manqué de persifler Jeanne si elle l'avait su –, alors qu'il voulait lui parler du campe nègre.

L'idée de Jaimé avait fait son chemin. Même s'il voyait peu Antoine Sauvaire-Ronze, il n'avait pas manqué de constater que parfois l'autre éprouvait une sourde animosité envers lui. Derrière son apparente bonhomie, ses yeux se rétrécissaient, devenaient plus durs. Simon aurait été bien incapable de dire ce que lui reprochait Antoine Sauvaire-Ronze.

« Peindre, quelle idée ! » s'était-il écrié quand son père avait exprimé son désir. C'est Jeanne qui avait défendu Jacob.

« Tu ne peux pas le comprendre », et elle avait ajouté, comme dans un songe : « C'est important à ses yeux de faire quelque chose qui ne meurt pas. »

Simon s'était résigné à prendre la voiture qu'il n'avait pas encore très bien en main. Il avait acheté d'occasion cette Dauphine rouge avec son toit crème qui lui permettait de se déplacer.

Jacob avait fait une liste impressionnante de couleurs.

« Prends du vermillon de Chine, du rouge Hélios. N'oublie pas le jaune de mars. Il rendra parfaitement les nuances de la terre entre les vignes à cette époque de l'année, surtout si on le mélange avec un peu de brun Van Dyck. »

Simon était stupéfait de découvrir que son père s'était un jour intéressé à la peinture. Cela ne collait pas avec son image de juif pieux austère et rigide. Simon avait l'impression d'être redevenu un enfant à qui l'on confie la liste des courses et le porte-monnaie maternel. Ce n'était qu'une suite de recommandations que Jacob énonçait en jubilant. Simon n'avait encore jamais vu son père s'animer autant.

« Pense aussi au chevalet. Je ne sais pas si tu pourras trouver une canne-siège dans une si petite ville. Le chapeau de paille, ce sera plus facile, mais prends-le solide. Je ne veux pas qu'il s'effrange tout de suite. » Simon était excédé.

À la vérité, Jacob se serait bien vu en impressionniste, mais comme la place était déjà prise, il se contenterait d'être un peintre du dimanche qui allait peindre tous les jours de la semaine.

Lui qui avait toujours vécu dans l'obéissance sacrée s'émancipait. Peut-être avait-il été suffisamment mort pour savoir qu'il n'y avait rien au-delà de la vie : l'homme prisonnier dans une constellation de matières dont il n'était qu'un instant fugace. L'idée lui plut.

Jacob se sentait dans la peau d'un garnement, peut-être perclus de rhumatismes, mais d'un garnement tout de même.

Et puis la peinture, c'était aussi un geste de gratitude envers cette terre qui les accueillait. C'est comme cela qu'il voyait les choses. Ce n'était pas une lubie, comme l'avait dit si méchamment Simon. Au contraire, c'était un éclat de liberté.

En sortant de la « yeshiva », combien de fois était-il passé et repassé en baissant les yeux devant cette porte rouge couverte de clous forgés qui le fascinait et l'effrayait à la fois. Il ne pouvait s'empêcher de faire le détour pour emprunter cette ruelle sombre qui, dès les premières chaleurs, sentait l'urine, la menthe et la fleur d'oranger. Les odeurs chahutaient. Parfois, des rires fusaient de derrière les moucharabiehs. C'était un endroit où le diable s'amusait.

L'Académie des beaux-arts était entourée d'une réputation sulfureuse. Il se murmurait qu'on y peignait des odalisques nues et lascives allongées sur des sofas de velours pâle. Même s'il avait dû chercher le sens du mot lascive dans le dictionnaire, comment cela n'aurait-il pas enflammé son imagination à seize ans ? C'était un endroit infréquentable, il n'en était que plus attirant. Il avait été stupéfait de découvrir toute cette réserve de révolte en lui qu'il ne soupçonnait pas.

C'est avec une sorte de fébrilité joyeuse que Jacob avait débouché les flacons d'essence de térébenthine et d'huile de lin rapportés par Simon. C'est ça, il avait retrouvé les odeurs de la première fois quand il avait osé pénétrer dans l'enceinte de ce lieu de damnation où l'on peignait des corps et des visages. Il voulait s'inscrire. Il avait pris soin de rouler sa lévite en boule et de l'enfouir dans son cartable. Tous ses souvenirs resurgissaient avec une précision fulgurante. C'était comme si le temps refluait. C'était comme si sa vie n'était plus que cette petite boule dense et fiévreuse de souvenirs. Les souvenirs eux, au moins, ne se rident jamais. Ils font pleurer les lèvres.

« Pour peindre, jeune homme, il faut avoir la vocation. D'abord la vocation, le talent vient ensuite. »

Jacob revoyait le petit visage de fouine du directeur qui l'avait reçu et qui donnait aussi des cours de dessin. Il l'avait longuement scruté en le regardant par-dessus son pince-nez avec ses yeux en boutons de bottines. Jacob l'avait senti se contracter quand il avait donné son nom.

« Ah ! vous êtes juif... Bah ! La vocation jeune homme... »

Et il avait inscrit son nom dans un registre couvert de tissu noir. Il lui avait donné le prix des cours, avant d'ajouter :

« Le matériel, vous l'achèterez à l'intendant, ça va de soi », puis il avait glissé ses deux pouces dans l'épaisse ceinture de tissu gris roulée plusieurs fois autour de sa taille, comme en portaient les charretiers, et qui dans son esprit devait sans doute lui donner l'air artiste. Il avait répété, en le raccompagnant à la porte, songeur :

« Un Juif... »

Jacob n'avait jamais peint de femmes nues. Seulement dessiné à l'infini des feuilles d'acanthe et des moulages de chapiteaux corinthiens ou doriques. Il s'était aussi échiné à reproduire des tableaux de Meissonier. Comme il n'avait jamais vu de modèle se déshabiller devant lui, sa « vocation » s'était rapidement émoussée. Il avait tout de même eu le temps d'apprendre à préparer un fond, à équilibrer les masses, à faire un glacis, à souligner une ombre. C'est tout cela qu'il n'avait jamais oublié. Il n'avait jamais su si son père avait deviné son incartade artistique.

Jacob se levait en même temps que les autres, même parfois plus tôt. Et quand Jaimé venait cogner à la porte, le plus souvent accompagné de Léonce Audecœur, il était prêt avec tout son attirail. La première fois, il avait essuyé une salve du grand rire de Léonce et Jaimé n'avait pu retenir un sourire. Jacob était affublé d'une blouse de maquignon qu'il faisait bouffer avec une ceinture de mauvais cuir, il portait un chapeau de paille repoussé en arrière du front et sous un bras sa boîte de couleurs. Il avait posé son chevalet sur son épaule pour avoir l'air complètement artiste. C'était un artiste de la terre, voilà tout.

Simon devait toujours insister pour que les deux hommes entrent et prennent le café que Jeanne avait maintenu au chaud sur un coin de la « Languiller ». On voyait danser les flammes du feu à travers le mica du foyer. On brûlait des boulets. Jeanne avait pesté d'être obligée d'allumer du feu à cette époque de l'année.

La maison s'était transformée. Elle l'avait meublée d'objets disparates chinés chez des brocanteurs ou achetés en salle des ventes, car elle voulait être économe de son argent. Elle avait découvert qu'elle aimait le jeu des enchères.

Un jour, elle avait réussi à avoir pour une bouchée de pain un petit saint Hubert en noyer dans lequel elle rangeait une vaisselle dépareillée en faïence. Elle avait accroché aux fenêtres des rideaux de cotonnade qui imitaient vaguement la toile à matelas. Une collection de vieux fers à repasser, de moulins à café anciens qu'on jetait dans les fermes, donnait à la pièce une sorte de chaleur mélancolique. Elle avait suspendu à une poutre une cage à oiseaux en laissant la porte ouverte. S'occuper de la maison l'avait distraite. Insidieusement, c'était devenu une maison dans laquelle on se sentait bien. À présent, elle y tournait en rond. Elle avait aussi acheté des livres qu'elle dévorait dès qu'elle avait un moment, retrouvant avec plaisir une passion d'adolescence. La vie s'installait.

La vigne paraissait encore plongée dans son sommeil d'hiver. Les ceps ressemblaient à d'immenses candélabres ou à des serres de vautour prêtes à déchirer le ciel. L'impression était trompeuse. La sève s'était remise à battre. La taille en gobelet effectuée par Jaimé et Léonce, avec une précision de chirurgien, avait donné le signal. Et sous les minuscules bourgeons, on devinait toute l'impatience de la terre.

Jacob laissa partir les trois hommes au milieu du vignoble. Maintenant que l'essentiel du piquetage était terminé, que la taille s'achevait, les femmes ne venaient plus. Le vieil homme installa son chevalet au pied du coteau, déplia sa canne-siège et sortit ses fusains.

C'était ce mouvement des dos voûtés, cette fatigue qui entrait bientôt dans les membres, cette litanie des gestes répétés à l'infini qu'il essayait de figer sur la toile d'un geste rapide. Il voulait retrouver le rythme haché de ces silhouettes qui semblaient s'enraciner dans la terre et qui faisaient corps avec la vigne. Bientôt, il peindrait le ciel. C'était un ciel qui changeait souvent d'humeur. Alors peu importe. C'était la sienne qu'il essayait de trouver sur la palette. Il aimait les nuages pommelés, les nuages joufflus qui semblaient protéger le travail des hommes. Des hommes qu'il peignait toujours de dos, par petites touches, afin de débusquer leur fragilité. Ainsi, il avait le sentiment d'être au plus près d'une sorte de vérité primitive. Souvent, il effaçait d'un coup de pinceau rageur ce qu'il venait de peindre avant de recommencer. Toujours recommencer. Tâtonner. Effleurer une sorte d'absolu qui, en définitive, ne ressemblait à rien. Malgré tout, il aimait cette vigne qu'il espérait sauver en la représentant sur sa toile. Les sonorités des premiers tableaux de Jacob étaient faites de bruns sombres, de bistres lourds et collants comme de la glaise. Elles renvoyaient l'écho assourdi de la terre ensommeillée. Jacob n'était pas inquiet. Il savait qu'elles iraient en s'éclairant pour obéir au mouvement de la saison et de la lumière.

Ils roulaient depuis l'aube dans la camionnette brinquebalante du domaine qu'Antoine Sauvaire-Ronze avait accepté de prêter à Simon. La même avec laquelle Jaimé était venu les chercher à la gare le premier soir. Ils avaient laissé derrière eux depuis longtemps les ultimes vignes des côtes de Thongues pour s'accrocher aux contreforts des Cévennes. Insensiblement le paysage avait changé. Les sommets étaient couronnés de pins. Des hêtres et des érables au pelage dénudé se disputaient les flancs de coteaux aussi efflanqués que des chiens abandonnés. Parfois, au creux d'un vallon, une source qui s'égayait à travers les herbes folles et les pierres anguleuses se mettait à faire chanter la terre comme les doigts de la harpiste les cordes de son instrument. Mais à l'intérieur de la cabine, avec le bruit du moteur, on ne l'entendait pas. On n'entend jamais les choses toutes simples du bonheur.

Sarah, qui devait bientôt entrer au lycée, avait voulu profiter d'un de ses derniers jours de liberté. Elle se tenait entre son père et Léonce Audecœur. Dans les virages les plus serrés, elle devait s'accrocher des deux mains au tableau de bord. Léonce riait, ce qui lui permettait de cacher le trouble qu'il ne pouvait s'empêcher de ressentir quand la cuisse de la gamine venait s'appuyer contre la sienne. Soudain, il cria :

« Arrêtez là... »

Simon appuya sur le frein pour stopper le long d'une éteule qu'on venait de brûler. Léonce Audecœur baissa sa vitre et montra une forme indistincte. C'était un oiseau qui se tenait immobile dans l'air au-dessus de la lisière du champ. Ses ailes battaient tellement vite qu'elles ne donnaient même pas l'impression de bouger. Jamais, ni Sarah ni Simon n'avaient vu un tel oiseau.

« C'est un faucon crécerelle..., indiqua Léonce. Il fait le Saint-Esprit. Il guette sa proie. Peut-être une musaraigne ou un mulot. Quand il va fondre sur elle, il ne lui laissera aucune chance, vous pouvez me croire. »

Avec la camionnette, ils montaient jusqu'au causse Méjean pour chercher de l'engrais de mouton auprès des bergers. L'engrais de mouton, c'était une idée de Simon.

« Pas si bonne que ça, avait marmonné Jaimé, c'est trop riche pour la vigne. »

Mais Simon avait tenu bon. De temps en temps, il fallait bien cajoler la terre si on voulait qu'elle nous le rende.

Sarah était heureuse d'avoir rencontré quelqu'un qui connaissait aussi bien les oiseaux que Léonce Audecœur. Dès qu'elle s'était trouvée seule avec lui, elle n'avait pu s'empêcher de lui parler de son geai bleu.

Il l'avait écoutée gravement et avait fini par dire :

« C'est important de conserver un si bel oiseau dans sa mémoire. Ça aide à vivre… Chaque année, ce sont des dizaines d'espèces d'oiseaux qui disparaissent. La terre se porterait infiniment mieux si l'évolution s'était arrêtée au singe. »

Sarah avait conclu sur-le-champ que Léonce Audecœur était d'une sagesse époustouflante. Elle avait décidé qu'elle l'aimait bien, ce qui était capital à ses yeux puisque l'humanité était partagée en deux, soit elle aimait, soit elle détestait, avec parfois une frontière fluctuante entre les deux.

Encouragé par l'attention de Sarah, Léonce avait enchaîné en s'animant, lui d'ordinaire si placide.

« Il n'y a rien qui ressemble plus au vol des oiseaux que la musique. Tiens, tu prends la sonate pour violon et piano de Schubert, en la majeur. Le début du scherzo, c'est exactement le vol de l'alouette lulu. »

Entre ses grosses lèvres, il siffla l'air.

« L'andante du neuvième concerto de piano de Mozart, avec son ampleur nocturne, on dirait le vol d'un grand-duc qui s'apprête à froisser la nuit de ses battements d'ailes. »

Sarah écoutait Léonce Audecœur les yeux écarquillés, tout en se promettant de remplacer le microsillon de Françoise Hardy, qu'elle passait en continu sur son Teppaz, par Mozart et Schubert.

Elle avait enfin trouvé quelqu'un qui l'étonnait. Elle s'emballait de cette connivence nouvelle. Elle ne se demanda pas pourquoi Léonce Audecœur aimait tellement la musique.

Quant à lui, il n'aurait plus à donner le change, à masquer sa solitude de son gros rire qui faisait tonner les murs mais qui laissait ses yeux tristes. Quel âge aurait-elle sa fille à présent ? Le rire a toujours été un masque sublime. Ce soir, il aurait quelqu'un de vivant à qui penser quand il rentrerait dans sa maison qui sentait la cire par habitude.

VI

Nuit de colère

SIMON ÉTAIT PRIS sous la toise du regard d'Armelle Sauvaire-Ronze. Au premier aboiement du chien qui s'était précipité sur le côté du perron en tirant furieusement sur sa chaîne, elle était apparue. Elle portait un tailleur à carreaux beige, un chemisier blanc sans doute amidonné. La jupe était longue. Elle tombait sous les genoux. Un chignon strict tirait le visage accentuant son air dur.

« Qu'est-ce que c'est ? avait-elle interrogé.

– Simon Hamani. »

Il se tenait au pied des marches du perron, la tête basse, embarrassé de son corps.

« Ah ! le nouveau métayer ? Mon mari est aux communs. »

Elle lui indiqua d'un geste un bâtiment en contrebas qu'on apercevait derrière une cloison de cyprès et auquel menait un sentier gravillonné, et tourna les talons. La maison grise, d'une opulence fanée, était dominée par une tour carrée bardée de balustres. On se demandait à quoi pouvait bien servir cette tour sinon à souligner l'orgueil. Simon aperçut à travers les vitres des rideaux de velours vieux rose passés au soleil. Ils étaient enserrés par des embrasses à glands qui pendaient comme des sonnailles autour du cou des vaches.

C'était une bâtisse rectangulaire sur deux étages, agrandie sans doute au début du siècle quand le gosier des poilus avait fait la fortune des caves.

« Voilà une maison qui réclame son dû », songea Simon.

Un garçon d'écurie, qui ne devait guère avoir plus de quatorze ans, suspendit son geste quand Simon entra dans le bâtiment éclairé par une lumière poussiéreuse. Le gamin était en train de passer de la graisse de « pied de bœuf » avec un pinceau sur les harnais qu'il accrochait ensuite sur leur support.

Alignées dans un ordre parfait, il y avait aussi plusieurs voitures : deux calèches, une charrette anglaise, un tilbury. Simon n'était pas sûr de l'exactitude des noms. Il laissait plutôt vagabonder son imagination dans cet univers de passion maniaque dans lequel il avait l'impression d'être entré par effraction. Le soin avec lequel les voitures étaient entretenues sautait aux yeux. Pas la moindre peinture écaillée sur les portières ni de trace de boue sur les garde-crotte. Crapaudines et porte-guide reluisaient. Les brancards étaient lustrés au chiffon et reposaient soigneusement sur leurs tréteaux. On était dans un autre siècle. Sauvaire-Ronze aurait sans doute astiqué l'odeur fauve des chevaux s'il avait pu.

« Vous cherchez le patron ? Il est aux écuries, là derrière... Vous ne pouvez pas vous tromper. »

Simon n'entendit pas la fin de la phrase. Il avait pressé le pas. Il s'était senti soudain mal à l'aise dans cet univers brillant qui sentait le crottin de cheval.

« Ah ! vous voilà ! Je vous attendais plus tôt. »

Antoine Sauvaire-Ronze portait toujours son gilet patchwork, mais était en bras de chemise. Il avait remonté ses manches au-dessus du coude et tenait deux cordelettes en boucle dans sa main. Du coin de l'œil, il surveillait une jument couchée sur le flanc dans un lit de paille. Elle avait les mamelles gonflées striées des premières traces de lait.

« Vous vouliez me parler du Campe nègre ? Vous avez bien choisi votre moment ! dit-il d'un air excédé. Vous me surprenez en train de mettre bas.

– Je peux revenir.

– Maintenant ou plus tard, quelle importance ! Restez. Et puis, qui sait, j'aurai peut-être besoin de vous. »

Les flancs de la jument furent parcourus d'un long frémissement, une sorte de sanglot de la peau. Puis ils se contractèrent. Dans les stalles voisines, les chevaux s'agitèrent en faisant voleter des brins de paille qui se consumaient dans les rais du soleil.

Bientôt, deux minuscules sabots apparurent après la première gonfle. Ils n'eurent pas à utiliser les cordelettes. Tout se passa bien.

« Le bruit le plus extraordinaire qui soit, c'est sans doute celui du poulain qui tombe sur la paille », remarqua Antoine Sauvaire-Ronze avant d'ajouter : « C'est beau une naissance. » La jument tourna lentement la tête vers son petit. Il y avait dans ses gros yeux humides une sorte d'étonnement tendre et tranquille. C'étaient de ces yeux qui ne lésinent pas sur l'amour. Dès qu'elle put, elle se mit à lécher de sa langue râpeuse le corps luisant et frissonnant de vie. Simon fut surpris de découvrir dans le regard de Sauvaire-Ronze comme un reflet évanescent de toute cette tendresse. C'était la dernière chose qu'il s'attendait à y trouver.

« Y aurait-il quelque chose d'humain chez lui ? » se demanda-t-il.

« Il faut attendre qu'il tète. C'est sa façon de montrer qu'il veut vivre. » La voix de Sauvaire-Ronze s'était comme arrondie. Quand il parlait du poulain, elle était sans aspérité.

« Fascinant, non ?... Alors comme ça vous voulez acheter les vignes du Campe nègre ? Après tout, pourquoi pas... Si on se met d'accord sur le prix. Mais c'est une drôle d'idée. Ce sont celles qui produisent le moins. Enfin, ça vous regarde, mais vous pourrez faire face ?

– Je pourrai avoir des aides.

– C'est vrai que vous, vous avez toutes les aides que vous voulez. »

Le ton était devenu hostile et glacial avant qu'il n'ajoute :

« Je trouve que vous allez un peu vite en besogne. À peine arrivé et on veut déjà tout acheter. Qu'est-ce que voulez en faire de ces vignes ?

– Du vin.

– Faire vous-même votre vin ?

– Oui. »

Il y eut un long moment de silence pendant lequel les deux hommes se défièrent du regard, et Antoine Sauvaire-Ronze lâcha :

« Ici, le raisin va à la coopérative. C'est mieux pour tout le monde et chacun y trouve son compte. »

Puis il marqua une pause pendant laquelle il sembla réfléchir en fronçant ses épais sourcils avant de demander :

« C'est bien sûr une idée du Jaimé ? »

Simon ne put que l'admettre d'un signe de tête. Couché contre la jument, le poulain agitait déjà ses pattes grêles comme s'il voulait se lever.

« Quelle tête de pipe celui-là ! Je suis certain qu'il n'a pas eu de mal à vous mettre dans sa poche. Dorénavant, je lui dirai de se mêler de ses affaires.

– Je trouve que c'est une idée qui n'est peut-être pas si mauvaise. »

L'autre le foudroya du regard.

« Absurde, oui. »

Les deux hommes n'avaient plus rien à se dire.

Antoine Sauvaire-Ronze était d'une classe sociale à ne pas s'embarrasser de nuances avec un métayer. Simon se sentit à nouveau très mal à l'aise.

« Je comprends que vous vouliez vous rassurer avec un lopin de terre. Ce n'est pas moi qui vous le reprocherai. De là à chambouler tout ce qu'on a mis des années à mettre en place, vous ne manquez pas de culot ! Un culot phénoménal. »

Antoine Sauvaire-Ronze s'exprimait avec une sorte de rage contenue. Malgré tout il ajouta, plus calme :

« Encore faut-il le réussir ce vin, pour que ce ne soit pas du pissat de renard… »

Simon eut peur de se tromper, mais il pensa qu'Antoine Sauvaire-Ronze mettait un point d'honneur à respecter le code non écrit qui régissait les rapports entre les vignerons, sans trop y croire lui-même. Comme s'il était prisonnier de ce code. Ça lui mit du baume au cœur. C'est seulement quand il claqua la portière de sa voiture qu'il songea que l'autre ne lui avait même pas offert un verre d'eau.

« Le *patrone,* il m'a passé un sacré savon, bon Dieu ! Qu'est-ce qu'il t'a pris de leur mettre ça dans la tête qu'il gueulait. La prochaine fois, je te vire. »

Au fur et à mesure que Jaimé racontait, il revivait la scène. C'était une tornade de mots.

« Tu ne t'es pas défendu ?

– Si. J'ai pris mon air contrit.

– Ça a marché ?

– Tu vois… Je suis encore là. »

Jaimé jubilait de son petit air de ne pas y toucher. Il ne semblait pas marqué plus que ça par l'engueulade. Au contraire, il y avait comme le duvet d'un sourire au coin de ses lèvres fines, comme s'il était content du bon tour qu'il venait de jouer à ce *patrone* pour lequel on sentait qu'il éprouvait, malgré tout, beaucoup de respect. C'était un sourire sans forfanterie.

« Il gueulait : mais pour qui ils se prennent ceux-là ! On leur tend la main et ils vous bouffent le bras. À peine arrivés, ils veulent nous en remontrer, nous apprendre à faire du vin. On les accueille et ils n'ont même pas la reconnaissance du ventre. Ils auraient mieux fait de rester là-bas, dans leurs gourbis. Faire leur vin, après tout, ils ont raison. On va rigoler… Je te garantis qu'on va rigoler.

– Je vois qu'on n'est pas les bienvenus, dit Simon.

– On n'est jamais les bienvenus quand on vient d'ailleurs. »

Jaimé tendit son « pourro » à Simon qui but une solide rasade de vin. Il s'essuya les lèvres et le menton avec un bouchon d'herbe. Entre le républicain espagnol et le juif pied-noir, l'amitié filait son train.

« Tu vois, il n'est pas si mauvais que ça. Mais il n'a rien à voir avec celui que pourrait donner le campe nègre. Le *patrone* le sait bien et c'est ça qui le met en rogne. »

Les deux hommes étaient adossés à un chêne vert court sur patte qui semblait veiller sur le Caringoles. C'était le dernier coteau qu'ils avaient à passer à la déchausseuse. Ils voulaient en terminer au plus vite. Les rhumatismes de Céleste avaient annoncé la pluie et ils ne voulaient pas prendre davantage de retard avec une terre qui aimait coller aux dents de la charrue en rendant le travail impossible. Alors, aujourd'hui, ils se contenteraient du pain à la croûte craquante que Jaimé venait d'ouvrir avec son couteau enfouissant des tranches de terrine entre une mie blanche comme des draps.

« C'est de la terrine de cerf. C'est le *patrone* qui a tué l'animal et qui a fait lui-même de la terrine en y ajoutant du marc. Tu sens le goût du marc ? Il m'en a donné plusieurs litres et je t'assure que ce n'est pas du tord-boyaux... Cela dit, moi, je n'aime pas beaucoup la chasse, mais on ne peut pas dire que le *patrone* soit si mauvais que ça. »

Ils mâchaient maintenant en silence. Platon, la longe attachée à la branche la plus basse de l'arbre, philosophait avec le pissenlit dont il soufflait les aigrettes avec l'air de ses naseaux.

« Nous ne sommes pas les bienvenus. » La phrase trottait dans la tête de Simon. À Magalas, personne ne semblait faire attention à eux. Pourtant, il savait qu'on jasait dès qu'ils avaient le dos tourné. Quand il entrait au bistrot en faisant sonner la portière faite de capsules de bouteilles, c'était comme un signal. On se taisait.

Il n'y avait mis les pieds que deux ou trois fois, bien que ce soit un bistrot comme il en avait rêvé. Un long rideau de dentelle au crochet suspendu à une tringle de laiton partageait la vitre qui donnait sur la rue, tout en tamisant la lumière. Entre le rideau et le verre, quelqu'un avait accroché une réclame pour Cinzano.

À l'intérieur, il y avait des tables en bois constellées de taches sombres. Sous un pied, on avait parfois glissé un rond de bière plié en deux pour l'équilibre. D'ailleurs, il n'y avait pas que les tables qui étaient bancales. La patronne, que tout le monde appelait « la Mathilde », y compris Simon, boitait juste ce qu'il fallait pour qu'elle ait l'air de se dandiner. C'était une vieille un peu voûtée, pas très grande, avec des cheveux gris tirés en chignon, à travers lequel elle glissait le crayon qui lui servait à faire les additions. Elle portait toujours la même blouse bleu ardoise fermée au col par une épingle de sûreté.

Autrefois, juste après la guerre, elle avait fait à manger pour ses clients les plus fidèles qui se pressaient les jours de foire. C'était là que Léonce Audecœur aimait prendre ses repas, au milieu des vignerons et des colporteurs. Au fur et à mesure que les « fillettes » s'amoncelaient sur les tables, le ton montait. Surtout quand la politique se faisait un peu trop tonitruante. Alors, la Mathilde avait vite fait de ramener l'ordre d'un coup du torchon qu'elle avait toujours sur l'épaule et qu'elle claquait sur la tête de celui qui gueulait le plus fort.

Léonce Audecœur s'étourdissait dans ce brouhaha. Ça l'aidait à oublier. Il n'avait jamais parlé à personne de sa fille. Et il remportait toujours un succès fou auprès des étrangers de passage quand il entrait avec sa corneille sur l'épaule.

La Mathilde avait arrêté la cuisine quand le temps lui avait fait les jambes trop lourdes. Mais dans un coin de la grande glace rectangulaire accrochée sur le mur derrière le comptoir, il y avait toujours l'ardoise avec ces simples mots tracés à la craie comme un souvenir : Menu des bons et mauvais jours.

Sur le côté de la glace, il y avait des étagères surchargées de verres et de bouteilles d'apéritif, de ces apéritifs qu'on sert rarement, comme le whisky et que Mathilde prononçait *viski*. Il y avait aussi le comptoir avec son dessus en étain, sa fontaine à bière et, derrière, deux tonnelets mis en perce. Un pour le vin blanc, l'autre pour le rouge. Il arrivait parfois à la Mathilde de se tromper quand elle servait. Mais personne n'aurait osé discuter. On buvait son rouge à la place du blanc, ou vice versa, voilà tout.

Sur l'étain du comptoir, il y avait toujours une piste de quatre-vingt-et-un qui attendait l'heure de l'apéritif avec impatience. Ce n'était pas rare qu'il y ait au moins deux ou trois tapis pour les cartes avec des joueurs autour.

Une fin d'après-midi, il manquait quelqu'un pour faire le quatrième. Simon lampait un panaché au comptoir. Les trois lascars glissèrent un regard vers lui, puis roulèrent le tapis. Ils avaient préféré renoncer à leur partie plutôt que l'inviter à se joindre à eux…

C'était un bistrot à trogne et à casquettes où le temps s'églantine. C'était un endroit où l'on se parlait du regard. Simon n'en connaissait pas encore la langue. C'était un endroit où les affaires se concluaient entre maquignons du bonheur d'une simple tape dans la main. À la confiance.

Simon aurait aimé que quelqu'un lui tape comme ça dans la main, pour lui montrer qu'il avait sa place au milieu d'eux. Non, ils n'étaient pas les bienvenus, et Simon se sentit terriblement seul avec cette vigne sur les bras, malgré la présence de Jaimé qu'il n'avait pas vraiment écouté. Et il fut une nouvelle fois repris par le doute.

« Dire qu'il y a des malheureux qui risquent leur peau pour défendre leur magot. Je lui ai rétorqué : vous exagérez, *patrone.* Alors, il me regarde d'un air glacial. J'aurais juré qu'il était prêt à pleurer, et il m'assène. « Jacques alors, il ne risque pas sa peau. » »

Simon, soudain tiré de sa rêverie, demanda :

« Jacques ?

– Oui, c'est leur fils. C'est un appelé. Ça fait déjà quinze mois qu'il mène ses hommes dans le djebel. Les Sauvaire-Ronze sont suspendus aux nouvelles et sont fous d'inquiétude. Mais ils sont trop fiers pour le montrer… Fichue guerre.

– Ce sont seulement des opérations de maintien de l'ordre, je te le rappelle, rectifia Simon sur un ton plein d'ironie. De toute façon, ça va s'arrêter maintenant qu'ils vont avoir leur indépendance. Si les Sauvaire-Ronze nous en veulent autant, pourquoi nous ont-ils pris comme métayers ? Pourquoi accep tent-ils de nous vendre le Campe nègre ? »

Jaimé leva les yeux au ciel comme s'il avait affaire à un attardé mental et frotta longuement son index contre son pouce.

« Mais pour le fric, pardi. Le fric, quatre lettres hérissées comme des barbelés. Votre arrivée les sauve, et en plus ils ne perdent pas la face. »

La chaleur était devenue assourdissante. La terre s'effritait comme du poivre moulu sous les dents de la charrue que Simon et Jaimé passaient à tour de rôle dans les rangs de ceps. Platon tirait la langue. Il fallait s'arrêter plus souvent que de raison pour lui tendre la seille remplie d'eau. C'était une chaleur inhabituelle en cette saison. Sournoise.

« La vigne débourre plus tôt que les autres années », constata Jaimé sans pouvoir s'empêcher de dissimuler une sourde inquiétude. Devant eux s'étendait déjà un semis de jeunes feuilles qui formait une espèce de voile de mousseline drapant la vigne.

Léonce Audecœur était lui aussi inquiet. Le retour des oiseaux migrateurs était précoce. Ça n'augurait rien de bon, sinon d'un été de canicule et de feu. Il avait repéré des hirondelles dès la mi-février. Tout comme des fauvettes ou des gravelots.

À force de vadrouiller ensemble dans tout ce qui pouvait ressembler à un bosquet de chênes verts ou d'arbousiers, il était devenu le confident de Sarah. Oh ! ce n'étaient jamais des abandons clairs et limpides. La gamine restait sur ses gardes. Elle lui avait parlé tout de même de cette façon si particulière qu'avaient ses parents de ne pas s'aimer. De ne pas l'aimer.

« Tu en souffres ? lui avait-il demandé.

– En souffrir ? Certainement pas. » Et elle avait éclaté de rire. Son rire disait le contraire de ses mots.

Ils observaient, à l'aide d'une paire de petites jumelles pliantes, un vol de gobe-mouches revenus eux aussi plus tôt d'Afrique. Les oiseaux semblaient épuisés. Ils louvoyaient dans l'air épais et sucré.

« Tu vois ceux-là, ils ne pourront pas nourrir leurs petits parce qu'ils ne trouveront plus d'insectes à l'éclosion des œufs », remarqua Léonce Audecœur.

Quand le vol devint net à travers ses jumelles, Sarah chercha à quel morceau de musique leur vol indécis pouvait bien ressembler. Aux trilles des violons dans le premier mouvement de la « Pastorale » ? À la clarinette du trio de Mozart ? Elle fut incapable de se décider et finit par renoncer, non sans éprouver une vive colère contre elle-même devant l'étendue de tout ce qu'ellc avait encore à apprendre pour transcrire le vol d'un oiseau en musique.

Pourtant Sarah ne voyait aucune utilité particulière à s'intéresser aux oiseaux. L'idée d'en faire un jour un métier ne l'ayant même jamais effleurée du moindre battement d'ailes. Aucune utilité particulière, sinon que les intarissables explications de Léonce Audecœur la plongeaient dans une sorte de béatitude. Elle, si agitée d'ordinaire, pouvait rester des heures et des heures immobile à tenter de déchiffrer le vol des passereaux. Et quand le souvenir de son geai bleu venait la hanter, son cœur se mettait à battre plus vite.

À présent, elle n'avait plus guère le temps d'accompagner Léonce Audecœur. Chaque matin, elle se levait aux aurores. Elle lavait le sommeil qui lui collait aux paupières, prenait un rapide bol de café au lait dans lequel elle émiettait du pain. Le plus souvent, elle avalait le tout debout avant de gagner l'arrêt du bus scolaire qui l'emmenait au lycée. Elle avait au moins un bon kilomètre à parcourir à travers la vigne avant d'y arriver. Souvent, il y avait encore des lambeaux de brume accrochés aux ceps. La féerie du spectacle la laissait indifférente. Tout comme la laissaient indifférente les touffes de genêts en fleur qui embrasaient soudain l'air gris du matin en répandant une odeur mielleuse qui l'écœurait.

Quand elle arrivait à l'arrêt, un simple piquet enfoncé au bord d'un talus avec un panneau sur lequel on avait peint la silhouette d'un bus, les deux sœurs Méjean attendaient déjà. À croire qu'elles y passaient la nuit à l'arrêt ! Elles étaient plutôt replètes, arborant toutes deux la même queue de cheval pincée par un élastique et d'énormes lunettes aux verres épais et ronds, à travers lesquels Sarah se sentait observée comme à travers un aquarium. C'étaient des filles de vigneron. Pour cette raison, Sarah avait essayé d'entamer la conversation, mais elles s'étaient mises à pouffer avec une sorte de cruauté moqueuse. Alors Sarah s'était renfrognée. La mélancolie du silence lui allait si bien. De toute façon, le bus était arrivé. Poussif, en faisant vibrer sa carrosserie peinte en mauve.

Dans le bus, une autre vie commençait pour Sarah. Arrêt après arrêt, il faisait le plein d'acné juvénile et de nattes enrubannées. Le matin, le chauffeur n'avait pas à hurler « Alors la jeune France… On se calme ! » parce que le sommeil les enveloppait encore dans le cocon de la nuit. Et beaucoup fermaient bientôt les yeux en laissant glisser leur tête contre le siège de moleskine. Rares étaient ceux qui ouvraient un livre tiré du cartable pour réviser à la hâte une leçon. En tous les cas, pas Sarah. Elle préférait rester le nez collé à la vitre en laissant glisser son regard sur le moutonnement des vignes. Elle rêvassait. Tout le trajet était rythmé par le changement de vitesse que le chauffeur effectuait en grimaçant. C'était un petit homme malingre qui semblait perdu derrière l'énorme volant. Il portait une casquette mauve de la même couleur que la carrosserie de son bus. « À chaque changement de vitesse, il fait un double débrayage », avait expliqué à Sarah un garçon au regard sombre venu s'installer d'autorité à côté d'elle. Elle avait reconnu son accent. Même si les arguties du double débrayage la laissaient de marbre, elle avait été ravie de voir qu'il y avait d'autres pieds-noirs au lycée. Lui venait de Mostaganem. C'est ce qu'il lui avait révélé, avec un air conspirateur, dès que le bus avait pénétré dans les faubourgs de la ville, avant de passer devant les arènes de pierres. Elle aimait ce trajet qui l'éloignait de la maison. Elle avait l'impression que cette liberté allait la griser. Elle ne tarda pas à déchanter.

Quand Jason Miralès – son voisin de bus portait avec orgueil cet étrange prénom – lui avait demandé ce que faisait son père et qu'elle avait répondu qu'il était métayer et qu'il s'occupait de vignes, il n'avait pu s'empêcher de s'esclaffer en rejetant en arrière la lourde mèche de cheveux noirs qui lui tombait sur les yeux.

« Mais la vigne n'a plus aucun avenir ici ! »

Et il s'était étendu avec complaisance sur les hectares et les hectares de garrigue que son père et son oncle défrichaient pour planter des abricotiers, des pêchers et des pommiers en espaliers…

« On a arraché toutes les vignes… Tu comprends, on peut irriguer les arbres en puisant l'eau du fleuve. Quand tout sera prêt, je les rejoindrai. »

Il y avait une certaine forfanterie dans le ton de sa voix qui avait agacé Sarah. Il avait ajouté : « Pour le moment, je vis chez ma cousine », et sautant du coq à l'âne il avait repris avec gravité : « C'est dur au lycée. Ils ne nous aiment pas. »

Et comme si ce constat avait éveillé en lui beaucoup d'amertume, il avait poursuivi :

« C'est un cauchemar. Il faudrait se battre en permanence ou se résigner à se taire. »

Comme par inadvertance, alors que le bus approchait du lycée, il prit la main de Sarah. Elle lui abandonna juste le temps nécessaire pour qu'il ne se vexât pas, avant de la retirer doucement. Elle ne se sentait pas le cœur à se lancer dans une nouvelle aventure. Et puis zut ! Elle ne se voyait pas d'avenir sentimental sous des pommiers en fleur. Fussent-ils plantés en espaliers.

Au lycée, Sarah comprit ce que Jason avait voulu dire. Les choses étaient pires que tout ce qu'elle avait imaginé. L'atmosphère était tendue. On leur tournait ostensiblement le dos. Il y avait des mots cruels qu'elle faisait semblant de ne pas entendre, des allusions à leur origine. Les pieds-noirs n'étaient pas nombreux mais ils devaient rester entre eux parce qu'il leur était impossible de se fondre parmi les autres élèves. Un mur invisible de haine et de mépris qui n'avait jamais appartenu à l'adolescence les en empêchait et tout de suite Sarah en avait été blessée. La plupart du temps, elle s'isolait au fond de la classe, prenait quelques notes sans conviction avant de se mettre bientôt à épier, par la fenêtre à guillotine qui était toujours ouverte, les oiseaux qui venaient se poser sur l'immense marronnier planté au milieu de la cour.

À chaque nouvelle bombe qui explosait dans les rues d'Alger ou d'Oran, on les regardait comme si c'étaient eux les coupables. Souvent, Sarah devait se mordre les lèvres pour ne pas fondre en larmes devant cette sourde hostilité qu'elle ne comprenait pas.

Plusieurs profs ne se privaient pas de l'attiser. En particulier un professeur d'histoire dont elle n'aimait pas les cours. Il était grand. Il avait le front dégarni et fuyant surplombant un visage long et osseux ceint d'un collier de barbe poivre et sel. Il portait un foulard rouge enfoncé dans un col de chemise toujours ouvert, comme pour afficher ses convictions. Son pantalon de velours bleu marine tirebouchonnait sur des chaussures de cantonnier. Chaque fois qu'il développait sa vision très personnelle des méfaits du colonialisme, il fixait Sarah comme s'il ne s'adressait qu'à elle. Il commençait toujours ses exposés par « L'important, c'est la contingence… ». Il vrillait un regard pesant dans celui de Sarah, ce qui la mettait mal à l'aise malgré la présence à ses côtés de Jason. Était-ce une conséquence directe de la contingence historique ? Mais un jour qu'elle se trouvait seule avec lui dans un long couloir vitré de l'étage, il avait essayé de la peloter. Elle n'avait dû son salut qu'à sa souplesse.

Au lycée, la guerre les avait rattrapés. La ville était un autre monde. La ville mettait du sel sur leurs blessures. Elle s'aperçut très vite qu'en définitive elle n'avait qu'une hâte : retrouver Léonce Audecœur et partir avec lui traquer des oiseaux plus beaux que les rêves. C'était comme la musique heureuse d'une fanfare sur un kiosque à musique qui lui résonnait dans la tête.

Simon et Jaimé n'avaient plus le cœur à parler. Le soleil pesait sur leurs épaules, bien que l'après-midi ait déjà commencé à étirer sérieusement les ombres. On n'entendait que le pschit ! pschit régulier du pulvérisateur arrangé en bât sur le dos du cheval. Jaimé tenait Platon par la bride et, en même temps, de son autre main, il roulait une cigarette qu'il alluma avec son briquet en cuivre. Simon n'avait jamais réussi à comprendre comment il y parvenait.

Jaimé toussait aussi de plus en plus. Des quintes sèches qui le laissaient exténué, le visage exsangue, le teint cireux. Passait alors dans ses yeux une lueur d'effroi masquée très vite par un sourire résigné.

« La carcasse est encore solide », affirmait-il à chaque fois comme pour s'en convaincre lui-même.

Simon pulvérisait la bouillie bordelaise en une fine pluie qui semblait à peine toucher les feuilles.

Les jours d'avant, ils avaient ébourgeonné pour éviter que la vigne ne s'épuise à donner un feuillage inutile et pour que la sève se concentre dans les grappes. Plus tard, il y aurait la vendange verte pour réduire les rendements. Encore et toujours réduire. Cela devenait une obsession chez Simon. Elle faisait rire Jaimé qui lui disait :

« Faudra bien tout de même que tu laisses un peu de raisin pour faire du jus et faire boire le pressoir. »

Ce n'est pas que Simon négligeait les vignes du métayage, mais ici, sur les quelques arpents du Campe nègre qui lui appartenaient désormais, il était son maître. Il pouvait appliquer sa philosophie du vin et empêcher de faire trop « pisser la vigne ». Il lui rabattrait son caquet à l'autre. Ce n'est pas qu'il trouvait le Sauvaire-Ronze plus mauvais qu'un autre mais il ne supportait pas sa morgue hautaine, son ironie désabusée. Alors, il lui montrerait lequel des deux avait raison. C'était devenu une sorte de jeu où on s'affronte idée contre idée. Simon était fier de son orgueil. Il exultait.

La vigne, sa vigne – le possessif, tout en en mesurant l'extrême fragilité, le rassurait – éclairait maintenant la colline d'une belle lumière argentée. C'était comme la toison d'un animal en pleine santé. Et quand il la sentait frissonner de l'échine sous la caresse du vent, il avait beau jouer les blasés, il était ému. À ce moment-là, il oubliait que la vigne n'avait jamais été qu'une ligne de démarcation pour partager sa vie. D'ailleurs, il était étonné de s'être attaché si vite à celle-ci. À cette maison aux murs torves mais à l'intérieur desquels il se sentait protégé.

« C'est tout l'intérêt des murs, on peut s'y cogner la tête quand on se sent trop seul », répétait-il souvent. Depuis quelque temps, il n'avait plus envie de se cogner la tête. Il pensait moins à Ikedjane. Sa vigne, c'était un possessif sentimental.

Bientôt il recevrait sa futaille. De beaux fûts en chêne, bâtis, parés et jablés rien que pour lui. Quand il avait pu les commander, il avait ressenti une joie presque enfantine. Dommage qu'il n'ait pu la partager qu'avec Jaimé. Il avait écouté ses conseils, il avait demandé un brûlage très doux pour que les arômes de vanille du bois ne soient pas trop agressifs et ne dénaturent pas le vin. « Tout est affaire d'équilibre », lui avait souvent répété Jaimé. Alors Simon calculait, projetait chaque détail dans sa tête. Ça oui, il le faisait prospérer son vin ! C'était un vin d'imagination ! Ce serait son œuvre.

Ils avaient enfin trouvé un pressoir. C'était un vieux pressoir tout démantibulé qu'il faudrait rebâtir avant de le remettre en route. Peut-être même qu'il manquerait quelques claies à la cage qu'il ferait refaire par un menuisier du village. À la vérité, c'est Léonce Audecœur qui avait déniché ce pressoir chez un vigneron plein de méfiance.

Comme les autres, il vendait son raisin à la coopérative, mais il avait demandé :

« Qu'est-ce qu'ils veulent en faire de mon pressoir tes lascars ?

– C'est pour mettre des fleurs, avait assuré Léonce.

– Ah ! si c'est pour mettre des fleurs, j'veux ben m'en séparer. Mais c'est tout de même un engin qui me vient de mon père et qui était déjà chez son père à lui. C'est dur de le voir partir. »

Léonce Audecœur l'avait coupé :

« Combien ? »

À cause de la chaleur, Jacob ne les accompagnait plus guère que le matin pour peindre. Dès que le soleil sortait ses griffes, il repliait son chevalet, il fermait sa boîte de couleurs, rangeait ses fusains et ne manquait pas de dire :

« Je finirai mes tableaux de mémoire. »

Et il s'évanouissait bientôt à travers les rangs de vignes en dodelinant de la tête. Simon le suivait parfois des yeux jusqu'à ce que le chapeau de paille ait disparu. Il n'aurait su dire pourquoi, mais il s'était habitué à la présence de son père dans les vignes et elle lui manquait quand il n'était plus là. C'était comme s'il avait besoin de lui pour croire aux racines qu'il était en train de se construire ici.

Quatre tableaux ornaient déjà les murs blanchis de la maison à laquelle ils n'avaient pas encore donné de nom. Jeanne avait dit, lorsqu'elle avait accroché le premier derrière la grande table de chêne sur laquelle ils prenaient leur repas :

« Jacob, vous êtes un grand peintre… »

Le père de Simon avait plissé ses yeux pleins de malice et avait protesté en riant :

« Tcht, tcht, ma fille, faut pas me flatter. Je serai suffisamment idiot pour m'y laisser prendre. »

Mais Simon avait vu que le compliment avait touché son père.

Les tableaux de Jacob étaient de délicieux mensonges de couleurs vibrionnantes et pures qui racontaient la nostalgie du bonheur.

Jaimé et Céleste restaient de plus en plus souvent à partager le repas du soir avec eux. Il arrivait à Léonce Audecœur de se joindre à eux, du moins quand l'observation des rapaces nocturnes ne le démangeait pas. Pour lui, la vie des oiseaux n'était jamais que la réplique idéalisée de celle des hommes. Pendant ces longues soirées, on parlait de la terre, des prouesses de Platon, on moquait Sarah de ses piètres résultats au lycée Henri-IV, tout en soulignant qu'elle était de plus en plus belle. Qui sait ? Peut-être que les deux choses allaient de pair.

On parlait aussi des oiseaux, des promesses de la vigne. La conversation était comme un ruisseau qui sautait d'une roche à l'autre. Quand les bouteilles avaient bien rempli leur rôle, il arrivait que les Sauvaire-Ronze en prennent pour leur grade, mais ce n'était jamais très méchant.

Par une sorte d'accord tacite, on n'évoquait jamais les « événements ». C'était comme si les Hamani avaient toujours vécu ici. Après tout, ils avaient tellement transformé la terre et la vigne, sauver la maison de la ruine que c'était peut-être vrai : ils avaient toujours vécu ici.

Jeanne leur faisait des salades à l'origan, des purées de pois chiches à l'orientale, des carottes ou des sardines à l'escabèche. La cuisine grésillait quand elle jetait une giclée de vinaigre dans la poêle brûlante en s'emplissant de l'odeur du cumin. Céleste, sa spécialité à elle, c'étaient les ragoûts d'agneau ou les terrines. Ces soirs-là, la maison était vivante. Même Jeanne paraissait avoir chassé la mélancolie qui assombrissait d'ordinaire son visage. Il prenait alors une densité différente, lumineuse. Avait-elle moins de rides ? Oui ! Simon en était persuadé. Ainsi filaient des jours qui s'étaient mis parfois à ressembler aux tableaux de Jacob.

Il arrivait à Simon de s'interroger avec une fébrilité ombrageuse sur leur besoin de racines. Qu'est-ce qui faisait qu'on s'attache à une terre plutôt qu'à une autre ? Étaient-ce vraiment le hasard et l'enfance seuls qui décidaient de nos racines ? Où se sent-on vraiment chez soi et pourquoi ? Pourquoi certaines odeurs nous marquent-elles irrémédiablement et à jamais ? Pourquoi suffit-il d'une vigne vierge accrochée au mur d'une maison pour être ému ? Quels souvenirs nous lient-ils indéfectiblement à une terre ? Toutes ces questions restaient bien sûr sans réponse. Quand ses pensées divaguaient ainsi, quelque chose lui manquait. D'autres questions surgissaient de fil en aiguille, plus incongrues l'une que l'autre. Pourquoi étions-nous sur terre ? Était-ce possible que la seule justification de la vie soit de forniquer et de boire des Cinzanos ? En général, pendant ces moments-là, surgissait devant lui la longue silhouette rousse de Lucie avec ses immenses yeux verts. Se nouait alors en lui une boule de regrets et de colère.

Jaimé était rentré chez lui où Céleste l'attendait avec un médecin.

« Il faut bien qu'il explore mes cavernes de temps à autre. Ça l'occupe », s'était-il justifié devant Simon, qui lui avait dit : « Laisse, je vais m'occuper du cheval pour une fois. » Il ne lui répugnait plus de le faire. Il s'était habitué à l'animal, à son odeur fauve, à ses reniflements perpétuels et à ses coups de sabot rageurs quand il trouvait que le foin n'arrivait pas assez vite dans la mangeoire. Platon n'était pas un vrai stoïcien.

Histoire de narguer le corps médical dans son ensemble, Jaimé avait allumé une nouvelle cigarette. Sa main tremblait en tenant la flamme.

Simon s'était attardé dans l'écurie sans réelle nécessité. Quelque chose l'oppressait mais il n'aurait su dire quoi. Quand enfin il sortit, le soleil embrasait le flanc des Cévennes de lueurs mauves et pourpres en se couchant. Il resta longtemps dehors à guetter, à surveiller le sentier qui arrivait à la maison. L'heure du car était passée et elle n'était toujours pas là. Il fit les cent pas dans la cour jusqu'à ce que la lumière se glace et que la nuit finisse par s'abattre sur le mûrier.

Quand il rentra dans la pièce, personne ne semblait s'inquiéter. Jeanne tenait un livre ouvert retourné sur ses cuisses, les yeux perdus dans le vague, tandis que Jacob passait pour la troisième fois ses pinceaux à l'essence. Il n'y avait rien de prêt pour le dîner, la pièce était sans odeur et Jeanne rêvassait, ce qui exaspéra Simon. Il alla soulever bruyamment plusieurs couvercles de casseroles pour les tirer de leur léthargie.

« Tu vois bien qu'il n'y a rien, avait fini par dire Jeanne.

– Alors, qu'est-ce qu'on mange ?

– Tu peux te faire deux œufs si tu veux. Avec Jacob, on a grignoté... Ta fille n'est toujours pas rentrée.

– Je le vois bien ! Elle ne vous a rien dit ?

– À moi non, et vous Jacob, elle ne vous a pas prévenu ?

– Non. »

La voix de Jacob avait tremblé légèrement quand il avait répondu. Il se sentait un peu floué qu'elle ne l'ait pas mis dans la confidence, la petite peste. Mais il ne pouvait lui en vouloir longtemps. Il claqua le couvercle de sa boîte de peinture et s'essuya les mains avec un chiffon. Il y avait une nervosité évidente dans la pièce.

Pour donner le change, Simon monta dans la chambre de Sarah. Jeanne le suivit des yeux en hochant la tête avant de se remettre à lire. Sarah avait fermé sa porte à clé. Le temps qu'il trouve le double, la nuit était venue buter contre les vitres. Les deux autres paraissaient tellement indifférents que ça accroissait sa nervosité. En tous les cas, elle aurait pu les prévenir, se dit-il, en se rendant compte aussitôt de l'absurdité de sa remarque. Comment aurait-elle pu faire ? La maison était sans téléphone. Une autre question vint le tourmenter. Dans ces moments-là, c'est toujours la même qui surgit : et s'il lui était arrivé quelque chose ? La question est absurde la première fois qu'on se la pose, donc on la chasse de son esprit. On se rassure comme on peut, avant que la même vienne à nouveau vous tarauder : et s'il lui était arrivé quelque chose ?

Simon balaya la chambre du regard au cas où. Elle était remplie de l'odeur poivrée et entêtante des roses qui pénétrait par la fenêtre ouverte. C'est Jeanne qui avait voulu planter ces rosiers le long des murs dès qu'elle s'était sentie un peu chez elle. Il lui prenait comme ça souvent des frénésies de plantations, de décoration ou de lecture, avant qu'elle ne retombe dans une sorte d'apathie rêveuse dont ne la tirait que la répétition monocorde des repas à préparer, des pièces à nettoyer, du linge à laver. Jeanne avait mis tant d'ardeur à planter que cela ressemblait à une fuite. Heureusement, il y avait Céleste et sa gaieté naturelle.

Et Sarah qui ne rentrait pas. Elle entendait Simon marcher dans la pièce du haut. Lui voyait que le Teppaz était ouvert, un disque posé sur la platine. *Les Quatre Saisons ?* C'est vrai que mademoiselle s'était toquée de musique classique. D'autres microsillons sortis de leurs pochettes s'étalaient pêle-mêle sur le plancher. Sur un des murs chaulés à la hâte, il y avait une grande photo de ce que Simon prit pour une espèce d'ibis et qui n'était rien d'autre qu'un héron cendré. Sur l'autre mur, une affiche de *la Fureur de vivre.* James Dean le défiait. « Je t'en donnerai de la fureur de vivre, petite garce. » Tout était en désordre dans cette chambre, « comme dans sa tête », songea-t-il.

Livres et cahiers se chevauchaient sur le pupitre d'écolier avec son encrier de porcelaine qu'ils avaient trouvé dans un coin de la grange et que Jeanne, pendant une de ses « frénésies décoratrices », avait poncé et ciré. En ouvrant machinalement un de ses cahiers, Simon découvrit toute une série d'articles découpés dans les journaux concernant les « événements » Oran-Alger : les villes de la peur. Le titre s'étalait sur une double page. D'un côté Sarah avait collé la photo d'un soldat mort qui baignait dans son sang, tandis que deux de ses camarades se penchaient sur lui pour le secourir. Sur l'autre page, elle avait écrit en caractères énormes : il n'y a jamais de bon deuil. Et elle avait souligné bon d'un trait qui avait griffé le papier. « Elle s'intéresse donc à tout ce qui se passe là-bas », se dit Simon.

Au fur et à mesure que son regard se posait sur les objets familiers qu'il semblait découvrir pour la première fois, il se sentit envahir par une peur compacte qui se réduisit bientôt à une question obsédante qu'il chassa de son esprit mais qui revint cogner très vite contre ses tempes : et si elle ne revenait pas ?

Le calme assourdissant de Jacob et de Jeanne lui mettait les nerfs à vif, incapable qu'il était de sentir qu'eux aussi n'en pouvaient plus d'attendre. Il tournait en rond dans la pièce. Il entrait et sortait. Sur le chemin, il vrillait son regard dans le silence de la nuit pour tenter d'y surprendre le bruit d'un pas, avant de rentrer à nouveau dans la lumière de la maison. Il finit par se décider.

« Allons à sa rencontre. Mais il est peut-être déjà trop tard.

– Une escapade, c'est de son âge. Pourquoi imaginer le pire. »

Jacob avait dit ça histoire de rassurer les autres et de se rassurer lui-même, mais sans trop y croire.

Simon avait le cœur broyé dans un étau quand il sortit la voiture de la grange. Il jeta, comme à regret, un regard sur le pressoir qu'ils avaient fini de remonter la veille avec Jaimé. Les lattes que le menuisier avait remplacées sur la cage, formaient des taches plus claires. Il pensa « À quoi bon tout cela s'il lui est arrivé malheur ? »

Quand il vit disparaître dans le rétroviseur de la Dauphine la silhouette massive de la grosse bâtisse qui semblait cligner des paupières à travers les arbres, Simon eut le pressentiment que quelque chose venait de se briser autour d'eux.

Dès lors, à chaque tournant du sentier, puis de la route, il espéra voir surgir la silhouette de Sarah dans le pinceau des phares. En vain.

Il ne l'avait pas vue grandir. Il ne s'était guère intéressé à elle, il le reconnaissait au fond de lui-même. Maintenant, il était peut-être trop tard. Il s'en voulait. Il se fit le serment de changer si elle revenait. Quand ils passèrent devant les arènes, une grande descente les aspira comme un gouffre.

Simon tâtonnait dans une ville qu'il connaissait mal. La nuit le déroutait. Il était dans un état d'extrême nervosité, avec une pellicule de sueur aigre qui lui collait à la peau, quand il finit par arriver devant le lycée. Dans sa naïveté, il pensait que c'était la fin de leur cauchemar, que Sarah les attendait. Bien entendu, il n'y avait personne. Seulement un chien jaune qui poursuivait un fantôme de chat sans réalité tangible. À côté de lui, Jeanne scrutait les rues obscures.

Ils découvrirent sur l'esplanade Pierre-Paul-Riquet les traces d'une émeute. Curieusement, elles apaisèrent Simon comme si la disparition de Sarah trouvait enfin un semblant de logique. Le sol était jonché de débris de verre, de ferraille, de bouteilles brisées, de poubelles retournées, de restes de pneus calcinés. On s'était même servi d'un vélo comme d'un projectile. Il gisait sur le trottoir comme une épave qui menait dans la nuit une sarabande fantastique. Il y avait aussi des livres éventrés. Simon, qui était descendu de voiture, ramassa du bout de son pied un passe-montagne qu'il envoya valdinguer.

« On dirait un cartable là-bas », s'écria Jeanne en désignant du doigt une forme insolite. Le sang de Simon se figea. La peur lui noua l'estomac. Le cartable de Sarah ? Non.

Les hypothèses les plus farfelues lui traversèrent l'esprit. Elle était blessée quelque part. Elle gisait dans un fossé, peut-être morte. Noyée ?

Il se dit qu'il avait quitté le pays pour la protéger et voilà que ça recommençait. Sa fille peut-être enlevée par un sadique. Non, ce n'était pas possible. Il avait envie de hurler. Il se rappela une de ses colères loufoques pour une histoire de maquillage. Tout cela était si loin. C'étaient des jours heureux, peut-être pas si heureux que cela dans le fond.

Encore et encore du verre brisé. Cette fois, ils provenaient de vitrines qu'on avait recouvertes de contreplaqué. Simon ne voyait que des ombres fugitives qui pressaient le pas. En même temps qu'il était envahi par la panique, il se sentait une force étrange le pousser à chercher et encore chercher. Une de ces forces qui vous rendent capables de remuer le ciel et la terre juste armés de la pelle et du seau des châteaux de sable de l'enfance. Si vivante quand elle se jetterait contre sa poitrine pour venir s'y blottir. Ils seraient enfin complices.

Ils passèrent plusieurs fois au ralenti devant un poste de police où un agent en pèlerine faisait les cent pas. Un inspecteur intrigué finit par sortir et parler avec l'agent en les désignant de la main. Il alluma une cigarette qu'ils virent brasiller dans la nuit. Simon était hésitant. Jeanne posa sa main sur son avant-bras :

« Plus tard la police… Plus tard. Peut-être les cinémas d'abord. »

On donnait *Jules et Jim* à l'Alambra. Les spectateurs ne tarderaient pas à sortir. Le hall où l'on avait punaisé des photos du film, était illuminé d'une lumière crue. Quelqu'un était accoudé au bar. Quand les portes battantes de la salle s'ouvrirent sur la cohue, Simon reconnut au moins dix fois Sarah parmi les spectateurs et, à chaque fois, son cœur se mettait à battre à tout rompre. Toutes les ombres ressemblaient à sa fille. L'espoir le plus fou alternait avec des moments de découragement nourris d'une angoisse qui devenait morbide. Il n'imaginait plus seulement la mort de Sarah, mais énumérait à l'infini des causes possibles de cette mort avant de finir par répéter : « Pas ma petite. Pas mon oiseau. » Il ne s'aperçut même pas qu'il pleurait. Simon n'était plus qu'un pauvre type à la dérive, ballotté par l'amour. Il cherchait Sarah. C'était lui l'animal traqué. Il en avait conscience. La ville lui était odieuse avec ses lumières sinistres, ses rues sinistres. Ils étaient des animaux pris au piège dans la cage de la nuit. Jeanne paraissait plus solide. Ils finirent par arrêter la voiture dans une rue déserte et par s'assoupir. Ils n'avaient plus de force. Loin de la ferme, de sa vigne, Simon était sans force.

C'est Jeanne qui les aperçut la première. Dans la lumière grisâtre de l'aube terne en train de se lever sur la ville, elle avait reconnu l'anorak rouge de Sarah. Elle était allongée sur un banc, petite pelote de larmes séchées et d'amertume. Sa tête reposait sur les cuisses d'un garçon inconnu.

Le premier mouvement de Simon fut de bondir de la voiture, hors de lui, la rage et le bonheur mêlés. Avec fermeté, Jeanne lui dit :

« Laisse-moi faire... Tu n'es pas en état. » Il descendit tout de même de la voiture, mais resta en retrait.

Quand Sarah releva la tête en s'appuyant sur un coude vacillant, Simon resta stupéfait. Elle n'avait plus figure humaine. Ses paupières étaient tuméfiées, incapables de s'ouvrir sur le regard. Ses lèvres avaient éclaté. Elles étaient gonflées, striées de traces sombres qui étaient des traces de sang. Du sang séché mêlé à de la poussière et à des larmes creusait de longs sillons sur le front et sur les joues. Sarah esquissa un sourire douloureux :

« Je n'ai pas voulu rentrer comme ça... On s'est battus. »

Et en disant cela, elle revoyait les visages déformés par la haine des sœurs Méjean. La haine qui les rendait encore plus laides que d'habitude. Avec quelle férocité sauvage elles lançaient pierres et pavés. C'était une haine à tuer. Sarah était sûre qu'elles l'auraient fait sans sourciller. Et en désignant de la pointe du menton la poitrine de son compagnon qui la tenait soulevée, elle dit simplement :

« Jason. C'est Jason. Il m'a protégée. »

Sarah les suivit comme une somnambule.

Dans la voiture, Jason expliqua ce qui s'était passé. Un récit haché, avec une voix étranglée, mais un regard dur qui avait perdu l'éclat de ce qui lui restait d'enfance.

« On distribuait nos tracts. Ils nous attendaient pour nous provoquer. Un vrai traquenard.

– Ils ?

– Les communistes. Ils avaient prémédité leur coup. Sarah n'a pas voulu rester à l'écart. Elle nous a rejoints. »

Jason Miralès était redevenu un réfugié aux aguets.

« La police ? demanda Simon.

– La police, oui. Elle était de leur côté. Ils ont cogné ! Cogné ! Il y avait du sang partout. Plusieurs d'entre nous ont été arrêtés ou hospitalisés. Avec Sarah, on a pu s'échapper. »

« Il n'y a pas que la terre qui peut dresser les hommes les uns contre les autres », songea Simon.

Sarah se laissait bercer par le rythme doux de la voiture. Allongée sur la banquette arrière, sa tête reposait comme tout à l'heure sur les cuisses de Jason. Elle flottait entre veille et sommeil. Sa douleur s'était endormie. Les cahots de la route réveillèrent des souvenirs. Elle n'était encore qu'une gamine qui étrennait des souliers vernis blancs qui craquaient et lui faisaient mal. Avec Jacob, elle avait pris le tramway menant au-delà de la colline qui tenait la ville blanche comme au creux d'une paume ouverte, tandis que dans le lointain il était de plus en plus difficile de distinguer à travers le voile de brume de chaleur le scintillement de la mer de celui du ciel. Au terminus, ils avaient pris le coche qui empruntait la côte de Kouba. Elle revoyait le visage de cette vieille vêtue d'une robe noire piquetée de minuscules fleurs grises et qui portait aussi un minuscule canotier de paille noire. Elle épluchait des cacahuètes qu'elle lançait sur le pavé. Elle l'entendait encore glousser de contentement chaque fois que les pigeons s'abattaient sur la route pour venir picorer.

Les roues jantées de métal du coche arrachaient parfois aux pavés des gerbes d'étincelles. Quand l'allure ralentissait, le cocher faisait voler la longue lanière de son fouet au-dessus des lourdes croupes de ses trois boulonnais. Le fouet claquait au vent comme des pétards du 14 Juillet. Dans ses songes, Sarah trouva que la vie passait plus vite que le claquement du fouet sur le dos d'un cheval.

Les croupes ne furent bientôt plus qu'une écume de sueur et de poussière. Alors le cocher, qui était un petit homme sec et nerveux coiffé d'une chéchia qui autrefois avait dû être rouge, invectivait les chevaux. C'était un chapelet de jurons dans lesquels on discernait autant de tendresse que de colère feinte.

« Hue fainéantes ! Hue vieilles carnes ! Hue viande d'abattoir ! » Sarah était délicieusement terrorisée. Là, dans la voiture, elle réentendait le timbre précis de cette voix un peu nasillarde. Elle se rappelait comment elle s'était précipitée contre la poitrine de Jacob, qui s'était mis à lui caresser les cheveux en lui disant :

« N'aie pas peur, petite, n'aie pas peur. Je suis là, bécasse… »

On dit d'une femme violée qu'elle est marquée à jamais dans sa chair, qu'elle n'oublie jamais. Les déracinés, ça doit être un peu la même chose. C'est pour ça qu'elle s'était battue. Elle avait voulu défendre, contre les autres, la beauté et la douceur de ses souvenirs.

Quand ils arrivèrent à la ferme après avoir déposé Jason Miralès, ils aperçurent Jacob qui s'était endormi sur la chaise qu'il avait installée dehors sur le pas de la porte. Il avait remis sa kippa comme s'il avait prié sans que personne puisse l'affirmer avec certitude. Quand elle avait aperçu Jacob, Sarah s'était jetée dans ses bras. Simon avait ressenti une curieuse sensation de jalousie.

Des mésanges à longue queue criblaient l'air de leurs cris aigus. La brume qui ne s'était pas encore levée au creux du vallon, faisait ressembler si fort les vignes à une île que, malgré soi, on cherchait à entendre dans le lointain le grondement de vagues qui n'existaient pas.

VII

Le concours d'attelage

LA VIGNE PAVOISE sur une terre qui s'échauffe. Dans le bois des ceps qui s'accrochent à la pente, la sève minaude. L'air tout entier sent une odeur d'absinthe comme s'il était ivre. Il bourdonne. Il jubile. Il danse. Oui, il danse, et il devrait pouvoir entraîner Simon dans ce tourbillon silencieux tout juste troublé de quelques cris d'oiseaux et le remettre dans le droit chemin du bonheur. Au lieu de quoi, Simon ne parvient pas à dissiper une angoisse diffuse qui le tenaille depuis le retour de Sarah et qui fermente comme une boule noire au creux de son ventre. Des fêlures sont apparues dans la muraille qu'il a dressée entre eux et la rumeur du monde. Depuis, il est sur le qui-vive.

L'autre jour, quand ils étaient rentrés à l'aube comme des naufragés, Sarah s'était précipitée dans les bras de Jacob qui l'avait guettée toute la nuit. Elle avait éclaté en sanglots. Malgré les larmes et les lèvres tuméfiées de Sarah, comme le visage du vieil homme s'était illuminé ! Il l'avait consolée.

« Allons, petit soldat… Reprends-toi… Souviens-toi, il ne faut jamais baisser la garde. »

Comme par enchantement, Sarah s'était apaisée. Cette complicité avait fait mal à Simon. Alors, quand sa fille était montée dans sa chambre, en dépit de la nuit qu'il venait de traverser et de la fatigue qui l'avait lui aussi roué de coups, Simon avait marché jusqu'au Campe nègre.

La vue de ses vignes lui avait fait du bien et l'avait lavé de son angoisse. Avec le pépiement d'oiseaux invisibles dans les fourrés, c'était comme si le monde s'était remis à naître rien que pour lui. Bientôt la floraison serait achevée. Il avait pris au creux de sa main une de ces minuscules résilles de dentelle verte qui donnerait une lourde et solide grappe, il en était sûr.

« Tiens ! quelques points rouges sur l'envers des feuilles. Rien de grave, juste une petite soif du pied de vigne », s'était-il dit.

Simon avait parlé comme si Jaimé était à ses côtés. Sa présence lui manque et à cet instant il mesure combien elle l'a toujours rassuré. Mais le séjour de Jaimé se prolonge à l'hôpital. On lui fait toutes sortes d'analyses, de radiographies, de biopsies. C'est ce qu'est venue leur dire Céleste hier, le visage défait.

Platon, si docile sous la guide de Jaimé, est nerveux, rétif. Il donne de violents coups de tête dans le vide chaque fois que Simon arrive au bout d'un rang et qu'il lui fait faire demi-tour. Même sa crinière blonde paraît en colère. Le haflinger est attelé à une rasette qui coupe l'herbe et les racines superficielles des ceps pour obliger la vigne à aller puiser son eau dans la terre. Ça aussi c'est une idée de Jaimé…

« Il ne peut y avoir de bon vin sans une belle et torride souffrance de la vigne », lui répétait-il souvent.

Maintenant ce point de vue, Simon le partage.

Des crottins fumants qui ensemencent la vigne, c'est tout ce qu'il arrive à obtenir de ce maudit canasson. Peut-être qu'il s'y prend mal avec l'animal, comme il s'y prend mal avec Jeanne. Avec Sarah. Simon est convaincu que tout est de sa faute, qu'il n'a jamais vraiment su écouter les autres, ni leur parler. Cependant, il avait essayé de parler davantage avec Sarah depuis son retour. La tête de mule était restée prostrée dans son mutisme habituel. Elle avait refusé de retourner au lycée.

« On verra à la rentrée prochaine », avait-elle tranché.

Personne n'avait osé la contredire. Son père avait tout de même suggéré :

« Il faudrait trouver une institution… »

Jeanne l'avait coupé net :

« Arrête de considérer ta fille comme un fardeau. »

La discussion s'était arrêtée là.

À présent, Sarah passait ses journées seule ou avec Léonce Audecœur à guetter les oiseaux, à apprendre leur vol, leur langue. La première fois qu'elle avait pu faire la différence entre une perdrix rouge et une tourterelle des bois en plein vol, elle avait laissé éclater sa joie. Histoire de la partager avec Léonce Audecœur, elle lui avait claqué deux baisers sur ses joues râpeuses. Il y avait si longtemps que personne ne l'avait embrassé qu'il en avait été tout confus mais ravi. Il avait bredouillé : « Décidément, cette donzelle va me faire devenir chèvre », et il ajouta, pour partager avec elle quelque chose qui lui tenait à cœur.

« Tu vois… Leur progrès détruit à une vitesse folle tout ce qui nous rattache à la terre qui ne sera bientôt plus qu'une machine à nourrir, un garde-manger. Incapables de distinguer un chêne d'un frêne ou un charme d'un hêtre, le cri du rouge-gorge de celui de la mésange, on ne sera bientôt plus que des promeneurs du dimanche au milieu d'une langue morte, puisque plus personne ne saura l'enseigner. Tu vois, petite, si notre regard est orphelin, notre cœur le deviendra aussi… »

Plusieurs fois, Jason Miralès était venu à la Magnanerie pour prendre de ses nouvelles. Il avait voulu l'accompagner dans ses promenades. Elle avait eu du mal à refuser sans le blesser. Elle l'aimait bien, voilà tout, et c'est ce bien ajouté au mot aimer qui faisait toute la différence et qui est souvent le plus cruel. Lui restait bouleversé par le souvenir de la tête de Sarah posée sur ses genoux, par la puissance charnelle de ce contact que sa mémoire et ses sens embellissaient. Il ne savait pas si elle n'avait rien remarqué ou fait semblant, mais tout en surveillant du coin de l'œil ses parents à l'avant de la voiture, il lui avait doucement caressé les cheveux. Il sentait toujours la brûlure soyeuse de cette caresse sur le bout de ses doigts. Devant les refus répétés de Sarah, il avait fini par se lasser. Cette nuit ne resterait qu'un souvenir qui s'estomperait avec le temps.

Parfois Sarah rentrait à la tombée du jour, bras et genoux écorchés, le chemisier en lambeaux, mais radieuse.

Jeanne avait voulu planter quelques géraniums. Elle trouvait que les abords de la maison étaient sinistres, malgré les rosiers que d'ailleurs les pucerons avaient commencé à dévorer. Mais elle s'y était prise trop tard, on n'en trouvait plus.

Comme Simon n'avait pas besoin d'aide à la vigne, elle partait de son côté errer dans la campagne, ou alors elle prenait la voiture et roulait loin vers les contreforts des Cévennes qui l'attiraient.

Elle emportait toujours des livres grappillés au hasard, car le changement le plus important intervenu dans sa vie depuis leur départ d'Alger – elle avait toujours pensé que l'expression fuite précipitée convenait mieux – c'était cette frénésie de lecture, comme si la petite fille privée de livres pendant une enfance trop sévère sentait obscurément qu'elle avait un vide à combler, un retard à rattraper, qu'il y avait une sorte d'urgence à aller vers des mots qui l'aideraient à comprendre sa propre vie. Tout cela se faisait dans un désordre chaotique qui n'en était pas moins impérieux.

Mais certains livres ont des versants si abrupts qu'on les abandonne en cours de route. Elle était allongée sur la vieille couverture de cheval qu'elle emportait d'habitude et qui avait conservé dans ses fibres l'odeur acide et forte de la sueur de l'animal. Les phrases de Faulkner dansaient devant ses yeux sans qu'elle parvienne à les suivre dans leurs méandres complexes. À dire vrai, elle trouvait l'écrivain américain hermétique. Elle ne se souvenait plus au juste comment ce livre était arrivé entre ses mains et se dit qu'elle avait mal choisi. Elle le referma.

De gros nuages pommelés paraissaient cloués dans le bleu du ciel. Elle se rappela tout de même cette phrase de Faulkner : « Il ne faut pas avoir de trop grands rêves pour être sûr de ne pas les perdre de vue. »

Et ses rêves à elle ? Par jeu, elle en dressa un inventaire désordonné et incomplet derrière ses paupières mi-closes : elle aimerait quelques gouttes d'un parfum qui sente le muguet ou le lilas pour humecter le lobe de son oreille. Elle aimerait que quelqu'un la regarde. Elle aimerait que la rumeur chatoyante d'une ville chasse son ennui en la protégeant de l'usure des jours, et pourquoi pas que l'éclat de quelques bijoux vienne réveiller celui de sa peau. Pourquoi a-t-elle suivi Simon ? À Ikedjane, on n'avait pas besoin de bijoux. En définitive, elle trouva ses rêves tout petits, pourtant elle se dit qu'elle les avait perdus de vue et elle se sentit infiniment triste.

Un visage qui trogne se pencha vers Simon, un de ces visages à la rondeur fielleuse. Des cheveux ras et gris couronnant un crâne lisse. Le sourcil est noir et épais. Un nez bref, mais épaté, est retroussé sur des narines avides, la bouche se perdant dans le taillis d'une moustache et d'un collier de barbe grise.

La main tranche l'air comme un sabre avant de se poser sur l'épaule de Simon qui sursaute. Deux petits yeux vifs et sombres se plantent dans les siens.

« Croyez-vous que ce soit raisonnable de vous entêter ? »

Comme Simon ne semble pas comprendre, il ajoute :

« De vous entêter à faire votre vin. »

Simon a reconnu le patron de la coopérative. Quand ils étaient arrivés chez les Sauvaire-Ronze à l'issue du concours d'attelage, Jaimé lui avait désigné du doigt.

« Tu vois celui-là, là-bas, c'est l'homme lige du *patrone*. Il dirige la coopérative. »

Quand Simon a revu Jaimé, il a eu un choc. Il l'a trouvé amaigri, le corps flottant dans un costume de toile beige que lui a repassé Céleste et dans lequel on le sent mal à l'aise.

Amaigri en si peu de temps ? Simon sait que cela n'est pas possible, mais il l'imagine, c'est pire. Comme il imagine la mort tapie dans le corps de son copain. La mort en marche et il trouve qu'elle allonge le pas.

Simon se sentait comme ivre dans ce brouhaha de voix éraillées, bien qu'il ait à peine effleuré son verre des lèvres. Alors il s'était éloigné d'un groupe de femmes qui parlaient fort, dans lequel il avait cherché Jeanne des yeux, quand l'autre l'avait rejoint.

« Ce serait un tel gâchis de ne pas profiter du cadeau que nous fait la terre du Campe nègre, ce serait comme une injure », se justifia Simon, qui ajouta le regard brillant :

« En assemblant du mourvèdre, de la syrah, du grenache… Au pied de la colline, il y a même des parcelles de merlot et de carignan, on doit réussir un vin exceptionnel.

– Faut pas vous emballer, mon bon. J'en ai vu d'autres. Quand on parle de vin, il y a souvent loin de la coupe aux lèvres.

– Je suis persuadé que ce sont toutes les vignes en fermage qui pourraient aussi donner du bon vin sur de pareils terrains. Si toutefois on s'en donnait la peine. Mais Antoine Sauvaire-Ronze ne veut pas…

– En entendre parler. Je sais… Il a raison », le coupa son interlocuteur avant d'ajouter, la voix plus lointaine.

« Voyez-vous, on a mis des années à trouver une sorte d'équilibre, et pour le moment, chacun y trouve son compte.

– Mais avec un tel terrain et le soleil, on peut faire des vins d'une finesse remarquable, insista Simon.

– Certes, quelques privilégiés pourraient faire de bons vins. Mais que ferez-vous des autres ? Vous les laissez sur le carreau ? Voyez-vous, ici, on est sur une terre de tradition.

– Cela signifie ? » demanda Simon sans parvenir à cacher une certaine irritation.

L'autre sourit :

« Cela signifie une histoire partagée, beaucoup de souffrances en commun et surtout une vie solidaire. C'est tout cela que vous menacez avec vos idées.

– Mais le monde doit évoluer.

– Le monde, laissez-le donc en paix.

– Mais ici la vigne donne tellement, tellement trop, c'est dangereux.

– Quelle importance ! On manifeste pour avoir des aides et on distille les surplus pour soutenir les cours.

– C'est du cynisme.

– Du cynisme ? Vous en avez de bonnes. N'était-ce pas du cynisme peut-être quand vous inondiez le pays avec votre vin d'Algérie récolté par des fellahs qui travaillaient sur vos terres sans être payés, ou si peu. Si nous en sommes là, on le doit aussi à vous, à vos semblables. »

Les petits yeux du patron de la coopérative se rétrécirent encore après ce mouvement de colère brutal, puis son visage se détendit.

« Enfin, vous ferez ce que vous voudrez. Ce que je vous en dis… Mais tout le monde ne le prendra pas comme moi, je vous aurai prévenu », et il s'éloigna, plantant là un Simon inquiet et déconcerté par la violence et la soudaineté de l'attaque.

La table du dîner est dressée sous une tonnelle couverte de vignes vierges aménagée sur l'arrière du château. Dans l'air, une odeur grasse de viande grillée se mélange à celle terriblement acide du gazon fraîchement coupé. Antoine Sauvaire-Ronze passe d'un groupe à l'autre. Il a quitté sa redingote écarlate aux revers passepoilés de meneur qui semblait taillée dans l'étoffe d'un autre siècle.

Lors de la reprise, il avait mené son attelage d'une poigne à la fois souple et ferme, les guides dans la main droite, le fouet dans la gauche, le dos parfaitement d'aplomb. Simon n'avait pas reconnu son bonhomme tant il semblait avoir atteint les cimes d'une plénitude farouche et orgueilleuse. Dans toute passion, il y a toujours quelque chose d'impudique et Simon avait été touché par cette impudeur.

Il y avait dans chacun des gestes d'Antoine Sauvaire-Ronze une espèce de fluidité tranquille qui se transmettait tout naturellement à l'allure des deux chevaux, deux haflingers nerveux à la robe châtaigne, à la crinière blonde. À côté de lui, les pieds calés derrière le garde-crotte de la calèche, le groom n'en perdait pas une miette. C'était un garçon aux yeux pâles, à l'air revêche.

« D'habitude, c'est son fils Jacques qui fait le groom », lui avait glissé à l'oreille Jaimé, juste avant que ne crépite une salve d'applaudissements pour saluer un « reculer » parfaitement réussi.

« Dans un pays où le taureau est roi, reconnais qu'attirer une telle foule autour d'attelages, ça a quelque chose de surprenant », avait suggéré Jaimé, dont la voix s'était brisée dans un nouvel accès de toux.

Durant le passage des autres attelages, Antoine Sauvaire-Ronze avait vérifié avec un soin maniaque chaque pièce des harnais. Simon l'avait vu glisser juste deux doigts entre la muserolle et le chanfrein, contrôler la tension des courroies de retraite et de l'avaloire.

Les mots voltigent des uns aux autres dans leur banalité troublante ou parfois truculente.

« Je crois que la folie serait de perdre nos traditions.

– Alors vous allez vous remettre au tricot, ma chère ?

– Oui, mais pour une bonne cause.

– Il faudra bien qu'on trouve le moyen de faire de la place dans les cuves pour la nouvelle vendange. Elles regorgent de vin.

– Les cours risquent de chuter davantage encore. Il va falloir qu'on distille.

– Il sera de retour pour les vendanges… Je vous l'assure. »

Bribes de phrases pénétrant le silence, mots laissés en suspens, chacun semble poursuivre le fil secret de ses pensées en les livrant aux autres dans la lumière un peu languide de cette fin de jour. Le vin blanc, que des « extras » en habits noirs malgré la chaleur tirent des tonnelets mis en perce, est très frais. Ils le servent en abondance. On sent qu'une certaine langueur empâte déjà les bouches.

Parfois Antoine Sauvaire-Ronze osait la familiarité d'une tape sur l'épaule. Il n'allait jamais au-delà. Il savait que trop d'amitié piège, alors il gardait sa distance un peu hautaine pendant cette fête où il paradait dans trois cent cinquante ans d'histoire. La sienne. Ou celle qu'il s'était inventée.

« On lui avait indiqué un lot de vieilles voitures abandonnées dans une grange. La passion emprunte toujours des chemins tortueux, il se persuada que certaines d'entre elles avaient appartenu à ses aïeux. Il racheta le tout. Crois-moi, les tilburys, les calèches, les cabriolets et autres phaétons étaient dans un triste état. Les cuirs étaient moisis, les caisses rongées par la vermine, et plus d'un moyeu avaient rendu l'âme, mais cela ne le découragea pas. Il se mit à poncer, rafistoler, vernir, huiler avec une espèce de passion folle. Il poussa même le vice de la perfection jusqu'à tailler de minuscules chevilles de bois pour reboucher les trous des vers au lieu d'utiliser de la pâte comme faisaient tous les autres. Son « arbre généalogique » retrouva bientôt une certaine allure. Il abandonna aux autres les courses de taureaux, et un peu sa vigne aussi. Il avait trouvé sa porte de sortie du quotidien, expliquait Jaimé.

– Et les fêtes ?

– Elles sont venues plus tard avec le culte des ancêtres. P'tête bien que plus on vieillit, plus on a envie de se réfugier dans le passé, poursuivit Jaimé. Et quand il s'est rendu compte que tout cela manquait de mouvement, peut-être bien de panache, alors il décida de célébrer la naissance du domaine. Personne n'y trouva à redire. Qui n'aime pas les fêtes ? Ça permet d'abord de faire aller sa langue.

– Et sa femme ?

– Elle non plus n'y trouva rien à redire. Elle a toujours rêvé dans la soie, alors elle a suivi le mouvement… Allons, trinquons. »

Jaimé porta son verre de blanc à ses lèvres. Le vin avait une jolie couleur de paille avec juste une pointe d'acidité.

« La perte de sa terre est toujours une mutilation », songea Simon avec une amertume que ne parvenait pas à chasser le vin.

Debout, les verres à la main, il y avait les autres métayers et leurs femmes. Les notables étaient aussi de la fête, ainsi que d'autres hommes de la vigne, vassaux d'une histoire qui aurait pu être la leur. Simon en connaissait certains de vue, mais pas celui qui le dévisageait d'un air mauvais et qui avait les joues passées à la mitraille de la petite vérole. Il portait un chapeau de berger en feutre noir relevé en arrière. Simon ne trouva aucune vraie explication à cette hostilité qu'il ne fit qu'entrevoir.

« Bah ! se dit-il, s'il fallait s'en faire pour un regard de travers, on n'en sortirait pas. »

Il se dirigea vers Jeanne qui discutait, plutôt qui écoutait celui que Jaimé lui avait désigné comme étant un « prof » de philo. D'ailleurs, à voir le fringant mystère qu'il entretenait derrière un sourire aussi fripé que son costume, ce regard fatigué, à l'ironie maussade, amplifié par des verres épais de myope et par cette pipe bourrée d'Amsterdamer qui lui donnait l'illusion de ralentir la course du temps, on ne pouvait guère se tromper sur la personne. Il n'était pas très grand, plutôt large d'épaules, avait un visage allongé au front dégarni.

Simon se demanda ce que pouvait bien venir faire la philosophie ici, sinon gâcher la fête.

« C'est très difficile de vivre à deux, parce qu'on rêve toujours sur des diagonales différentes. C'est ce qu'avait parfaitement compris Épicure : La source de tout bien est le plaisir du ventre. Pas mal vu, non ? Ah ! la sagesse antique, il n'y a rien de mieux pour servir la vie. »

L'animal discourait pour séduire. Parfois des gouttes de vin voltigeaient du verre qu'il tenait à la main avant de s'écraser dans l'herbe. Il parlait à Jeanne comme à un disciple. Simon constata avec rancœur qu'elle était subjuguée, de sorte qu'elle ne lui adressa qu'un regard irrité qui le tint à distance quand il voulut se rapprocher d'eux. Elle écoutait l'autre bouche bée.

« Il la gave de mots comme on gave une oie. La gourde, elle croit peut-être qu'elle va devenir plus intelligente », pensa Simon avant de s'éloigner mécontent. D'emblée il détesta le philosophe et sa comédie de l'esprit. Pour la première fois, il remarqua aussi, sous le masque flamboyant de la fête, la sourde inquiétude de tous ces gens et il se dit que cela ne le concernait pas. « Je trouverai bien ma route tout seul. »

On s'installa autour de la longue table dressée sous la tonnelle qui était recouverte de vigne vierge. Elle les préserva de la fraîcheur de la nuit qui leur était tombée soudainement sur les épaules. La tonnelle formait un îlot de lumière dans lequel restaient en suspens la sueur et l'aigreur du jour.

On servit d'abord des salades aux couleurs fignolées comme des tableaux de maître. Puis des gambas cuites sur un lit de gros sel qui formait comme une croûte de lave brûlante au fond des poêles en cuivre. On flamba les gambas avec du marc du domaine, un vieux marc ambré comme un velours d'Utrecht. Car si depuis des lustres les Sauvaire-Ronze ne faisaient plus de vin, pour rien au monde ils n'auraient renoncé à distiller leur marc, de sorte que dans les fûts de chêne de leur chai vieillissaient sans rides, et comme en sourdine, des marcs cajolés comme des enfants.

Les « extras » avaient présenté des rince-doigts. Certains convives avaient tenté discrètement d'effacer les taches qui maculaient leur chemise. De sa place, Simon entrevoyait les fenêtres faiblement éclairées de la maison. Il se souvint qu'on ne l'avait encore jamais invité à pénétrer à l'intérieur. Quand on l'avait reçu, même pour payer ce qu'il devait, ça avait toujours été sur le perron. On ne pouvait pas mieux lui signifier qu'il n'appartenait pas à leur monde.

Chorégraphie des mandibules, ronds de jambe devant les agneaux de lait cuits à la broche avec des suées de graisse blonde qui imprégnaient des pommes de terre cuites sous la cendre, à la peau craquante comme une écorce, le repas se donnait en spectacle !

Depuis un moment déjà, on avait allumé des guirlandes d'ampoules multicolores qui faisaient fête. Les visages luisaient. Pas très loin de Simon se tenait en bout de table la vieille Sauvaire-Ronze. Elle mastiquait chaque bouchée comme un dû. Elle avait de petits yeux agiles et sombres qui semblaient épousseter les autres du regard comme s'ils n'existaient pas. D'ailleurs, ils n'existaient pas. Et Simon se sentit mal à l'aise quand ce regard cinglant comme une cravache se posa sur lui.

Pour dire la vérité, Simon ne se sentait pas très gaillard au milieu de ce bourdonnement insipide de voix ponctué d'éclats de rire et de bruits de verres entrechoqués. Au début, il avait essayé de répondre aux quelques questions qu'on lui avait posées du bout des lèvres et qui tournaient toutes autour du pot, mais comme on n'avait pas vraiment écouté ses explications, il avait vite renoncé.

Jacob, lui non plus, n'était guère à la fête. Il avait à peine touché à son assiette. Au moment de leur arrivée, sans Sarah, qui avait prétexté l'impérieuse nécessité d'observer des engoulevents pour se défiler, Jacob avait longuement cherché des yeux la maîtresse de maison. Il était parvenu à la retenir au moment où elle descendait du perron. Il lui avait alors offert son tableau. Elle avait déchiré d'un geste brusque la bande de papier kraft qui l'entourait, et avait dit « Bon… ». Enfin, Jacob n'était pas sûr que ce n'était pas « Bah ! ». Quand on est artiste, on est attentif aux nuances. Elle avait enchaîné :

« Un de ces jours, il faudra que vous veniez accorder le piano. Enfin, quand vous aurez le temps. Ça ne presse pas… C'est Jacques… »

Elle laissa sa phrase en suspens, avant de poursuivre :

« Je ne me trompe pas, vous étiez bien accordeur de piano en Algérie ? »

Elle tint le tableau un moment à bout de bras et dit :

« Tiens, c'est le château. Je ne l'avais pas reconnu. » On voyait juste émerger du moutonnement des vignes le toit de la bâtisse avec ses tuiles ocre et sa tour carrée à balustres.

« Si j'ai choisi des tons sourds et de larges aplats de couleurs presque abstraits, c'est pour exprimer une espèce de mélancolie », expliquait Jacob, quand un couple de petits vieux endimanchés, se tenant curieusement le bras, passa à côté d'eux. Elle se précipita vers eux en s'écriant :

« Ah ! mon révérend. Il faut que je vous parle. »

Jacob se rendit compte qu'elle n'avait absolument pas pris le moindre intérêt à ses explications. La Sauvaire-Ronze, comme il se contenterait de l'appeler désormais, ne partageait sans doute pas non plus sa conception de l'art, puisqu'elle avait déposé « l'œuvre » contre la vigne vierge. Elle y était sans doute encore. On ne pouvait nier de façon plus flagrante sa vocation d'artiste, alors l'artiste faisait la gueule.

Simon avait admiré la toile de son père mais avait été incapable de le lui dire, et le vieil homme, blessé dans son orgueil, ne devait pas desserrer les lèvres de tout le repas, même si dans le fond, la patronne du café Ginoux à Arles n'avait sans doute guère réagi différemment quand Van Gogh payait son casse-croûte avec une toile.

Simon n'avait pas l'habitude de tant boire. À un moment donné, il chercha ce qui le poussait à le faire sans trouver de réponse. Il s'était alors resservi un verre. Sa tête bourdonnait. Il happait au vol des mots qui ne lui parvenaient qu'assourdis dans cette sorte de torpeur épaissie par l'abondance des vins dont on commentait la robe, le bouquet, l'acidité.

Tous ces gens fricotaient avec la vigne. Il aurait dû se sentir proche d'eux, alors qu'une sorte de mal de solitude s'était emparé de lui.

Jacob rentré dans sa coquille, Sarah absente, Jeanne qui se laissait conter fleurette en se mordillant la lèvre de plaisir, il était seul. Étranger.

« Chez nous, jamais elle ne se serait conduite comme ça, songea-t-il.

– Vous dites ?

– Rien. »

Simon s'aperçut qu'il avait pensé à voix haute sous l'emprise d'il ne savait quelle bouffée soudaine de nostalgie. « Chez nous », n'était-ce pas ce pays qu'il semblait avoir quitté depuis des siècles et où l'on se sentait si bien sous l'étreinte de la lumière et du soleil ? Ce pays où les amandiers et les jasmins racontaient l'harmonie secrète de la terre et de la mer. Le pays de l'enfance et de l'ordre des choses ?

Ses voisins reprirent le fil de leur conversation. Il y avait là les Molines, les Pradal, les Coste, les

Caujal, tous de gros propriétaires de vignes, tous ceux qui faisaient la pluie et le beau temps des cours. Il y en avait qui parlaient fort. Exprès pour que Simon entende.

« Déjà, avant les événements, ils nous inondaient avec leur vin.

– Alors, maintenant qu'ils ont la loi pour eux, tu penses qu'ils vont se gêner.

– Moi, j'te parie qu'ils vont mélanger leur infâme picrate à celui qu'on fait ici, parce que je suis sûr qu'ils ont refilé leurs vignes à des prête-noms.

– Un bon petit mélange, ni vu ni connu, et par ici la bonne soupe.

– Et maintenant, il faut qu'on leur déroule le tapis rouge.

– Je te dis qu'il y aura du grabuge à la prochaine vendange. »

Les visages s'échauffaient sous l'impassibilité narquoise d'Antoine Sauvaire-Ronze. Ceux-là ronronnaient leur colère. La haine fagotait.

Puis la conversation dévia. Antoine Sauvaire-Ronze se leva pour aller parler au pasteur.

« Dans sa famille, on a toujours préféré la finesse de la syrah au côté rugueux du mourvèdre.

– Qu'est-ce que tu veux, ils aiment en mettre plein la vue aux autres. »

« Tiens, il fallait bien que la jalousie paye son écot », songea Simon en devinant que le gros

Adrien Sales, qui avait le visage huilé de sueur, parlait des Sauvaire-Ronze.

Son regard croisa celui du prof de philo, qui s'appelait Grégoire. Non, il ne rêvait pas. Jeanne l'appelait déjà par son prénom. Et Grégoire par-ci, et Grégoire par-là. Mais bon Dieu, c'est un nom ridicule emprunté à la défroque d'un moine. « Et elle, elle en a plein la bouche de cette défroque de moine trousseur de filles. » Simon était ivre. Il ne savait plus ce qu'il pensait.

Un chat noir, avec l'extrémité de ses pattes blanches comme des chaussons de danse, vint s'asseoir sur son derrière, la queue en crosse d'évêque, près de la vieille Sauvaire-Ronze. L'autre se penchait à l'oreille de Jeanne, quand il remarqua l'animal. Il éleva la voix pour capter l'attention, la fourchette en suspens. Bien qu'il ne parlât, Simon en était sûr, que pour Jeanne, on l'écouta.

Fallait-il que lui, Simon, fût à ce point dépourvu d'esprit pour qu'il n'ait même pas réussi à expliquer clairement à ces guignols avinés qu'ils n'avaient rien à craindre puisqu'il avait arraché sa vigne pied à pied en Algérie, et pourquoi il tenait tant à faire son vin lui-même…

« On dirait une statue du nouvel empire. Jamais les Égyptiens n'adoraient d'autres dieux que sous la forme humaine ou animale. Et le chat, c'était la divinité qui protégeait les récoltes de blé de la vallée du Nil… Ils aimaient le chat pour son mystère et c'est la grâce silencieuse et lointaine de statues de chats en bronze qui accompagnait les morts dans leur tombeau pour l'éternité… »

Simon envia au philosophe cette faculté de bondir d'une idée à une autre, cette fracassante supériorité de l'esprit. Il était en colère contre lui-même jusqu'à la nausée. Il se resservit un verre qu'il but encore plus vite que les précédents, ce qui ne fit qu'aggraver les choses. Et voilà que l'autre mettait de la gondole vénitienne dans son sourire ! Simon s'aperçut que Jeanne naviguait ailleurs. Il ne la reconnaissait pas. C'était une inconnue qu'il avait devant les yeux. Dans sa ferme isolée de la Mitidja, il n'avait jamais bronché devant la violence. Là, il avait peur.

La nuit s'étirait. Il se faisait tard. On se quitta. Les Hamani reprirent le chemin de la maison. Simon se dit qu'en fin de compte il avait passé une soirée épouvantable. Il fit un cauchemar qui sentait l'Amsterdamer.

VIII

Le départ de Jeanne

SARAH AVAIT PRIS GOÛT à ces longues randonnées qui lui donnaient l'impression de se perdre. Le plus souvent, elle les partageait avec Léonce Audecœur qui venait la tirer de son sommeil à l'aube. Parfois en lançant des cailloux contre son carreau, ce qui le rajeunissait.

« Que veux-tu, petite, j'aime jouer au soupirant », lui avait-il expliqué un jour qu'elle le lui reprochait en riant.

D'ailleurs, pour cet homme au passé en apparence si lisse, la vie semblait être un jeu. Il aimait jouer avec les oiseaux. Avec sa corneille apprivoisée qui avait fini par accepter Sarah. Avec les paysages. Avec les hommes dont il moquait les défauts d'une verve parfois cruelle. Un jeu certes, mais plein de l'ombre douce de la mélancolie. Sarah l'avait compris le jour où elle lui demandait pourquoi il n'avait pas encore trouvé de femme. Il avait d'abord répondu dans un éclat de rire :

« Mais c'est toi la petite femme dont j'ai toujours rêvé.

– T'es bien trop vieux.

– Je sais, tu me l'as déjà dit. »

Le rire s'était éteint. Léonce avait enchaîné très vite.

« Les premiers navigateurs pensaient que la Terre était plate et que l'océan s'arrêtait brusquement comme une gigantesque cataracte qui basculait dans le néant... T'imagines leur terreur quand ils se perdaient en mer. Eh bien, chaque vie ressemble un peu aux trières des anciens. Tôt ou tard, elle bascule dans le néant. Peut-être que la mienne, il y a longtemps qu'elle a basculé dans le néant. » Il n'avait rien ajouté.

Ils marchaient depuis longtemps dans un chemin caillouteux qui brûlait les pieds. Ils avaient quitté le domaine de la vigne. La terre était sèche et revêche comme une vieille de village. Ce n'était qu'une espèce de garrigue sauvage piquetée de touffes de chênes verts, de genêts et d'arbousiers, d'où affleuraient des roches grisâtres. Parfois l'ombre incandescente de suie d'un cyprès semblait narguer un ciel bleu et pesant. Le matin épiçait les odeurs. Sarah aimait particulièrement ce mélange sucré de pêche, de fleurs de tilleul avec une pointe plus acide d'herbe coupée ou de buis qui profanait l'air.

Quand ils s'arrêtaient, c'était pour suivre un vol de mésanges ou de rouges-queues. C'était pour observer un merle effronté qui venait presque entre leurs jambes picorer de son bec jaune un ver de terre dans le souvenir d'une flaque d'eau, avant de s'éloigner en sautillant.

Aujourd'hui, c'était l'oreille de Sarah que Léonce voulait « apprivoiser ». Il s'était mis en tête de lui apprendre à reconnaître le chant des oiseaux.

« Commençons par le chant du coucou. C'est le plus facile. Même un gamin de trois ans y arriverait. »

C'est Léonce Audecœur qui imita le chant de cet oiseau, car il n'y en avait pas à portée d'oreilles.

« Le chant de la femelle du coucou est un chant de triomphe… Elle annonce au mâle qu'elle a réussi à pondre ses œufs dans le nid d'un autre oiseau, expliqua Léonce, avant d'ajouter : Écoute ces trilles aigus qui se perdent en deux petites notes plus graves comme des regrets. C'est le chant d'une mésange bleue. Elle a un accent exactement comme les hommes. Le gloussement régulier : trout… trout. C'est notre merle. C'est sa façon à lui de se faire ouvrir la porte du nid. Tu sais, un chant d'oiseau, c'est souvent un chant d'amour. Quant à leurs cris, ils expriment la peur, la colère, toutes sortes de sentiments primitifs qui ressemblent à ceux des premiers hommes. »

Au fur et à mesure que Sarah écoutait Léonce, elle entrait avec une jubilation enfantine dans un monde fragile et fugace, où l'ivresse familière et sans trace du vol de l'oiseau dans le ciel devenait l'image parfaite de ses propres songes.

Sarah et Léonce avaient franchi une espèce de ravine en empruntant un chemin qui descendait à présent en pente douce vers un bosquet assez touffu de pins, de frênes, d'acacias et de chênes verts. Le bois était bordé d'un vaste chaume, car ici la terre boudait la vigne. Sarah longea une haie d'aubépines d'où s'échappait parfois une nuée de moineaux effarouchés. La sueur avait collé des mèches brunes sur son front. Le soleil cuivrait sa peau. Elle ressemblait de plus en plus à une petite sauvageonne. C'est ce que ne cessait de lui répéter Jacob.

Le chemin fit un coude et Léonce Audecœur qu'elle avait distancé, disparut de sa vue. Il allait lui rejouer, elle en était certaine, sa scène du vieillard essoufflé. C'était un homme qui aimait les rôles.

« Démon, tu marches trop vite. »

Depuis quelques jours, il avait pris l'habitude de l'appeler démon.

« Ma carcasse craque de partout. Tu veux donc ma mort ? »

Cette scène était sa préférée. C'était devenu un jeu de plus entre eux.

Elle souriait encore de cette évocation quand, soudain, sur le chaume, à la lisière du bois, des perdrix rouges s'envolèrent. Un vol lourd dessinant d'élégantes arabesques en forme de gerbes. Elle les avait reconnues à leurs pattes rouges et à leur plastron moucheté de noir. Sarah crut d'abord que c'était elle qui avait effrayé les oiseaux, avant d'apercevoir à travers les branches du sous-bois l'éclat fugitif d'un vêtement. D'une robe ! Elle n'aurait jamais imaginé qu'un simple morceau de tissu puisse capter autant de lumière d'un coup. C'était un éblouissement.

Ce mince éclat de tissu d'un bleu lavande constellé de petites fleurs blanches se transforma en une sorte de miroir qui lui renvoya, à travers le feuillage sombre et vernissé, l'image de la peur qui la tenaillait depuis toujours : celle de l'abandon.

L'éclat du tissu aveuglait la gamine. C'était douloureux. Y avait-il un regard au-dessus de cette robe de cotonnade qu'elle connaissait si bien, et cependant à laquelle elle n'avait jamais prêté la moindre attention ? Y avait-il un regard qui l'épiait ? Qui l'interrogeait ? Qui la sondait ? Elle n'aurait su le dire. Sarah était aveugle. Le sol venait de céder brusquement sous ses pieds. Elle éprouva malgré tout un immense soulagement quand le morceau de tissu et l'abondante crinière grise du prof de philo qui l'accompagnait finirent par se dissoudre dans la pénombre du sous-bois ocellée de taches de soleil. La première question qui lui vint à l'esprit fut : est-ce qu'ils viennent de faire l'amour ? Elle ressentit aussitôt une sorte de honte à l'avoir formulée, comme si elle les avait réellement surpris, sa mère et ce prof, que Jacob lui avait si bien décrit, en train de jouir. Jouir, ce mot qui hantait ses nuits, ce mot qui la fascinait et la révulsait à la fois.

Elle sursauta quand Léonce lui posa une main sur l'épaule. Elle se retourna vers lui comme si elle ne le reconnaissait plus. Elle était livide.

« Démon, tu ne te sens pas bien ? » Léonce Audecœur était soudain inquiet, prêt à la sollicitude. Son regard parcourut le corps de la jeune fille comme s'il cherchait une blessure sous le tissu de la chemise kaki qu'elle avait enfilée ce matin directement sur sa peau. Comme s'il cherchait du sang sous la toile de son pantalon flottant tout droit sorti du film *Jules et Jim*.

« Ce n'est rien… La lumière du soleil… Un éblouissement… Oui, un éblouissement. » Elle fut soulagée que Léonce n'ait rien deviné.

Il porta soudain un doigt à ses lèvres pour lui faire signe de se taire, avant de lui ordonner dans un souffle :

« Avance… »

Elle n'avait pas fait un mètre qu'une perdrix fit un bond brutal décrivant dans l'air une courbe en cloche avant de se laisser choir sur le côté, comme si elle avait été abattue en plein vol, les ailes brisées.

« C'est un mâle… », murmura Léonce.

Ils firent quelques pas de plus, comme s'ils se dirigeaient vers l'oiseau blessé, et de nouveau la perdrix rouge bondit avant de s'affaisser sur le sol en poussant un cri d'agonie.

« Voilà un sacré malin. Tu sais ce qu'il fait ? Il joue au blessé pour nous tromper et nous détourner de l'endroit où niche sa couvée. Ça doit être là-bas dans le bosquet. Est-ce que tu pourrais imaginer pareille ruse de la part d'un oiseau ? »

Dans la voix de Léonce Audecœur perçait une vraie admiration pour les ruses de la perdrix rouge qui savait si bien protéger son nid et ses petits. Il tira de sa musette une poignée de blé qu'il lança sur le chaume.

« Il mérite bien une petite douceur, non ? » Puis il sortit une bouteille de limonade qu'il tendit à Sarah.

« Il faut aussi qu'on pense un peu à nous. Bois, démon. »

La limonade était tiède et l'écœura un peu, mais cela n'avait plus guère d'importance, car Sarah se sentait aspirée par un vide immense.

Simon luttait contre la sensation d'étouffement qui l'étreignait. Il s'était laissé choir sur une chaise de paille adossée au mur chaulé de la grande pièce qui lui communiquait un peu de sa fraîcheur. Dehors, l'air n'était qu'une espèce de fournaise crayeuse, éblouissante malgré le jour qui déclinait. Simon était content que ni Sarah ni Jacob ne soient rentrés. Il n'écoutait pas Jeanne. Il ne voulait pas entendre ses explications. Alors, il contemplait la paume de ses mains où des ampoules avaient crevé.

Ce matin, il avait traité la vigne du fermage. Au tracteur. On en abat de la besogne avec un tracteur. Il avait été soulagé quand Jaimé était arrivé avec l'engin. Mais quand il s'était agi de passer à nouveau la rasette sur le Campe nègre, ç'avait été plus fort que lui, il avait attelé Platon.

Tout était assez confus dans son esprit. Il n'aurait su dire pourquoi, mais faire passer un engin mécanique au milieu de sa vigne, c'eût été comme lui manquer de respect.

Il allait lui demander beaucoup à sa vigne, une espérance, et pourquoi pas une raison de vivre, alors en échange il voulait lui donner beaucoup. Du temps d'abord. Et puis de sa force. C'était un peu de cette force qu'il sentait passer dans les vibrations de la charrue et qu'il communiquait à la terre. À moins que ça ne fût l'inverse : la terre qui lui donnait toute sa force à elle. Allez savoir.

Et puis un cheval qui souffle des naseaux comme un phoque, un cheval avec ses flancs en sueur parcouru à intervalles réguliers de longs frissons, c'est quelque chose d'étonnamment vivant. C'est quelque chose que l'on peut flatter de la main et qui rassure.

Simon sentait aussi obscurément que le cheval était accordé au rythme secret de cette vigne, telle qu'il voulait la façonner, la préparer pour la cérémonie des vendanges et du vin. Il avait l'intuition que c'était un peu de toute cette harmonie qu'elle lui rendrait alors.

Et l'autre qui poursuivait son babillage tout en pliant des robes et des chemisiers qu'elle enfouissait dans un sac de toile. Elle accomplissait tout ça méticuleusement. Sans hâte. Comme s'il s'agissait d'un départ ordinaire.

Tiens ! Il ne lui connaissait pas cette robe plissée beige à pois noirs. C'est vrai qu'elle lui reprochait souvent de ne pas faire attention à la manière dont elle s'habillait. La poignée du sac va céder, il faudrait qu'il la recouse avant que ce ne soit trop tard. Surtout, s'attacher à toutes sortes de détails insignifiants pour ne pas hurler, pour ne pas gifler, pour ne pas cogner.

Dans un premier mouvement, il avait eu envie de se précipiter vers la grange, de prendre un bidon d'essence et de mettre le feu à tout. Comme il l'avait fait là-bas. Ah ! ne laisser aucune trace.

Puis il s'était calmé. À présent, il se sentait même étrangement calme.

Elle poursuivait ses explications. Mais qu'est-ce qu'il s'en foutait de ses explications. Ça change quoi des explications !

La seule brûlure qu'il ressentait à présent, c'était celle de ses mains avec toutes ces ampoules qui avaient crevé et qui formaient de minuscules plaies saignantes. Pourtant, Jaimé lui avait dit de se méfier de la sueur qui collait au manche de la cisaille. À la longue, c'était du vrai papier de verre qui lui arracherait la peau. Mais avait-il le choix ? Il fallait terminer l'écimage. Un coup de cisaille pour chaque pied de vigne, il ne fallait pas traîner. C'est Jaimé qui lui avait expliqué comment faire.

« Tu tailles juste le bout du sommet pour réduire un feuillage qui, sans ça, va gâcher le bonheur du raisin. Mais surtout pas trop bas pour conserver des moûts vifs », lui avait-il dit.

Dans la Mitidja, il ne se préoccupait guère de tout ça. Oh que non ! Dès la fin avril, c'était une chape de plomb en fusion qui se posait sur la vigne et qui ne la lâchait plus jusqu'aux vendanges. Elle transformait le jus de la grappe en un sucre épais, gras, sombre, qui faisait grimper les degrés à la fermentation.

Ici, il fallait jouer au plus fin. Il fallait amadouer, avoir une philosophie du vin. Philosophie ? Le mot le secoua comme une décharge électrique.

« T'as couché avec lui ? » Il n'y avait aucune noblesse à poser une question aussi triviale, il n'avait pu s'en empêcher. Jeanne marqua un long temps de pause avant de répondre :

« Non... »

Ce non carillonna d'une manière curieuse dans la tête de Simon. Il se dit qu'à cet instant il suffirait qu'il se lève, s'approche de Jeanne, la serre doucement dans ses bras et lui dise tout bas : « Nous sommes deux fieffés imbéciles », avant de lui déposer un de ces légers baisers dans la nuque qui la faisait frissonner pour que tout rentre dans l'ordre. Pourtant, il fut incapable de quitter sa chaise. Il resta collé au dossier. Jeanne ajouta :

« Plus tard, si elle veut, Sarah pourra... euh... me rejoindre. »

Simon avait senti l'hésitation. Elle avait failli dire nous. Ce nous lui fit très mal.

Ils avaient pensé à chaque détail, soigneusement tout préparé. Les vacances tombaient à pic.

« Pour la rentrée – il songea que, pour la première fois, elle ne serait plus à ses côtés pour une vendange –, on lui avait garanti une place de répétitrice dans l'établissement qu'il rejoignait dans la capitale d'un de ces pays d'Afrique qui venait d'accéder à l'indépendance », expliquait-elle.

Discours, danses, chants et grosses limousines pleines d'une fatuité joviale avaient ponctué ces jours de liesse sous l'indolente flamboyance d'avenues bordées de bougainvilliers. Elle lui avait rabâché ses rêves de Paris, elle repartait de l'autre côté de la mer. La situation n'était pas sans ironie.

Simon eut soudain conscience que ce n'était pas ce pseudo philosophe, à la réalité vacillante et à l'haleine qui sentait le tabac froid, qu'elle suivait, mais elle, qu'elle continuait à fuir.

Leur exil avait libéré un flot boueux et dévastateur de regrets, d'amertume, de non-dits et de chimères, trop puissant pour qu'il n'emporte pas tout sur son passage.

Quand il avait trouvé ce coin de terre pour les accueillir, cette maison qu'ils n'avaient pas fini de rendre au bonheur ; quand il avait réussi à les sortir à temps de cet enfer, il avait cru que cela s'arrangerait. Ce n'était qu'une illusion de plus, car ce que Jeanne fuyait, c'était la pesanteur routinière des jours.

Simon s'étonnait maintenant de ne plus ressentir aucune colère et encore moins de haine, comme si ce départ n'était que l'ultime convulsion d'un échec prévisible.

À cet instant, il remarqua combien chacun des gestes de Jeanne paraissait plus léger comme si elle était délivrée d'un fardeau. Inconsciemment, elle avait redressé la tête, les épaules. Elle avait ramené ses cheveux en arrière et les avait noués avec un élastique, ce qui lui étirait le regard, la faisant paraître plus jeune. Plus lumineuse aussi.

Oui, c'est ça, plus lumineuse. Simon fut sur le point de le lui dire, mais se ravisa.

« Non, il ne m'attend pas. Je prends l'autocar du soir. Tu expliqueras à Jacob et à Sarah... Tu l'embrasseras... Elle comprendra... Je la verrai avant de partir... »

Elle avait encore trébuché et faillit dire « nous », sans mesurer la cruauté de l'hésitation. Là, elle se demandait pourquoi Simon ne tentait pas de la retenir. Elle l'observait à la dérobée. Elle trouvait qu'il s'était facilement résigné à son départ et, chose inouïe, elle lui en voulait. Peut-être qu'il n'aurait fallu qu'un geste de sa part pour qu'elle défasse son sac et reste, car c'était dur de balayer toutes ces années d'un seul coup, et soudain elle hésitait. Elle éprouvait une sorte de vertige devant l'inconnu.

Simon, lui, ne s'était même pas rendu compte qu'il avait posé la question à laquelle elle venait de répondre.

« Tu m'en veux ? »

Il haussa les épaules, fataliste :

« Tout ça a été si vite. On se croit indestructible, et on se réveille mort.

– Tu n'exagères pas un peu ? Tu ne faisais même plus attention à moi. On vivait chacun dans sa petite sphère. On ne se parlait plus. On ne faisait que se croiser. Tiens, je suis certaine que tu ne te souviens même plus de la robe que je portais hier ?

Ce n'est pas vieux hier, tu vois, tu ne sais pas. C'est un jour de plus où tu n'as pas fait attention à moi. Il n'y a que ta vigne. Ta vigne. Toujours ta vigne, mais mon pauvre Simon, tu crois que je n'ai pas compris que ta vigne n'était qu'un refuge. On ne fait plus rien ensemble, même plus l'amour.

– Mais c'est toi…

– Qui me dérobe ? Tu as raison, mais jamais tu t'es demandé si ce n'était pas de ta faute. Quand je te parle, tu es ailleurs, tu ne m'écoutes pas. Tu sembles toujours sortir d'un songe où je n'ai pas ma place… Je ne sais pas pourquoi je l'ai supporté tant qu'on était là-bas. Mais tout ça maintenant m'est devenu insupportable. Je n'aime pas la terre. J'ai compris que tout allait recommencer comme avant, peut-être pire qu'avant puisqu'ici on reste des étrangers au milieu de leur hostilité sournoise, j'ai eu peur. Bien sûr, toi tu n'as rien vu de cette peur, tout à tes calculs de parcelles et de barriques. J'ai eu peur de ressembler un jour à toutes ces vieilles de cire qui ressassent leur vie en mâchouillant leurs souvenirs sur un banc de village.

– Alors tu t'es jetée à la tête du premier venu ! »

Simon avait crié.

« Non, simplement à la tête de quelqu'un qui m'écoute. »

Sans avoir bu une seule goutte de vin, Simon avait la gueule de bois. Dans cette maison où tourbillonnait une mouche qui venait se cogner contre la vitre sans rideaux, il ne savait plus quoi faire de son corps.

« Et maintenant, tu t'es mis en tête de les défier. Tu veux leur prouver que tu as raison contre eux tous, comme si tu avais une revanche à prendre.

– Mais c'est aussi pour vous, pour toi, que je voulais réussir ce vin.

– Peut-être. Mais à quel prix ? »

Jeanne s'étonnait d'avoir le courage de tous ces mots. Elle avait vu le visage de Simon se crisper. Maintenant elle savait que plus rien ne pourrait l'arrêter. Être rejeté du pays où elle avait grandi et qu'elle portait encore en elle comme une blessure, l'avait libérée. Libérée du poids de toutes ces traditions. De l'engrenage, de la docilité, de la résignation, du poids surtout de cet amour incomplet.

Elle sentait le vent sur sa peau dans cette pièce où n'entrait aucun souffle. Elle se sentait infiniment libre, et surtout pas coupable. Elle posa son regard sur Simon qui baissait la tête. Le faisait-elle souffrir ? Oui, sans doute, mais elle n'en était pas certaine. Elle eut tout de même envie de passer ses doigts dans sa tignasse rebelle comme on rassure un enfant, et en même temps elle aurait aimé être à des centaines de lieues d'ici.

« Que vas-tu faire ?

– M'occuper de ma vigne. Que veux-tu que je fasse d'autre. »

Il mit beaucoup d'ironie dans son ton :

« Et une fois par mois, j'irai au bordel, comme un soudard. »

Et d'un geste las, il montra le mur contre lequel il était appuyé. Derrière, il y avait la vigne. De vastes étendues impatientes de vignes. Que pouvait-elle comprendre à cette attente de la terre qui le bouleversait.

Dès qu'elle eut refermé la porte, il se dit qu'une femme qui quitte un homme, ce ne sont jamais que des pas en moins dans une maison. Des pas qui font parfois un boucan du diable dans la morne litanie des jours.

« Surveille les roses et tu sauras exactement ce que tu dois lui balancer sur le museau à ta vigne. »

Jaimé ponctua son conseil d'un de ces raclements de gorge, dont Simon ne savait plus à la longue s'il étouffait un rire ou le mal qui le rongeait. Planter des rosiers sur le petit bourrelet qui séparait la vigne du chemin avait été une des premières choses que Jaimé lui avait recommandée.

« Le rosier est plus fragile. Il attrape les maladies avant la vigne. C'est un signal », lui avait-il expliqué.

Maintenant les rosiers étaient en fleur, et Simon trouvait que le Campe nègre avait un petit air de guinguette. À cause du vin à venir sans doute qui ferait tourner les têtes. Il imaginait une musique d'accordéon pour accompagner cette caresse languide du vent sur la vigne. C'était une caresse douce. Légère. Il imaginait des pétards avec leur odeur âcre mélangée à celle de la sueur qui ressemblait à l'odeur si particulière des compartiments de seconde classe : l'odeur des pauvres qui ont des rêves.

Et parce que les feuilles des rosiers étaient d'un vert profond, sans tache, que les fleurs se tenaient la tête haute sur leur tige comme une femme qui aurait réussi son maquillage, il se dit que la vendange serait belle, ce qui lui rendit un peu de courage. Il suffit parfois d'un rien pour changer l'humeur des choses.

C'étaient des roses d'une belle couleur garance qui sentaient le poivre. Une fois, il en avait coupé une pour Jeanne. Il avait soigneusement entouré l'extrémité de la tige d'un morceau de coton qu'il avait mouillé avec l'eau de la gourde pour empêcher que la fleur ne se fane trop vite. Le soir, il l'avait rapportée à Jeanne. Elle l'avait laissée sécher sur le bord de l'évier.

Les souvenirs ont toujours une façon bien à eux de surgir à l'improviste pour vous prendre le cœur entre leurs serres. Au milieu de la pente, soudain, ce n'était plus le claquement métallique de la cisaille que Simon entendait, mais le glissement furtif et si particulier des pieds nus de Jeanne sur les dalles de pierre de la pièce, l'odeur de fleur mouillée de sa peau qu'il respirait, et non plus celle de la vigne qui sentait un peu le sureau et la pomme verte. Puis ils s'évanouissent aussi vite qu'ils ont surgi en laissant un goût de cendre dans la bouche.

Simon avait attendu dans la pénombre de la pièce le retour de Jacob et de Sarah. Il redoutait leurs réactions. Celles de Sarah surtout. Il s'attendait à ce qu'elle lui demande des explications qu'il aurait été incapable de donner, puisqu'il n'y en avait pas. Ou alors, il aurait fallu remonter trop loin dans le temps, creuser trop profond sous la croûte des âmes. Peut-être allait-elle pleurer ? Il allait être désarçonné par ces larmes. Par ces cris. Et honteux. Oui, c'est ça, honteux. Elle aurait fini par suffoquer comme toute gamine dont la mère s'éloigne.

Au lieu de quoi, elle n'avait absolument pas bronché, comme si ce départ ne l'avait pas affectée et s'inscrivait dans l'ordre des choses.

« C'est une femme qui quitte un homme, voilà tout. Que ce soit ma mère ne change rien à l'histoire. Toute histoire a toujours son premier et son dernier jour. »

Sa phrase avait sonné comme une sentence, et Simon avait été sidéré par la manière dont sa fille avait exécuté cette sentence. Avant de monter dans sa chambre, elle avait ajouté en se retournant :

« De toute façon, ma mère ne m'a même jamais souhaité mon anniversaire. Elle trouvait toujours une raison pour l'oublier. »

Dans sa chambre, elle avait fait hurler son Teppaz en passant *Tous les garçons et les filles de mon âge savent bien ce qu'aimer veut dire.* Sarah avait toujours eu un sens aigu de l'à-propos. Jacob fut encore plus laconique.

« Il faut s'en remettre au Très-Haut. C'est lui qui décide de tout. » Ensuite il avait pris son attirail de peintre et était sorti « sublimer sa douleur dans ses fantasmes d'artiste et profiter des dernières lueurs du crépuscule », comme il avait dit avec emphase. Jacob et Sarah avaient vraiment une façon très personnelle de se protéger.

« Mon père est un vrai bloc d'égoïsme, songea Simon, à ce niveau, c'en est presque une vertu. »

La vie avait repris une espèce de cours feutré et atone, rythmée par les seules exigences de la vigne. Il semblait convenir à Simon. D'elle-même, Céleste avait pris les choses en main. Elle s'occupait des repas. Elle ravaudait la maison pour la sauver de l'engourdissement qui avait suivi le départ de Jeanne. Elle balayait, astiquait, lavait à grande eau comme si elle avait voulu effacer jusqu'au souvenir de Jeanne et toute la souffrance qui allait avec.

Une nuit, Simon se tourna et retourna dans son lit sans parvenir à s'endormir, les paupières brûlantes, le corps en sueur. Il cherchait la fraîcheur apaisante du drap, quand il palpa machinalement la place vide à côté de lui. Pour la première fois, il sentit tout le poids physique de l'absence de Jeanne. Deux larmes insolites glissèrent lentement sur ses joues sans qu'il songeât à les essuyer. Il s'était cru hors d'atteinte des sentiments. À présent, il savait qu'il s'était menti.

Jaimé n'avait jamais fait la moindre allusion au départ de Jeanne. Il considérait que tout cela appartenait à l'intimité des êtres et que par conséquent il n'avait pas à s'en mêler, ce qui n'empêchait pas son regard de se faire parfois plus lourd quand il se posait sur Simon, comme s'il cherchait à approfondir le mystère d'une vérité insaisissable. Simon lui savait gré de ce silence.

Quand Jaimé allait acheter son paquet de gris au village, on ne se privait pas de faire des allusions, en rigolant, « au cocu qui voulait nous en remontrer et qui aurait mieux fait de surveiller sa basse-cour », ou d'autres amabilités du même acabit. La méchanceté a toujours l'imagination fertile. Jaimé haussait les épaules, payait son tabac et sortait.

Une fois, on l'avait même interpellé directement. C'était un journalier du Mathieu Coste. Celui-là ne manquait pas de culot puisque sa femme avait, quelques années auparavant, suivi dans sa tournée un jeune cinéaste ambulant qui avait organisé une séance dans une grange du village. La femme était revenue quelques semaines plus tard, comme si de rien n'était, mais plus maigre que le clou sur lequel le journalier accrochait sa casquette. On avait bien ri à l'époque. À présent, c'était son tour de rire, et il ne voulait surtout pas s'en priver. Il prenait sa revanche. Il avait un visage rond et cramoisi.

« Alors, il paraît que la femme de ton copain, elle apprend la philosophie sur l'oreiller. Remarque, la méthode en vaut bien une autre. » Et il avait pris l'assistance à témoin du gros rire gras du type satisfait de lui-même. Puis il avait levé son verre plein à ras bord : « Allons, trinquons à une nouvelle victime de la pensée. » Du vin avait coulé quand les verres s'étaient entrechoqués, et le rire avait gagné les autres tables.

Jaimé lui aurait volontiers fichu son poing sur la figure, mais c'eût été transgressé une règle à laquelle il n'avait jamais dérogé : « Ne jamais s'occuper des affaires des autres. » Cette fois-là, il avait eu du mal à se contenir.

Durant une partie de la journée, Simon et Jaimé avaient traité les vignes du fermage avant de s'occuper du Campe nègre. Simon ne pouvait s'empêcher d'y passer, même quand il n'avait rien à y faire, comme on fait un détour pour saluer un vieil ami qui vous écoute. Il s'étonnait de la rapidité avec laquelle il s'était attaché à ce coin de terre pas bien grand et noyé dans cet océan de vignes.

Maintenant ils redescendaient vers la ferme. Un petit vent s'était levé. Oh ! il n'était pas bien orgueilleux, mais suffisant pour sécher la sueur sous la chemise des deux hommes et celle qui luisait sur les flancs de Platon. Parfois, un de ses sabots butait contre une pierre et on voyait ses muscles se tendre.

C'est Jaimé qui tenait le cheval par la bride, tandis que Simon fermait la marche, les bras ballants, comme s'il battait la mesure d'une musique qu'il n'était pas sûr d'avoir jamais entendue. Deux jours auparavant, ils avaient rendu le tracteur enjambeur qui tournait sur les autres fermages. À l'approche des bâtiments de la ferme, une odeur âpre les saisit à la gorge. Simon mit un certain temps à se souvenir qu'il s'agissait de l'odeur visqueuse du pétrole.

Jaimé avait rempli un ancien abreuvoir en zinc dans lequel il avait mis à tremper la vis sans fin, tous les pignons et les engrenages qui constituaient le mécanisme du pressoir pour faire disparaître la rouille. Il avait décidé de son propre chef qu'il le remonterait ce soir parce qu'il se sentait mieux.

« Il paraît que c'est une rémission. D'après eux, ça arrive parfois… Enfin, rémission ou pas, c'est toujours bon à prendre », avait-il expliqué. Simon avait acquiescé.

Il avait tout de même fallu que Jacob vienne les aider à replacer la vis dans ce logement de madrier. Même à trois, ils avaient eu du mal.

À présent, ils étaient tous les deux assis à même la terre battue du cuvage. Côte à côte, sans se parler, comme ils en avaient pris l'habitude. Leur dos s'appuyait contre le jalbe du pressoir. Du sol montait une odeur fétide de basse-cour. Comme tout leur raisin partait à la coopérative, les métayers précédents y avaient élevé des poules. On entendait Platon racler le sol dans le box sommaire qu'on lui avait aménagé.

Le fil des pensées de Simon remonta encore plus loin, quand on utilisait la grange pour l'élevage des vers à soie. Plus d'un siècle auparavant. Et il ne restait aucune trace de cette époque. Aucune trace de tous ceux qui avaient ramassé les feuilles de mûrier, de toutes celles qui avaient ébouillanté les cocons. Comment s'étaient-ils aimés ? Peut-être haïs ? Un jour, il y avait peut-être eu un violoneux qui avait fait danser les couples sur la place du village, c'était peut-être là qu'ils s'étaient regardés pour la première fois ? Simon imaginait le rire cristallin de la fille qui avait noué ses cheveux en chignon en se demandant lequel la prendrait entre ses bras pour la faire danser. Il ne restait plus aucune trace d'eux, excepté peut-être quelques livres de comptes que les Sauvaire-Ronze conservaient dans un secrétaire. C'était comme s'ils n'avaient jamais existé. Souvent, il ne reste des hommes que leurs livres de comptes.

Entre Simon et Jaimé, il n'y avait plus cette complicité du début. Plutôt une gêne dont il n'arrivait pas à cerner l'origine. Peut-être était-ce le mal sournois qui grignotait son ami de l'intérieur, comme les vers à soie leurs feuilles de mûrier, et dont il devinait l'implacable progression. Le cocon qu'il tissait, c'était celui de la mort. Rémission ? Quelle foutaise ! Ce qui le rongeait lui, c'était cette sourde tristesse qui le laissait sans force, mais vivant.

Jaimé n'avait pu s'empêcher de sortir sa boîte en fer-blanc, et de rouler une cigarette. Le soleil couchant pénétrait par le portail resté grand ouvert. Sa lumière blonde tombait sur les deux hommes comme à travers un vitrail, les faisant ressembler à deux tisons de solitude. Derrière eux, il y avait la masse sombre, rassurante du pressoir. Il était prêt à fonctionner. Prêt à grincer tout son saoul. Prêt à faire jaillir cette source vermeille qui ressemble si fort à la vie. Avoir réussi à remettre sur pied ce vieux pressoir, c'était déjà un sacré bout de chemin de parcouru.

Simon savait qu'il allait tâtonner, ânonner comme un gamin devant son premier alphabet, mais bon sang ! ce serait son vin. Un vin qu'il ferait vieillir dans la futaille qui allait arriver bientôt et qui n'aurait rien à voir avec celui qu'il faisait là-bas. Ce serait son œuvre. Et son regard se posa, avec une espèce de tendresse, sur ce simple assemblage de claies, de lattes, de madriers, de pignons et de clavettes qui s'appelait un pressoir. Cette attente aurait dû le rendre heureux. Il se sentait au contraire oppressé. Il avait choisi de sortir de la meute, il ne reviendrait pas en arrière. Toutefois il éprouvait le curieux sentiment de s'approprier des racines qui ne lui appartenaient pas, d'être devenu en quelque sorte le passager clandestin de sa propre histoire. Surtout, il commençait à douter.

La nuit tombait. On ne voyait plus, dans le vaste cadre du portail, qu'un rectangle de crépuscule gris bleuté à la mélancolie douce. Dans la maison, de l'autre côté de la cour, quelqu'un alluma une lampe dont la lumière jaune se mit à trembler à travers le feuillage du mûrier. Était-ce Sarah ? Était-ce Jacob ?

Les mâchoires de Platon se refermèrent avec un bruit mouillé sur une touffe de foin qu'il tira de la mangeoire. Ce fut comme un signal. Jaimé envoya valdinguer son mégot d'une pichenette avant de poser ses deux mains à plat sur ses cuisses, comme s'il s'apprêtait à se lever :

« Va falloir que j'y aille, sans ça Céleste va encore me passer une rouste.

– Attends… »

Jaimé tourna la tête vers Simon, qui ajouta embarrassé, se maudissant aussitôt d'avoir ouvert la bouche :

« Il faut que je te parle. »

Mais ce ne fut qu'un silence épais et long qui s'installa entre eux. Un silence aussi brûlant qu'une lave. Jaimé savait d'instinct qu'il ne fallait rien brusquer, alors il renversa sa tête en arrière pour attendre. Simon était incapable de savoir pourquoi il avait retenu Jaimé. Pour se justifier ? Non, car il n'avait rien à justifier. Alors, pour expliquer ? Oui, c'était cela, juste pour expliquer. En dehors de tout jugement moral. Il fallait que quelqu'un sache. Mais les mots avaient tout de même du mal à sortir. Il ne savait par quel bout prendre son histoire.

« Elle s'appelait Lucy… Je voulais être architecte. Tu sais, c'est simple, que ce soient mes tantes, des voisins, ou simplement un représentant en piano qui entrait dans l'atelier, la première question qu'on posait, c'était « qu'est-ce qu'il va faire ce petit ? », puis cela devint « qu'est-ce qu'il va faire ce jeune homme ? » Je me souviens qu'une femme un peu délurée, du moins avait-elle cette réputation aux yeux de mon père, avait ajouté un jour « ce beau jeune homme ». Tu ne peux pas savoir comme ce mot « beau » m'avait troublé. Mais, passons… Un jour que je dessinais une maison, quelqu'un avait dit : « Regardez ce petit, il sera architecte. » Alors, va pour architecte. À la question rituelle, on répondit désormais architecte. Tu vois à quoi tient une vocation. »

Simon ponctua sa phrase d'un petit rire sec et désabusé.

« Cette Lucy ? Qui est-ce ?

– J'y arrive… En tous les cas, l'idée avait fait son chemin. J'avais déjà pris quelques cours de dessin quand, selon la formule consacrée, je fus appelé sous les drapeaux. On ne pensait plus à la guerre. La foule avait fait un triomphe à Daladier à son retour de Munich, alors qu'il croyait que tous ces gens venaient pour le lyncher… Je t'ennuie ? C'est vrai que tu connais tout cela aussi bien que moi…

– Non. Mais nous, dans la guerre, nous y étions déjà jusqu'au cou. »

Et dans le regard sombre de Jaimé passa une étrange lueur faite à la fois de désespoir, de résignation et de colère. Simon reprit :

« À Marseille, je fus envoyé dans un centre de transit pour les coloniaux… Un gradé me demanda, avant de m'expédier vers Paris : « Métier ? » Je répondis architecte. Bon, tu iras dans l'aviation. Je reçus un bel uniforme bleu marine en drap épais, avec des poches à soufflet et une casquette avec des ailes dorées. Les ailes ne me furent d'aucun secours pour taper à la machine. L'état-major de mon régiment fut surpris par la guerre dans un château réquisitionné, le château de Noisiel, non loin de Paris. On avait installé nos bureaux dans la salle d'armes, sans doute pour faire plus martial. C'était une pièce lambrissée de chêne avec une immense cheminée dans laquelle brûlaient en permanence un ou deux troncs de frêne ou de chêne. Et, tiens-toi bien ! en pleine guerre, au-dessus de la cheminée, illuminé par les flammes, il y avait un immense portrait de Bismarck. C'était un ami de la famille Meunier, le richissime fabricant de chocolat propriétaire du château. Je suis certain qu'il rigolait quand il voyait notre état-major au grand complet dérouler ses plans de bataille sur la table. Il n'en perdait pas une miette. Mais personne n'osa jamais décrocher le portrait.

Mon copain s'appelait Pujol. C'était le fils d'un gros fabricant de roquefort. Il faisait ce qu'il voulait parce qu'à chaque permission il ramenait des pains de roquefort pour ces messieurs les gradés, ou pour leurs femmes. Alors, c'étaient des « Mon petit Pujol » par-ci… « Mon petit Pujol » par-là… C'était à croire que l'approvisionnement en roquefort les préoccupait plus que l'avancée de l'armée allemande. « Tu vois, je les tiens par la panse », me disait-il avec son drôle d'accent rocailleux qui roulait les mots comme des pierres dans le lit d'un torrent. Inutile de te dire qu'en permission, il y était toujours. »

Simon marqua une longue hésitation. Dans son box, Platon semblait lui aussi attendre la suite. Il donna un coup de sabot en signe d'impatience. Simon poursuivit :

« La première chose que je vis, c'est son sourire, avec des mèches de cheveux blonds un peu fofolles qui dépassaient de sa coiffe d'infirmière et ses yeux verts. Des yeux immenses. De petites taches de rousseur semblaient se concentrer dans les plis de ses fossettes quand elle souriait. C'était une apparition. Elle avait un petit visage pointu qui se penchait sur moi. Elle dit « Oh ! là, là !... comme il nous a fait peur ce beau jeune homme. Je m'appelle Lucy ». À ce moment-là, je sentis une forte odeur d'essence brûlée. Je tentai de me relever. Je poussai un hurlement. Ma jambe était en bouillie. Je lui demandai, dans un râle « Et Pujol ? » Elle désigna la carcasse carbonisée de la voiture qui avait basculé dans un fossé en disant simplement, avec un sourire désolé, « Le pauvre... », comme si les morts il fallait vite les oublier, parce qu'il n'y avait que les vivants qui comptaient. Je compris à ce moment-là qu'elle était anglaise, et que j'avais eu beaucoup de chance.

L'état-major avait pris la décision soudaine d'évacuer vers le sud des centaines de Simca 5 neuves fabriquées près de Paris afin qu'elles ne tombent pas aux mains de l'ennemi. Pujol s'était tout de suite porté volontaire. Il m'avait dit : « Viens avec moi, on fera un détour par ma ferme, on y restera peinards quelques jours, ils n'y verront que du feu et, pour nous, ça nous fera quelques jours de bon temps… » Notre convoi avait été bombardé par l'aviation allemande. Il y avait eu des morts et des blessés. On nous évacua sur des chariots de paysans tirés par des chevaux. À chaque cahot, j'entendais hurler. Peut-être que moi aussi je hurlais, ma jambe, ma pauvre jambe. Lucy était revenue s'asseoir près de moi. Elle avait pris ma main entre les siennes. On nous installa dans une salle de classe transformée en hôpital de campagne. On avait empilé les pupitres contre le tableau noir. À travers les pieds des tables, je pouvais lire des fragments d'un poème écrit à la craie… »

Simon marqua une nouvelle pause comme s'il voulait laisser à ses souvenirs le temps de retrouver toute leur densité. Il reprit :

« Je crois que c'est à ce moment-là que tout a commencé. Quand elle me vit essayer dc tordre le cou pour déchiffrer le poème. Elle se leva de sa chaise, qui dominait l'alignement des paillasses en crin, et lut d'une petite voix pleine de taches de rousseur :

« *Ah ! puisque notre sort est bien complet, qu'enfin*
L'espoir est aboli, la défaite certaine
Et que l'effort le plus énorme serait vain
Et puisque c'en est fait même de notre haine

Nous n'avons plus à l'heure où tombera la nuit. »

Là, Lucy s'était arrêtée comme si les mots faisaient mal. Comme pour se donner du courage, elle avait repris ma main.

« *Nous n'avons plus à l'heure où tombera la nuit*
Abjurant tout risible espoir de funérailles
Qu'à nous laisser mourir obscurément sans bruit
Comme il sied aux vaincus des suprêmes batailles. »

Ma petite infirmière avait les larmes aux yeux. « C'est un très beau poème. Il est de Paul Verlaine », me dit-elle. Ses lèvres, qu'elle mordait, tremblaient. Elle n'ajouta rien mais je devinai qu'elle pensait que nous étions tous des vaincus et en même temps, dans ses yeux verts, pour la première fois il y avait une petite flamme intense et farouche d'espoir.

« Moi, j'aime beaucoup Verlaine... Et toi. » À la vérité, je n'avais que très peu de souvenirs de Verlaine, mais rien que pour la retenir près de moi, j'étais prêt à apprendre tout Verlaine par cœur. »

Pendant qu'il poursuivait, Simon se rendit compte que Jaimé avait fermé les yeux. Peut-être qu'il ne pouvait s'empêcher de superposer à son récit des images de sa propre guerre. Une guerre dont Simon était certain, sans en connaître la raison exacte, que Jaimé ne lui parlerait jamais.

Simon raconta aussi l'auberge du bord de Loire. Au fur et à mesure qu'il parlait, surgissaient des détails qu'il croyait à jamais oubliés : les fous rires qui les prenaient quand il fallait descendre aux toilettes installées sur le palier intermédiaire, et que Lucy devait l'aider. Tout en continuant à parler, il était sûr que c'étaient ses cheveux qu'il sentait sur sa peau tandis qu'il s'appuyait contre elle pour descendre avec sa béquille. Il revoyait, dans l'endroit exigu qui sentait le grésil, les feuilles de papier journal découpées suspendues à un vieux crochet de boucher. C'était le lit en fer-blanc où il avait vu pour la première fois son corps nu qui l'attendait, le visage devenu soudain grave et inquiet. Il repensait à l'énorme édredon de soie rouge sous lequel ils faisaient un abri de rires et d'amour. Et aussi rebondi que l'édredon, le ventre de l'aubergiste sur lequel il avait noué les cordons d'un tablier en coutil bleu. Cet aubergiste, qui s'appelait Clovis, était plein d'indulgence et de bonhomie. Il les avait accueillis sans questions. Toute sa philosophie de la vie semblait être contenue dans un proverbe de son invention qu'il avait mitonné avec autant de soin que son navarin d'agneau ou sa matelote d'anguilles, et qu'il répétait à tout bout de champ : « Chacun fait ce qu'il veut sous les plumes de son édredon. »

Dans l'ombre, Jaimé esquissa un sourire soudain éclairé par la flamme bleue du briquet.

Et puis il y avait tout ce dont on ne peut pas parler, même à un ami. Il était encore sur son grabat dans la salle d'école. Un jour qu'autour d'eux il n'y avait que des regards éteints, elle avait porté la main de Simon à ses lèvres, avant de la glisser dans l'entrebâillement de sa blouse d'infirmière et de la plaquer contre un sein. Et ce petit sein de rien du tout, si libre sous la blouse blanche, palpitait comme une gorge d'oiseau. Et là, au milieu de tous ces râles, de ces cris, de ces odeurs fauves de pus, d'éther et de pansement, c'était comme si la vie s'était remise à vivre.

Et à l'auberge, quand le matelas bosselé se mettait à grincer la carmagnole, c'était un combat peau contre peau, sueur contre sueur, salive contre salive, amour contre amour, qui les laissait exténués. Bien sûr, de ça non plus il ne pouvait pas parler. Mais à côté de Jaimé, assis dans l'obscurité qui était maintenant complète, il revivait toute l'incandescence de ce combat qui n'épargnait pas un seul fragment de leur chair.

« Oui, Jaimé, on s'est aimés de feu et de chair, ajouta Simon, soudain très lointain.

– Tiens, bois, les souvenirs, ça assèche toujours la gorge. »

Et Jaimé lui tendit du vin aigre qui glissa en lui avec une saveur pleine d'amertume.

« Et alors ? demanda Jaimé.

– Alors, ce furent des serments longs comme une nuit polaire. À la signature du drôle d'armistice, on décida de me renvoyer chez moi. Ils n'avaient pas besoin qu'un éclopé traîne dans leurs pattes. Ils avaient mieux à faire. J'aurais voulu que tu nous voies sur le quai de la gare. On était retombés en enfance. C'étaient des caresses à n'en plus finir, et que je te caresse le visage, l'épaule, la taille, les cheveux, pars, non, toi d'abord, ne te retourne pas, je ne veux pas que tu me voies pleurer. Je monte dans le train, et c'est elle qui revient en larmes ; elle bouscule la foule. Elle me prend la main et la glisse sous son chemisier aux yeux et à la barbe de tous les autres déchirés ; tu te souviens, me dit-elle, c'est comme la première fois. Tu parles si je me souvenais…

– Tous les adieux se ressemblent.

– Oui, mais on croit toujours que les nôtres sont uniques. Je t'écrirai dès ce soir, me dit-elle. Qu'est-ce qu'on est couillons les hommes. On avait parlé mariage. J'y avais tellement cru, qu'aussitôt à la maison j'en ai parlé à mon père.

– Et alors ?

– Il est entré dans une colère terrible. Il s'est mis à hurler.

– Mais pourquoi ?

– Tout simplement parce qu'elle n'était pas juive. Amuse-toi avec toutes les filles que tu veux, mais tu épouseras une juive pour les enfants, me hurlait-il aux oreilles.

– Quelle foutaise toutes ces histoires de religion.

– Je suis de ton avis. Je crois que j'aurais eu le courage de lui tenir tête si…

– Si ?

– Si j'avais reçu la moindre lettre.

– Elle a peut-être été tuée.

– J'y ai songé bien sûr, mais je crois qu'il y avait quelque chose de si fort entre nous que je l'aurais su. »

Simon poussa un de ces soupirs qui en disent plus long que les mots, avant de reprendre :

« Tu vois à quoi on en est parfois réduit : être à la merci d'une simple lettre pour croire en quelque chose. Je ne croyais plus à rien, si bien que mon père s'est mis dare-dare en quête d'une bonne épouse, comme il disait. Oui, Jaimé, mon mariage avec Jeanne fut un mariage arrangé. L'addition, on la paie aujourd'hui. Je n'ai jamais parlé de Lucy à Jeanne, mais son souvenir s'est installé entre nous. Une femme devine ces choses-là, parce que tu sais, un souvenir, c'est fort et ça fait des dégâts puisque, avec le temps, il ne cesse de s'embellir. Pourtant, j'ai cru sincèrement que tout finirait par s'arranger, mais tout est allé de mal en pis.

– C'était fatal que ça finisse comme ça. »

Jaimé a mis dans son ton toute la conviction dont il était capable pour réconforter Simon.

« Oui, je me le répète souvent. C'est sans doute pour cette raison que le départ de Jeanne ne parvient pas vraiment à me désespérer.

– Et la vigne ?

– En un sens, c'est exactement la même chose. Je n'avais plus de goût à rien. Je n'avais plus envie de devenir architecte. On est allés se terrer à Ikedjane, et j'ai épousé la vigne par dépit. Puis, petit à petit, j'ai aimé ce travail de la terre. La terre a toujours su apprivoiser la douleur des hommes. Elle sait nous en roucouler des choses... Tiens, à chaque fois qu'à la sortie de l'hiver les feuilles se remettaient à galoper sur les ceps, j'avais l'estomac noué. Tu vois, je m'étais fabriqué un bon petit bonheur sans horizon qui me suffisait et qui aurait pu durer l'éternité. À présent, il faut recommencer. Seul, ça va être plus dur encore. Mais avec ton aide...

« Tais-toi. »

Jaimé avait coupé Simon. Les effusions de l'amitié le mettaient mal à l'aise. C'est sûr, il l'aiderait. À condition toutefois qu'il dure au moins jusqu'aux vendanges. Les deux hommes n'avaient plus rien à se dire pour ce soir. Ils se séparèrent pour entrer chacun dans leur nuit.

IX

État de siège

L'HOMME ÉTAIT EN MAILLOT de corps dans sa cabine transformée en étuve. Il avait une large face joufflue, des joues mal rasées et abondamment couperosées, et surtout un air rigolard qui laissait entendre qu'avec lui la vie était toujours prise du bon côté.

C'est cet air-là qui prit de court Julien Barthes, à qui l'homme demanda sa route. Surtout que la pin-up en matière plastique fluorescente qui continuait de se balancer au bout de sa ventouse fixée sur le pare-brise, avait l'air de lui faire de l'œil. C'était plus que cet austère parpaillot pouvait en supporter et c'est presque agressif qu'il hurla pour couvrir le bruit du moteur :

« Vous cherchez qui ?

– Simon Hamani.

– Connais pas. Doit pas être d'ici. »

Puis, soudain intrigué, Julien Barthes fronça les sourcils pour venir renifler le chargement de fûts billés sous la bâche, et qui répandait avec la chaleur une odeur puissante de vanille qui semblait attirer des abeilles qu'il dut éloigner de son visage d'un revers de la main. Une odeur si puissante qu'elle semblait avoir chassé toutes celles du village.

« Qu'est-ce que vous transportez donc sur votre engin ?

– Des fûts de chêne.

– Pour sûr que vous vous êtes trompé de destination, parce qu'ici vous ne trouverez pas un assez fondu au soleil pour y mettre son vin. Par chez nous, il n'y a pas de parvenu de la barrique… »

Au moment où il allait tourner les talons, il vit un des fils Cazals qui s'approchait.

« Tiens, dis-lui à ce « bédigas » que chez nous, on n'a pas besoin de mettre notre vin en fûts de chêne pour qu'il soit goûteux, que notre vin c'est du bon sang et qu'il se suffit à lui-même. »

Le fils Cazals demanda :

« Il va chez qui ?

– Chez Simon Hamani, répondit Julien Barthes.

– Mais c'est un des vignerons du domaine d'Antoine Sauvaire-Ronze !

– Ah ! je comprends. Encore un de ces foutus pieds-noirs… »

Et il ajouta à l'adresse du tonnelier qui avait posé les mains à plat sur son volant et qui attendait.

« Vous ne savez pas ce que c'est, monsieur, que d'être envahi, d'avoir l'impression d'être dépossédé de tout... Surtout, faites-vous bien payer d'avance, parce qu'avec ces gens-là, il vaut mieux être prudent. »

Et il lança un jet de salive aussi sombre que du jus de chique, qui roula dans la poussière en faisant une petite boule qu'il écrasa d'un talon rageur. Dans ce geste, il y avait toute sa colère, toute son incompréhension.

Autour du camion, il y avait à présent une petite troupe. On sentait à la fois une vraie curiosité, car ce n'était pas l'envie qui leur manquait de poser des questions, et une sourde animosité.

Bien sûr, autour du camion du tonnelier, plus d'un avait entendu parler des projets de Simon Hamani, mais on s'était rassuré en se disant qu'il finirait bien par renoncer à sa folie ; qu'il finirait par rentrer dans le rang et par retrouver un peu de bon sens et de solidarité. Bref, qu'il finirait, comme tous les autres, par porter ses raisins à la coopérative. Car sans oser le reconnaître vraiment, ils savaient que ceux du Campe nègre ne manquaient jamais de donner du nerf à la vendange, que leur puissance était indispensable à l'équilibre de l'ensemble, c'est-à-dire à leur vin, dont ils atténuaient l'acidité.

Ils étaient trop dépendants de lui pour s'en prendre de front à Antoine Sauvaire-Ronze qui avait commis la folie de vendre le Campe nègre, mais ils lui en voulaient obscurément. Ils avaient cru jusqu'au bout qu'il trouverait un moyen de faire céder cet entêté de Simon Hamani, parce que bon Dieu, il ne les avait pas encore payées ces vignes du Campe nègre. Et voilà que devant leurs yeux, ils avaient la preuve, la preuve vivante qu'ils s'étaient bercés d'illusions. Bien évidemment la colère montait. Il aurait sans doute suffi d'une parole plus haute que l'autre pour les enflammer et qu'ils déchargent de force ces maudits tonneaux, avant de les briser à coups de hache. Sauf qu'on n'a pas forcément une hache à portée de la main quand on se promène dans les rues de son village.

Alors, plus d'un fut tenté d'expédier le camion dans une des ruelles transversales qui coupait la rue principale de Magalas où il ne pouvait manquer de se retrouver coincé. Mais en dépit des explications et des gestes contradictoires, le tonnelier finit par comprendre qu'il fallait ressortir du village, attraper la route nationale et, après avoir franchi le petit pont de pierre qui enjambait la rivière, il devait prendre à gauche. Ensuite, il trouverait bien quelqu'un pour lui indiquer le reste de la route. Quand le camion eut disparu à l'angle de la maison des Coste, sans se concerter, tout le monde se rua sur les tables installées à la terrasse du café. Dans les gosiers, ce n'est pas du vin qu'ils firent couler, mais de la rancœur.

Antoine Sauvaire-Ronze n'aimait pas cette rancœur. Pour se protéger, il ne l'écoutait plus se déverser en flots volubiles que d'une oreille distraite. Julien Barthes était de loin le plus remonté. Il était pour des mesures radicales, restant toutefois dans le vague dès qu'il s'agissait de préciser lesquelles. À un moment, il se demanda aussi ce que la femme du Jean Cazals faisait dans cette assemblée d'hommes, quand il se souvint que les vignes lui appartenaient. Elles étaient dans sa famille depuis trois cents ans, alors ça donne une certaine légitimité au discours… Quand elle parle, un éventail de rides s'ouvre de chaque côté de sa lèvre supérieure. Oui, elle avait été une sacrée belle femme. Antoine Sauvaire-Ronze se rappela qu'à une époque, si elle avait voulu… Enfin.

À présent, tandis qu'il l'écoute, il est fasciné par ce ballet de l'âge et du temps au-dessus de cette lèvre qui reste pleine. Il éprouve l'impression fugitive qu'il contemple le reflet de son propre visage. Lui-même n'est-il donc plus que le vestige décharné de ce qu'il a été. Et c'est un accès de tristesse qui, soudain, lui déchire la poitrine.

« Tu vois, Antoine – la voix de Jacqueline Cazals se fait cajolante –, si on laisse faire, après il en viendra un autre, puis encore un autre, qui feront leur vin. Peut-être même que, parmi nous, il y en a qui suivront l'exemple. Et ça en sera fini de notre belle solidarité. C'est pour cela qu'il faut agir pendant qu'il est encore temps, sinon notre histoire tournera court. C'est tout de même ton père qui l'avait voulu cette coopérative ! C'était un beau combat, non ? Tu ne peux pas accepter qu'il fiche tout en l'air…

– C'est du pur égoïsme de sa part et de l'orgueil », surenchérit Julien Barthes de sa voix mielleuse, qui ajouta en susurrant :

« Mais les vignes du Campe nègre, il ne te les a pas encore payées. Il suffit peut-être de déchirer le papier. Si t'as besoin, moi, je suis prêt à te les racheter. »

C'était donc ça. Rien que des petits calculs mesquins derrière les beaux sentiments. S'il y en a un qui peut se faire quatre sous de plus qu'un autre, ils ne peuvent le supporter. Antoine Sauvaire-Ronze regardait ses voisins comme s'il les voyait pour la première fois. Ces airs madrés, envieux, dans lesquels il ne se reconnaissait pas – plus ? – l'exaspéraient. Même s'il était tout prêt à partager leur inquiétude. Bien sûr que ça n'allait pas bien, mais le Campe nègre, combien de fois ne l'avait-il pas proposé à cette grande gueule de Julien Barthes. Et à chaque fois, l'autre s'était défilé en prenant son air chafouin.

Du vin, il y en avait trop ! Trop dans les cuves parce que la vendange précédente ne s'était pas vendue. Trop à venir sur les raisins qu'on sentait gonfler comme des ventres de chanoines. Trop dans leur tête surtout. Tout le mal venait de là. Il avait commencé dans leur tête.

Il les avait accueillis sous la tonnelle. Ils avaient voulu le voir toute affaire cessante pour préparer la prochaine manifestation. Au moins, cette bataille ils la livreraient ensemble. La situation était préoccupante. Et là, devant l'alignement chaotique des bouteilles qu'ils avaient débouchées, ils n'en avaient qu'après Simon Hamani. Le chaos, il était là depuis toujours. C'était un miracle qu'ils aient pu tenir aussi longtemps. Combien de temps tiendraient-ils encore ? Dieu seul le savait, mais ils venaient de trouver leur bouc émissaire.

« Tu comprends, ce ne sont pas des gens qui pensent comme nous. C'est pour cette raison qu'ils sont dangereux. D'ailleurs, même que sa femme l'a quitté, c'est tout dire… »

Autour de la table, il y eut un gros éclat de rire quand François Cazals, avec son petit air de notable rebondi et content de soi, était passé du pluriel au singulier en évoquant le départ de Jeanne et qu'il s'était épongé le front, satisfait de son petit effet de langue.

« C'est curieux comme ce qui arrive de moche aux autres fait toujours rire », songea Antoine

Sauvaire-Ronze. Parce que Jacques avait annoncé son prochain retour – peut-être était-il déjà à Marseille –, dans cet air saturé d'une chaleur lourde, étouffante, il était plutôt enclin à la bienveillance. Son fils, au moins, en avait réchappé. Au fond, on est tous des égoïstes. C'est vrai que l'arrogance de Simon Hamani, son air d'en savoir toujours plus que les autres et de vouloir en remontrer à la terre entière lui portaient sur les nerfs. Mais devant cette belle unanimité de rancœur, il eut envie de prendre sa défense. Ils ne se méfièrent pas quand une étrange lueur pleine de malice vint s'allumer derrière les verres de ses lunettes et qu'il demanda :

« Êtes-vous certain que ce n'est pas le pied-noir qui ait raison ? Que l'avenir ce n'est pas que chacun se remette à faire et à élever son propre vin ? Que chacun soit responsable de son travail ? De la qualité de son travail ? Êtes-vous certain qu'il n'a pas juste un peu d'avance sur nous ? »

Plus personne ne riait. Une bombe aurait éclaté sous la tonnelle qu'elle n'aurait pas provoqué plus de dégâts. Les verres étaient restés en suspens. Tous les visages s'étaient tournés vers Antoine Sauvaire-Ronze en un seul mouvement de réprobation. D'incrédulité. Visiblement, tous se demandaient si Antoine Sauvaire-Ronze n'avait pas perdu la tête. Dans le passé, on avait déjà vu des cas semblables de folie soudaine. Ce n'était pas si vieux que cela. Le fils d'un des plus gros notaires de Béziers n'avait-il pas pris le fusil pour tirer sur son père et sa mère dans leur lit, avant de retourner l'arme contre lui. Personne n'avait trouvé d'explication plausible. Et ce colonel des spahis qui avait réveillé ses deux gamines à cinq heures du matin, les avait fait descendre dans le jardin avant de les massacrer à coup de hache. Là encore, on n'avait pas trouvé d'explication. Mais de là à imaginer que l'Antoine Sauvaire-Ronze puisse à son tour… Non. Enfin, ce n'était pas possible. Il était un des leurs.

« Alors, comme ça, tu lui donnes raison. » Sous le coup d'une violente émotion, la voix de Julien Barthes tremblait.

Antoine Sauvaire-Ronze eut un geste vague de la main, un geste d'apaisement.

« Moi, ce que j'en disais, c'était une manière de réfléchir tout haut… »

Mais en son for intérieur, il jubilait. Il était content de l'effet qu'il avait produit.

Jacques était resté évasif sur l'heure d'arrivée de son train. Il ne voulait pas qu'ils viennent l'attendre. Ce côté retour du héros sur le quai de la gare lui aurait paru à la fois déplacé et insupportable. Tout comme il avait eu toutes les peines du monde à supporter la gaieté tapageuse, et qui semblait parfois factice, de ses camarades, les bouteilles de vin ou de bière qu'ils se passaient en riant fort et qu'ils vidaient au goulot comme s'ils aspiraient la vie à pleine bouche, avant de les balancer pardessus bord.

D'ailleurs, c'était la vie qui riait en eux. C'est comme s'ils effaçaient d'un coup tous ces mois d'angoisse et de peur. Oui, ils étaient soulagés, soulagés de rentrer au bercail, intacts dans leur corps. La tête, c'était une autre histoire. Ils étaient de retour à la maison, alors forcément le pont du *Ville d'Alger* avait pris un air de fête.

La plupart d'entre eux était adossée à leur paquetage au sommet duquel trônait le casque. A côté de Jacques, appuyé contre le bastingage, il y avait le caporal Dumoulin. Depuis qu'il s'était assis sur le pont, il avait glissé dans sa bouche la médaille de la Vierge en argent qui pendait au bout d'une chaîne à son cou. Il ne l'enlevait même pas pour boire. Une heure à peine avant d'embarquer, un tireur embusqué avait abattu un de ses hommes, rue Rochambeau, alors il buvait davantage que les autres. Il avait déjà le regard trouble, un de ces regards tout tourné vers l'intérieur et qui semble vouloir percer un abîme insondable. Il retenait son paquetage avec ses godillots pour l'empêcher de glisser sur le pont en suivant les mouvements du roulis.

Beaucoup de vin se répandait sur les mentons ou sur les vareuses d'uniformes, ce qui ne semblait déranger personne. Mais ce spectacle écœurait un peu Jacques. Il se sentait si loin. À mille lieues, en tous les cas, de leurs récits salaces de filles couchées de force sur les paillasses des bordels, et qu'ils ponctuaient de gestes obscènes. C'est comme s'ils se vidaient d'un coup de toutes leurs peurs, comme on vide le ventre fumant d'un lièvre. Au moins ceux-là, Jacques en était sûr, n'auraient aucun mal à reprendre leur vie d'avant comme si rien ne s'était passé. Lui se sentait au bord de la nausée.

Heureusement, la mer s'était bientôt déchaînée sous une lune pleine et rousse, et les avait fait taire. L'étrave du *Ville d'Alger* plongeait dans les paquets de mer avec une sorte de rage qui faisait vibrer toute la coque du navire. Il fallait s'agripper au bastingage pour tenir debout. Une phrase se mit à courir dans la tête de Jacques. Il n'arrivait plus à la chasser de son esprit. C'était une fille très brune à la peau cuivrée qui avait seize ans à peine et qui répétait, assise sur une marche d'un de ces escaliers qui traversaient la casbah, la poitrine secouée de sanglots :

« S'il n'y avait pas mon petit frère, je me buterais… S'il n'y avait pas mon petit frère, je me buterais. »

Même le fracas de la mer ne parvenait pas à chasser cette phrase de sa tête.

À Marseille, on tamponna leur livret. L'armée récupéra leurs dépouilles qui s'entassaient à l'arrière du camion bâché. Quand il sortit de la caserne, Jacques fut comme ébloui. Il chancela. Il ne savait plus marcher dans ses vêtements civils, dans ses chaussures civiles. Pendant un moment, ses pas ressemblèrent à ceux d'un vieillard. Il était de retour.

Il comprenait l'impatience de sa mère. Chaque vibration de sa voix était une vibration de bonheur.

« Dis-nous surtout quand tu reviens... Avec ton père, on ira te chercher. » Elle avait ajouté à voix si basse qu'il avait eu du mal à l'entendre : « Mon petit. »

Jacques s'était installé au fond du bus pour que personne n'ait l'idée de venir lui parler. Il faisait une chaleur accablante. À plusieurs reprises, il avait dû se passer un mouchoir sur le front pour éviter que la sueur ne vienne lui brûler les yeux. Il reconnut la vieille Mathilde Caujol. Il l'entendit jurer, car ce n'était pas commode de faire entrer sa carriole dans le bus. Sur le moment, il fut tenté d'aller l'aider, mais finalement renonça. Elle faisait donc toujours les marchés pour vendre les quelques légumes qu'elle tirait de son jardin. Jacques, rien que de penser au souvenir des tomates pleines d'une chair ferme et savoureuse qu'elle leur apportait, en eut l'eau à la bouche. Il y avait plus de deux ans que Jacques ne l'avait pas vue. Elle n'avait pas changé. Elle était toujours cassée en deux, portait toujours le même béret sombre et crasseux enfoncé jusqu'aux oreilles. Peut-être s'était-elle un peu plus ratatinée sur elle-même ? Était-ce possible qu'autour de lui rien n'ait changé à ce point, alors que lui se sentait si différent ? Il ne chercha pas de réponse, car le moutonnement impassible des vignes le plongea dans une douce somnolence.

La lumière du jour commençait à arrondir ses angles les plus vifs. Un petit souffle de vent tiède, chargé d'odeur de genévrier et de lavande, avait malgré tout ragaillardi l'air, si bien que Jacques marchait d'un bon pas. Il était sur le chemin qui conduisait au domaine et qui séparait les vignes comme une raie le milieu d'un crâne. Il se souvint combien, les jours de cafard, il avait aspiré à retrouver leur monotonie familière et apaisante et il était étonné de ne pas ressentir davantage d'émotions. Était-ce possible que son cœur soit devenu si sec ?

À un détour du chemin, il aperçut deux silhouettes accroupies à la lisière d'une parcelle. Il se demandait ce que ces deux-là pouvaient bien fabriquer, quand l'homme se redressa. Il reconnut Léonce Audecœur. La gamine qui était avec lui, il ne la connaissait pas et il s'en fichait.

Léonce Audecœur avait dû mettre sa main en visière et clignait des yeux pour le reconnaître, car Jacques marchait dans le soleil couchant. Après un moment d'hésitation, il poussa une exclamation joyeuse :

« Monsieur Jacques, vous êtes de retour ! Enfin. Mais vous arrivez à pied… Comment se fait-il que vos parents…

– J'ai voulu leur faire la surprise.

– Ah, ça alors ! Si je m'attendais ! »

Puis, brusquement, Léonce Audecœur fronça les sourcils et fixa Jacques :

« Dites donc, ils ne vous ont pas gâté à l'armée, vous êtes d'une maigreur, mais d'une maigreur… »

Jacques avait les joues creuses. Ses cheveux coupés ras accentuaient la maigreur de son visage large et osseux aux pommettes saillantes. Son regard, d'un bleu intense, n'en prenait que plus de force.

« Il va falloir vous remplumer, mon pauvre Jacques. »

Léonce Audecœur marqua une pause avant de poursuivre.

« C'est Sarah, la fille du métayer… Je lui apprends les oiseaux… Depuis qu'on laisse pousser de l'herbe entre les rangs de vigne : c'est une lubie de Jaimé – vous vous souvenez de Jaimé ? –, les oiseaux sont de retour dans les vignes… Là, il y avait des rouges-gorges, des pinsons, et je vous garantis qu'à l'automne il y aura des grives en abondance. »

Jacques n'écoutait plus. Ce flot de paroles n'était plus qu'un bourdonnement indistinct. Il avait l'impression qu'il ne respirait plus : la gamine avait le même regard étiré que l'autre, les mêmes yeux effilés et légèrement bridés, les mêmes lèvres ourlées qui laissaient apparaître deux dents, la même masse de cheveux sombres qui tombaient en mèches folles sur le front. Elles auraient pu être sœurs. Et la gamine le fixait comme si elle cherchait à fouiller son âme. Avec impudeur. Culot. Soudain, il se sentit mal et s'enfuit en bredouillant un vague bonsoir. Derrière lui, Léonce Audecœur hocha tristement la tête.

Jacques a l'impression qu'il a dû courir pour arriver plus vite à la maison. Là non plus, rien n'a changé. Le braque de son père s'est précipité pour venir lui lécher le visage. Sans un aboiement. Son père devait être dans la grange à s'occuper de ses calèches. La porte était ouverte. Sa mère ne devait pas être loin.

Jacques a pu gagner le salon s'en rencontrer âme qui vive. La grande pièce a conservé son ambiance « chintz et reps ». Sur la hotte de la cheminée, il y a toujours les mêmes chandeliers en argent, et le saint Vincent en bois peint qui semble bénir la pièce. Sur la longue table en noyer, personne ne semble avoir même déplacé la cloche à melon depuis son départ. Sur la table basse, il y a un bouquet d'hortensias qui commencent à perdre leurs pétales, et dans l'angle de la cheminée, toujours la belle cage à oiseaux. Sans oiseaux.

Jacques a posé son sac de voyage sur le tapis et s'est laissé tomber dans le fauteuil qui l'enveloppe. De la cuisine lui parvint un bruit de casserole qu'on entrechoque. Il est de retour, mais rapporte des images qui ne vont cesser de le hanter.

Ils forment une longue file de trognes colorées. Les vareuses de coutil bleu ou noir, les chemises à gros carreaux, les casquettes de toile font uniformes. Combien peuvent-ils être ? Cinquante ? Soixante ? Quatre-vingts à piaffer patiemment d'impatience ? Ils ont posé leurs bonbonnes de verre entourées de paille sur le ciment du quai de chargement de la coopérative. Sans pour autant interrompre leur conversation avec le voisin, ils la font glisser de la pointe du soulier quand la file s'avance d'un cran. Car ça sert d'abord à ça un jour de « buvette ». C'est une sorte de journal intime de la vie des vigneronnages, un faire-part des inquiétudes et des déceptions ou des espoirs. On tâte l'opinion de l'autre, histoire de se rassurer sur la prochaine vendange. On échange ses petits trucs sous le manteau comme des numéros gagnants. Ici, la vigne a ses janissaires. On prophétise. Même si chacun voit d'abord midi à sa porte, on organise les coups de main qu'on doit donner aux autres.

Et, évidemment, on souffle parfois sur les braises. Souvent, les femmes en prennent pour leur grade. On a fait parfois plusieurs kilomètres en tracteur, en camionnette ou en motocyclette, alors forcément on se défoule.

« T'as vu la Mélanie ? Elle avait encore un sacré coquard l'autre jour. C'est que le Pierre n'y va pas de main morte. Il a encore dû la surprendre toute jupe retroussée. »

On cloue au pilori de la langue tous ces arsouilles de la biture auxquels on promet des représailles. Et, bien entendu, tous font chorus pour dénoncer la livraison des fûts de chêne à Simon Hamani. Ils y voient une menace. C'est un péril qu'ils ont à conjurer.

Il y en a qui tiennent la bonbonne sous leurs bras comme un couffin. D'autres se sont contentés de venir avec un porte-bouteilles dans lequel s'entrechoquent six litres vides qu'Augustin Ribes devra remplir sous la cannelle. Ça lui prendra beaucoup plus de temps, alors il râlera… Ils ont l'habitude.

Dans le ciel, des nuages frangés de gris musardent tout en atténuant la chaleur lourde de ces derniers jours.

« Ça nous promet un bel orage », affirme Julien Barthes avant de sortir son mouchoir à carreaux pour s'essuyer le cou.

Un jour de « buvette », c'est d'abord cette attente, cette longue attente avant de pouvoir retirer la ration de vin à laquelle chacun a droit. C'est plus qu'une habitude, c'est un devoir, une espèce de sacrement.

Quand ils entrent enfin à l'intérieur du bâtiment de la coopérative, personne ne prête attention à l'odeur aigrelette du vin qui empuantit l'air. D'ailleurs du vin, il y en a qui coule dans la rigole quand l'Augustin Ribes ne retire pas assez vite la pompe de l'entonnoir. C'est du gâchis, mais personne n'ose vraiment le lui reprocher.

« Quinze litres pour l'Adrien Cazals », hurle Augustin.

Derrière sa banque, avec sa bouche en cœur de cerise et son décolleté tellement fleuri que certains n'hésitent pas à se hisser sur la pointe des pieds pour y jeter un coup d'œil, Élise inscrit sur son registre de toile noire : Adrien Cazals, quinze litres.

Dans la bonbonne, c'est un vin aussi clair qu'un matin d'avril qui a coulé. Mais qu'importe, il n'aura pas le temps de se gâter étant donné qu'on lui fera sa fête dans la semaine. Mais c'est un vin qui emporte une part de la fierté de chacun.

Simon Hamani ne savait plus exactement ce qu'il était venu chercher. Quand il avait aperçu la file d'attente des vignerons, il avait voulu rebrousser chemin, mais trop tard. L'un d'eux avait dit simplement :

« Dites, les gars, on a de la visite. » Tout le monde s'était retourné. C'est toujours une impression désagréable de se retrouver le point de mire de tant de regards. Surtout s'ils sont hostiles. Une voix railleuse s'éleva pour demander :

« Qu'est-ce qu'il vient fiche ici ?

– Peut-être qu'il vient chercher sa femme ? » répondit une autre.

Tout le monde s'esclaffa.

« Je vous parie que son vin ne sera que du « jus de bois » », avant que quelqu'un ne surenchérisse :

« Du jus de bois ? Dioumedamné ! Tu « décoquilles », il sera tout juste bon à faire danser les culs-de-jatte.

– À la sortie des cuves, pas même un Polonais n'en voudra de son picrate.

– Tu rigoles, son vin, c'est de la repasse de troufion. »

Simon a pris leurs rires comme autant de coups. Il est sonné, quand il se décide enfin à partir, il cherche surtout à le cacher.

Sarah aimait cette fièvre. Elle s'était imaginée vouée à jamais à la contemplation mélancolique des oiseaux et à la solitude. Avec toute l'inconséquence de ses dix-sept ans, elle venait de balayer sa raison de vivre de l'instant d'avant, pour se plonger, comme un bel animal insouciant, dans ce tohu-bohu qui paraissait si vivant. Elle était persuadée qu'elle avait eu raison de revoir sa mère avant son départ, mais elle n'arrivait pas à dissiper son malaise. Et ce tourbillon de bruit et de colère lui faisait du bien. Les politiques en prenaient pour leur grade. Tant mieux. Cette atmosphère de révolte la consolait. C'est beau une révolte, ça allume les regards, ça rend l'espoir.

L'étroit local tout en longueur était envahi par la fumée épaisse des cigarettes brunes et par l'odeur d'alcool des Ronéo qui tournaient sans discontinuer. Elle partageait la révolte de tous ces vignerons inquiets et dont certains se demandaient comment ils allaient payer leurs vendangeurs. Elle ne comprenait pas que son père ne soit pas au milieu d'eux. Une nouvelle fois il avait failli gâcher la fête. Il se repliait de plus en plus sur lui-même et quand Jaimé était venu le chercher, sans grande conviction d'ailleurs, pour préparer la manifestation, il avait répliqué sèchement :

« Tout ça ne me concerne pas. Qu'ils se débrouillent entre eux ! »

Sans réfléchir, Sarah s'était écriée :

« Moi, je voudrais t'accompagner.

– Tu restes ici, ce n'est pas la place d'une gamine. »

Jacob avait grondé.

« T'as beau vouloir la tenir en laisse, tôt ou tard, l'oiseau quittera son nid. »

Elle avait pu suivre Jaimé, son père ayant malgré tout ajouté :

« Quand ils sauront qui tu es, ça m'étonnerait qu'ils t'accueillent à bras ouverts. »

Personne n'avait rien demandé à Sarah. Il était dix heures du soir. Cette liberté de la nuit la grisait, mais elle s'ennuyait un peu. Elle était assise sur un banc et regardait tous ces hommes qui s'agitaient en lançant des bribes de phrases dont elle ne parvenait pas toujours à saisir le sens.

« Si on mettait en gras : jour de colère ?

– Pas très original. Ils savent que nous sommes tous en colère, et visiblement, à Paris, ils s'en foutent.

– Nos cuves débordent et ils s'en foutent !

– Que veux-tu, on attend toujours les mesures d'urgence promises...

– S'il n'y avait pas autant de vin d'Algérie qui passe en fraude, notre vin se vendrait !

– Mais il n'y en a que pour les rapatriés. Ceux-là peuvent tout se permettre. »

Sarah avait tressailli. C'est donc tout cela que son père avait refusé d'affronter. Elle chercha Jaimé des yeux, soudain inquiète. Il se tenait au fond de la salle, appuyé contre le mur. La lumière crue de l'ampoule électrique sans abat-jour lui creusait les traits sans pitié. Il parlait avec quelqu'un. Elle reconnut le fils Sauvaire-Ronze.

« Tiens, il est là aussi celui-là », se dit Sarah. À côté d'elle, les brouillons de tracts à la main, le petit groupe de vignerons s'échauffait :

« « Assez de promesses, des actes ! » Que dis-tu de ça ?

– Je préfère, c'est plus concret.

– On en tire un mille ?

– C'est beaucoup, non ? »

L'air s'était épaissi de fumée. Sarah aurait aimé qu'on lui demande son avis, qu'on ne la tienne pas à l'écart. Brusquement, elle se sentit très jeune. Pourtant, les deux là qui venaient de se frayer un passage au milieu des autres en lui frôlant la jambe, mais sans lui jeter le moindre regard, n'étaient guère plus âgés qu'elle. Le plus petit, avec ses drôles de sourcils en accent circonflexe et ses lèvres qui s'écrasaient l'une sur l'autre pour former un bec, était amusant. Il avait retroussé les manches de sa chemise en coton beige. Son col était ouvert, et Sarah aperçut une croix en or autour de son cou. Il disait au plus grand.

« Quand on dort dans des draps de soie payés par son père, qu'est-ce qu'on peut comprendre à la pauvreté et à ceux qui ont envie d'en sortir.

– N'empêche, le cynisme de certains me dégoûte.

– Tu vises qui… »

La réponse se perdit dans le brouhaha. Sarah aurait bien aimé savoir de qui ils parlaient.

On entrait. On sortait. Autour d'elle, c'était un va-et-vient incessant. La veillée d'armes avait incontestablement quelque chose de joyeux. Sarah se demanda si pour tous ces vignerons, le plus important en fin de compte n'était pas de se retrouver ensemble.

Elle remarqua, à travers une forêt de bras et de poitrines, un vieux vigneron à l'air madré. Il sortit de la poche de son pantalon une pipe de bruyère qu'il commença à bourrer méticuleusement en tournant son pouce mouillé dans le foyer. Il vint s'asseoir sur le banc près de Sarah. Il commença à tirer sur sa pipe avec de petits bruits de succion, en observant tout le monde.

Quelqu'un réclama le silence en tapant avec une règle de métal sur le dos d'une chaise. Ça devait être un des responsables. Il avait un visage tout en angle et une moustache en croc. Il s'écoutait faire des phrases.

« Il y a déjà une trentaine de cars. Nous sommes donc obligés de renforcer le service d'ordre. Il me faut des volontaires. Qu'ils se fassent inscrire auprès de Carrière... parce que ces messieurs seront ravis que ça tourne au vinaigre. Ils prendront ce prétexte, soyez-en certains, pour nous refuser toutes nos demandes légitimes. J'insiste, ce qu'on demande ce n'est pas l'aumône, c'est notre dû. C'est le gouvernement qui est responsable de la mévente du vin. C'est le gouvernement qui doit payer. »

Ces derniers mots déchaînèrent une salve d'applaudissements. À côté de Sarah, le vieil homme secoua tristement la tête et bougonna :

« Des forts en gueule ! Voilà ce qu'ils sont, rien d'autre que des forts en gueule », et s'adressant directement à Sarah, il poursuivit :

« Tu vois, petite, autrefois on n'avait pas peur de se faire entendre. On prenait des horions, y en a même qui ont pris des balles, mais bon sang, au moins on nous écoutait. Aujourd'hui, il suffit de deux ou trois coups de matraque, et hop, tout le monde rentre dans le rang. »

Le vieil homme fit une pause pour rallumer sa pipe. Son regard exprima toute la satisfaction du monde quand il vit brasiller le foyer, et il ajouta :

« C'est curieux que l'orage n'ait pas encore éclaté. » Puis il désigna du tuyau de sa pipe le mur sur lequel s'étalait toute l'histoire du mouvement.

« Ça, c'était de la vraie colère, tu peux me croire. »

Sur le mur, on avait accroché des affiches jaunies, punaisé des tracts déchirés et rafistolés tant bien que mal, de vieux articles. L'épopée avait même son héros : Marcellin Albert. En gilet, il semblait prêt à haranguer à nouveau la foule. La photo n'était pas très nette.

« En quarante-neuf, on a barré les routes avec des arbres coupés et des charrettes pour protester contre les importations massives de vin d'Algérie. Et on a dû recommencer deux ans plus tard, parce que les caves étaient encore pleines… Tu vois, petite, je crois que ce pays est maudit. Ils nous accusaient d'être des rouges, mais qu'est-ce qu'on aurait pu être d'autre… »

Le vieux répéta, songeur :

« Ça, c'était de la vraie colère », sans se rendre compte que ces colères d'autrefois n'avaient eu guère plus d'effets que celles d'aujourd'hui. Il ressemblait à ces vieux cheminots qui ne peuvent se passer de descendre au bord des voies pour regarder passer des trains. La vie est toujours triste quand les souvenirs deviennent la seule raison de vivre. Et Sarah se demanda si la vigne n'était pas condamnée à n'être qu'une longue suite de colères inutiles.

On avait badigeonné les rues de rancœur. À côté des grands classiques de la vindicte paysanne comme : la terre à ceux qui la travaillent, halte aux importations de vins d'Algérie, la viticulture ne veut pas mourir, surgissaient parfois quelques florilèges plus charpentés comme : le trottoir aux putes, la vigne aux vignerons ; ou encore : érection, trahison, histoire de mettre un peu de gaudriole dans une affaire qui, après tout, ne se présentait pas si mal. La place de la citadelle était déjà noire de monde et de petits groupes continuaient d'arriver des rues adjacentes. L'ambiance était débonnaire.

L'orage n'avait pas crevé, mais l'air était tout de même plus frais. Le vent apportait de la mer une odeur d'iode.

Au milieu de l'un de ces groupes, un grand gaillard à la moustache tombante et à la carcasse toute en os était hilare. Il avait enlevé sa casquette pour la montrer aux autres. Il l'avait bourrée de papier journal. Ne parvenant pas à se faire entendre, il mimait les coups de matraque qu'il était prêt à prendre pour « la cause », mais sans grand risque pour son crâne.

Julien Barthes remettait aux volontaires les paquets de tracts tirés la veille. Il répétait à chacun : « On les distribue seulement aux badauds, et surtout, donnez la consigne : pas de grabuge. » Il était dans son élément, il commandait. Il y a des hommes comme ça que le pouvoir enivre plus facilement que n'importe quel vin.

Cette marée d'hommes et de femmes s'ouvrit brusquement comme fendue en deux par un grand éclat de rire. Un âne s'avançait pressé par les petits coups de baguette de noisetier d'Adrien Cazals. Le pauvre animal terrorisé poussait des braiments à fendre le cœur le plus dur. Il portait sur son dos une poupée de son en habit et haut-de-forme qui semblait se désarticuler davantage à chaque pas et qui lui battait les flancs. C'était ce ministre qui n'avait pas su les entendre. On lui avait accroché autour du cou une pancarte qui le condamnait sans appel : « Je suis un buveur d'eau. » Derrière lui, on avait déployé un calicot qui réclamait « l'arrêt immédiat des campagnes antivin ». Le photographe du *Midi libre* s'en donnait à cœur joie. Il mitraillait l'âne jusqu'à plus soif.

La foule avait grossi comme les eaux d'une rivière qui reçoit toutes les pluies d'un violent orage. Mais son cours était majestueux et lent comme celui d'un grand fleuve sûr de sa puissance et de son bon droit. Les commerces avaient tiré leur rideau de fer. « Ville morte », était-il écrit. La vigne faisait vivre tant de monde que, sans elle, toutes les villes alentour ne pouvaient que mourir.

La foule s'écoulait avec une indolence apparente entre deux murailles de platanes. Elle soulevait comme un grand troupeau un fin nuage de poussière.

Les plus jeunes étaient venus avec leurs femmes dont les robes claires semblaient fleurir comme des bouquets la masse sombre des vêtements des hommes. Beaucoup étaient en costume parce qu'ils voulaient donner un côté solennel à leur colère.

Que des femmes soient venues, les anciens y avaient trouvé à redire parce que ce n'était pas leur place, mais ils n'avaient pu les en empêcher. D'ailleurs, c'étaient elles qui portaient les paniers de pique-nique. Parfois, elles les avaient déjà ouverts pour en tirer une bouteille de vin luisante de buée. Avec leurs sourires tout en fossettes, elles allaient en offrir un gobelet plein jusqu'à ras bord à un de ces gardes mobiles qui battait une semelle placide au pied d'un arbre, le casque accroché au ceinturon.

Elles leur disaient : « Goûtez ! C'est pour ça qu'on se bat... Ça en vaut la peine, non ? »

Certains refusaient le visage fermé. D'autres y trempaient le bout des lèvres, d'autres enfin le vidaient d'un trait. Ceux-là, à coup sûr, devaient compter quelques hectares de vignes dans leur arbre généalogique. Et peut-être qu'ils se demandaient en leur for intérieur, ce qu'ils pouvaient bien fiche là.

Venir en robe, Sarah trouvait l'idée saugrenue. Elle portait donc son pantalon de toile et sa chemise de cotonnade beige qu'elle mettait pour aller observer les oiseaux. Elle voulait pouvoir crier, hurler, sauter par-dessus les barrières, courir, s'enfuir si besoin était. Elle batifolait dans ses rêves de révolte. Elle voulait en découdre. Elle était déçue. Elle avait l'impression de se trouver au milieu d'un cortège de noce, et que toute cette colère n'avait pas plus de corps qu'un petit blanc de comptoir.

La foule ruissela comme une eau paisible jusqu'au pont neuf. Là, on ne sut jamais qui avait crié : « Ils viennent d'arrêter Augustin Auch. » C'était le secrétaire du comité. Il y eut un moment de stupeur, comme si personne ne voulait y croire, puis une onde de colère se propagea d'un bout à l'autre de cet énorme flot. Une onde pareille à celle qui traverse le corps de la couleuvre dont on a bloqué la tête avec une baguette en fourche. Sarah sentit toute cette force, tel un torrent déchaîné, jaillir contre ses reins. On la bousculait. Allait-on la piétiner ?

Elle ne sentait plus son souffle. Elle ne sentait que des souffles brûlants. Elle n'avait pas peur. Elle était ivre. Elle volait, ballottée d'un corps à un autre, d'une épaule à une autre. Elle aperçut à côté d'elle un homme dénouer sa cravate avant de la glisser dans sa poche et se mettre à courir. D'ailleurs, on courait dans tous les sens. Elle n'était plus qu'un fétu de paille sur la crête d'une houle de colère. Elle se laissait porter comme on s'abandonne au courant. De toute façon, elle ne pouvait pas lutter. C'était trop fort. Bientôt, elle se mit à pleurer. Elle sentit sa gorge la brûler. Elle mendia un mouchoir qu'elle plaça contre sa bouche. Les forces casquées lançaient leurs premières grenades lacrymogènes. Ces salopards avaient de la chance, le vent était de leur côté.

À présent, on dévalait la rue. Quelle rue ? Elle ne savait plus où elle était. Un homme avait le visage en sang. Il était entre deux âges. Il remontait à contre-courant soutenu par un autre. Il la frôla. Leurs regards se croisèrent. C'était absurde, mais elle se demanda si elle n'avait pas taché sa chemise avec son sang. Elle tourbillonnait. Elle était heureuse comme on peut l'être quand ce qui vous arrive dépasse tout ce qu'on avait imaginé.

Une grenade creusa un vaste sillon dans la foule. Elle la vit rouler sur le sol avec son mince panache de fumée bleutée. Sarah était déjà ailleurs. Quelqu'un cria :

« Tenez devant… Nous, on va bloquer les voies. »

Elle vit surgir, par enchantement, des tire-fond. Un groupe d'hommes se mit à dévaler en zigzag la pente pour prendre de vitesse les gardes mobiles qui les poursuivaient. Ce n'était rien d'autre que de gros insectes noirs et luisants sous leur carapace de cuir. Ils agitaient leur matraque. Non loin d'elle, quelques-uns de ces coléoptères avaient rattrapé un retardataire. Non, il avait glissé sur les feuilles et était tombé. Ah ! les salauds, comme ils tapaient. Tapaient. Ce n'étaient plus des hommes. L'autre, arrondi en chien de fusil sur le sol, se protégeait comme il le pouvait. On se précipita pour le dégager. On lançait des pierres. Elle aussi lançait ses pierres. Elle lançait tout ce qu'elle pouvait ramasser.

En bas, près de la gare, on avait déjà déboulonné les premiers rails et brûlé les premiers pneus qui formaient un barrage de fumée épais qui les protégeait de l'assaut. Ils étaient en état de siège. D'ailleurs, toute la ville était en état de siège. Elle s'était embrasée d'un coup comme un minuscule foyer que soudain un vent violent attise. Un homme passa en courant. Il hurlait « Mon bras ! Mon bras ! » Et il le tenait de sa main valide pour l'empêcher de se rompre complètement. Il ressemblait au pantin désarticulé sur le dos de l'âne.

Une phrase déchira les tympans de Sarah. « On va vider les cuves des Roques… Ils viennent de rentrer du vin d'Algérie. »

Cette fois, elle était emportée. Elle vacilla. Elle allait tomber. Non, pas cette fois. Elle se redressa pour suivre le torrent des hommes. Elle se retrouva devant. Toute seule, ses pierres à la main. Juste quelques cailloux dérisoires dont elle ne savait que faire. Elle eut juste le temps de lire : Établissements Victor Roques et fils. Elle eut juste le temps de penser : « Et si c'était du vin de mon père qu'ils avaient dans leurs cuves », avant d'apercevoir devant elle une muraille. Une muraille noire. Une muraille de casques et de visages crispés derrière des boucliers de métal. Et la muraille commença doucement à avancer dans un bruit sinistre de brodequins qui se mirent à marteler le sol. Ah ! ça oui, les établissements Victor Roques et fils étaient bien défendus.

Sarah restait figée au milieu du chemin. En tournant la tête à droite, elle aurait pu apercevoir les rails du chemin de fer, à gauche une ruelle sombre. Mais elle ne regardait ni à droite ni à gauche. Elle était incapable de bouger, fascinée par cet énorme insecte dont la carapace semblait craquer de toutes parts. Elle vit distinctement une main plonger dans une musette en toile et prendre une grenade. Un morceau de l'insecte la lança. La grenade décrivit une courbe en sifflant avant de s'écraser au sol. Elle entendit distinctement quelqu'un crier : « Mais cours, petite, tu vas y laisser ta peau. » Elle ne bougeait toujours pas, mais elle sentit que quelqu'un la tirait par le bras pour l'emmener de force dans cette ruelle qui ressemblait à un trou noir et dans lequel elle ne voulait pas tomber. Elle s'y laissa pourtant traîner.

« Ma parole, vous êtes complètement cinglée. »

Il la tenait écrasée contre sa poitrine comme s'il voulait l'empêcher de s'échapper. Le cœur de Sarah battait à tout rompre. Elle entendait les hurlements de la meute des hommes, mais ne voyait rien. Ses yeux étaient brûlants. Elle reconnut tout de même Jacques Sauvaire-Ronze. Ses seins lui faisaient mal à hurler, écrasés de la sorte, mais elle n'osait pas bouger. Une coulée de lierre tombait du faîte d'un mur de clôture. Il aurait suffi que Sarah tende la main pour en arracher un rameau.

Quand Sarah était rentrée à la nuit tombée avec cette lueur exaltée dans le regard qui accompagne les folies les plus grandes, Simon ne l'interrogea pas. Il n'avait pas compris cette flambée de violence. Il était surtout persuadé de sa parfaite inutilité. Il n'avait pu persuader Sarah de s'en tenir à l'écart. Il s'était donc résigné, tout en sentant qu'elle s'était éloignée davantage encore de lui. Entre eux, il y avait moins d'affrontement, mais plus de désenchantement.

Il avait passé toute cette journée dans ses vignes du Campe nègre. Seul. Il avait effeuillé les ceps et tombé des grappes. Il avait appris à aimer cette longue patience de la main dans la vigne, le regard qui soupèse, jauge, choisit les feuilles qui sont en trop parce qu'elles vont empêcher le soleil de transmettre toute sa force au raisin. La main qui arrache doit aller vite et arracher sans blesser. C'est une caresse et une méditation. À aucun autre moment, ce lien charnel qui attache l'homme à sa vigne n'est peut-être aussi fort. Sans doute parce qu'il est aussi sacrifice. Bientôt ce sera la véraison. Cette fois, il l'attend avec impatience.

C'est à Jacob donc que Sarah raconta l'embrasement brutal de la ville en état de siège, les rues barrées, les voies coupées qui paralysaient la circulation des trains, les renforts dépêchés d'urgence, l'émeute qui sentait les gaz lacrymogènes et le caoutchouc brûlé. Finalement, ils avaient dû relâcher Augustin Auch. Sarah n'avait pu s'empêcher de faire, dans le fil de son récit, une allusion à Jacques Sauvaire-Ronze. Elle n'avait pu s'en empêcher parce qu'elle avait besoin d'en parler à quelqu'un. Elle avait juste dit comme ça en passant :

« Tu ne devineras jamais qui j'ai vu là-bas…

– Comment veux-tu que je devine ?

– Eh bien, c'était Jacques Sauvaire-Ronze. »

Jacob était trop fine mouche pour s'en laisser conter. Il demanda avec un regard taquin :

« Comment le trouves-tu ?

– Bof ! C'est un drôle de type… Et il a l'air si triste. »

Il eut ce sourire complice que Sarah aimait tant, mais se dit « qu'elle s'amourache de ce godelureau qu'il n'avait fait qu'entrevoir assis à côté de son père sur un buggy tiré par un cheval bai, et ce serait la pire des choses qui puisse lui arriver ».

Le lendemain, Simon se leva tôt. Dans la maison, c'était comme si la vie s'était éparpillée aux quatre points cardinaux de la solitude. Simon mangeait seul. Il ne savait jamais où était passé Jacob, et plus tard dans la matinée, Sarah mangerait seule. Chacun menait sa vie à sa guise.

Il s'était versé un reste de café réchauffé dans un bol de faïence rouge, avec un peu de lait. Il émietta des morceaux de pain dans le bol, stupéfait d'avoir retrouvé machinalement des gestes enfouis dans son enfance.

Dehors, c'était un de ces jours sombres où la terre semble marchander un peu de lumière au ciel. Simon entendit avec plaisir le chant cristallin de la rivière auquel d'habitude il ne prêtait guère d'attention, puis le pépiement d'oiseaux invisibles provenant des fourrés. Il y eut même une pie qui traversa le chemin en sautillant. Elle lui décocha de son œil noir un regard chargé de colère. Il aimait ce matin qui s'éveillait dans l'ombre d'un ciel gris. Il avait glissé un sécateur dans sa poche. Il portait un chapeau effrangé, une veste et un pantalon de toile grise qui semblaient se fondre dans le paysage. De plus en plus, Simon faisait corps avec la terre.

Comme hier, il continuerait à « tomber du raisin ». Il marchait d'un de ces pas solides qui se plantent dans la terre avec assurance.

Et il vit émerger, après un ressaut du chemin bordé de roseaux, les courbes nerveuses du Campe nègre. La lumière semblait venir s'y aiguiser comme sur la pierre à repasser. Mais au fur et à mesure qu'il s'en rapprochait, quelque chose l'inquiétait. C'était un peu comme le regard d'une femme que vous avez cru d'abord limpide, avant de découvrir une minuscule taie sur l'œil qui le gâche irrémédiablement.

Quelque chose clochait, quelque chose qui bouleversait le bel ordonnancement des ceps tirés au cordeau. Tout d'abord, il ne sut dire quoi. Puis ce fut comme une plaie béante, noire comme du sang séché, qui s'élargissait au pied du Campe nègre. C'était juste à la lisière qui le séparait des vignes du métayage, comme si on avait voulu marquer le pied de la colline comme on marquait autrefois les maisons des lépreux. Il crut d'abord aux traces d'un feu. Il sentit son sang cogner contre ses tempes. Il allongea le pas et poussa un cri qui déchira le silence comme une blessure.

« Non ! Pas ça ! » Et il serra les poings de colère avant de hurler, comme si quelqu'un pouvait l'entendre.

« Putain de salauds. »

Ils étaient venus cette nuit. Ils avaient scié les ceps de vigne sur plusieurs rangs. Ils ressemblaient à des pantins désarticulés et grotesques. Les sarments s'accrochaient aux fils du palissage comme on s'accroche à quelqu'un qui vous empêche de tomber. Les feuilles étaient déjà fanées. Elles pendaient lamentablement en baissant la tête. Il en avait fallu de la force et de la rage pour s'acharner de la sorte. Simon heurta une bouteille vide du pied. Oui, ils avaient dû boire. Il les voyait d'ici s'enfourner le goulot dans leur sale gueule en éclatant de rire. Combien étaient-ils ? Il n'en savait rien. Tout ce qu'il savait, c'est qu'ils étaient remontés de la ville excités par l'odeur de la poudre et de la haine. C'est la même. Simon les entendait d'ici, l'un d'eux avait dû demander.

« Si on allait faire sa fête à la vigne du pied-noir ? »

Ça avait été un jeu d'enfant. À présent, ils devaient dormir à poings fermés. Qui étaient-ils ? Simon ne pouvait pas croire que c'étaient des vignerons. Eux ne s'en prendraient jamais à la terre. Ce n'étaient que des petites gouapes, des profiteurs de haine prêts à vider leur besace à la moindre occasion. Quand ils l'extirpaient de leurs tripes, toute cette haine, ils se sentaient vivre. Ah ! s'il avait une arme, il tirerait comme ça dans le vide, pour rien, juste pour se soulager. Mais son fusil, il l'avait laissé là-bas, brisé.

Soudain, Simon se mit à trembler. À Ikedjane, ça avait commencé comme ça : par quelques ceps sciés. Des points lumineux se mirent à danser sous ses paupières closes.

X

Tonnerre sur le Campe nègre

L'ORAGE MENAÇAIT. Des coups de lanières cinglaient un ciel livide qui faisait craquer ses articulations comme un lutteur de foire qui veut impressionner la foule.

« C'est fichu, nous n'arriverons pas à temps », maugréa Jaimé en levant les yeux vers la marée déchaînée des nuages.

– On va tout de même essayer, soupira Simon. Il faut y arriver, on n'a pas le choix.

– J'espère qu'on ne fait pas une connerie », répliqua un Jaimé, inquiet.

Ce n'est pas tant que Simon s'apitoyait sur lui-même. Il voulait simplement maintenir toute cette haine à distance. Et quel était le meilleur moyen d'y parvenir, sinon d'en effacer jusqu'à la moindre trace, jusqu'à être déraisonnable et partir sous la menace de cet orage.

Leur cortège avait un air sinistre. Jacob était déjà essoufflé. Il s'aidait d'une canne taillée dans une branche pour marcher. Comme souvent, le visage de Sarah restait indéchiffrable, mais cela faisait des lustres que les Hamani ne s'étaient pas retrouvés ensemble, faisant bloc contre le monde extérieur. Léonce Audecœur s'était joint à eux. Spontanément, il avait proposé son aide, ayant été bouleversé au-delà de tout ce qu'il aurait pu imaginer par cette brutale irruption de violence. C'étaient des sauvages. Dans son monde, on ne s'en prenait pas à la terre ni à la vie, on ne sciait pas des pieds de vigne. Il tirait le cheval par la bride. Sur chacun des flancs de Platon pendaient des chaînes qui cliquetaient.

Rien n'avait bougé au pied du Campe nègre. Ce n'était que quelques dizaines de ceps coupés, mais Simon ressentit exactement la même colère et le même sentiment d'impuissance douloureuse que lorsqu'il les avait découverts la première fois.

Ils attachèrent Platon à un arbre et commencèrent à rassembler les ceps à la main. Il fallait détacher les sarments des échalas. Tous furent bientôt couverts de sueur dans l'immobilité brûlante de l'air. Simon sentait l'énorme bloc de haine devenir de plus en plus dur à l'intérieur de sa poitrine. En même temps, c'était comme s'il s'en délivrait au fur et à mesure que le travail avançait.

Ils travaillaient dans un silence que seule leur respiration troublait. Ils étaient pris dans le roulis de leurs pensées. Jaimé s'était assis sur sa pelisse de caoutchouc qu'il avait roulée en boule. Il n'en pouvait plus. De sa place, il dit :

« Finalement, on va peut-être prendre l'orage de vitesse », et il ajouta pour lui-même : « Ce serait une bonne chose », sans savoir ce qu'il entendait exactement par là.

Quelques gouttes de pluie s'écrasèrent tout de même sur le chemin herbeux, tandis que des nuées de mouches harcelaient Platon en tournoyant autour de sa tête. Il tentait en vain de les chasser en agitant les oreilles et en imprimant à sa peau de longs frémissements réguliers. Le plus impressionnant restait cette plaie béante qui s'ouvrait dans le bas du Campe nègre, dans cette boursouflure de terre grise et caillouteuse. C'était comme si on avait écorché la chair de la colline. Et Simon s'arrêta pour contempler cette plaie, avant de murmurer :

« Aux racines maintenant. Je crois qu'elles vont nous en faire voir. »

Jaimé opina, puis il enroula la chaîne autour d'un premier moignon. D'un claquement de langue, il fit avancer Platon qui tira sur son collier. La chaîne se tendit comme une amarre. Du coup le cheval parut s'immobiliser avant de n'être plus qu'une masse frémissante et obstinée de muscles. Tous regardaient l'animal s'épuiser.

C'était comme si la terre voulait retenir de toutes ses forces les racines qu'elle avait nourries avec patience.

Le cep mutilé grogne, renâcle, râle. Ne reste-t-il pas captif d'une terre qui jubile ? Mais après un premier craquement qui semble se répercuter à l'infini du ciel d'orage, il cède en une ultime plainte. La terre sanglote.

Quand il dévissa le bouchon du bidon d'essence pour asperger le tas de ceps, il y eut une nouvelle cavalcade de tonnerre dans le ciel. Après que tous se furent éloignés, il jeta un chiffon enflammé sur le tas qui s'embrasa instantanément.

Platon tira sur sa longe en poussant un hennissement de terreur. Le bois vert craquait, éclatait, se tordait en une mascarade grotesque et barbare dans un sifflement incandescent de sève. Elle bouillonnait. Les feuilles se crispaient. Le bois écumait, salivait avant de mourir.

Le feu purifiait. Il effaçait d'un coup toute cette haine qui avait fait sa pelote dans l'ombre. Il ne resta bientôt plus qu'un tas de braises et de cendres fumantes quand l'orage éclata pour de bon. Les hommes se sentirent libérés lorsque la pluie se mit à fouetter leur visage. Bientôt des mèches de cheveux mouillées se collèrent sur le front de Sarah, mais elle ne s'en soucia pas. Elle regardait les dernières fumerolles s'éteindre sous la pluie. Elle aussi paraissait apaisée.

La pluie redoubla de violence. Ils ne voyaient pas à dix pas devant eux. Jaimé se couvrit de sa pèlerine. Ils redescendaient vers la maison en un long cortège fantomatique. En se retournant vers Simon, Jaimé dit en criant, pour couvrir le bruit de la pluie :

« Regarde. On a bien fait de laisser l'herbe entre les rangs. Elle va pomper toute l'eau en trop et ça évitera les maladies. »

Simon discerna une certaine jubilation dans la voix de Jaimé. Le Campe nègre était redevenu une vigne comme les autres, une vigne sans blessure.

Puis il y eut cette fête. Oh ! ce n'était pas une grande fête : juste quelques baraques, une balançoire, un ou deux autres manèges qui finissent par prendre invariablement, sous les trilles d'une musique qui flonflonne, un air de mélancolie endimanchée.

Elle avait pourtant attiré Sarah, qui était dans cet état d'exaltation troublante qui échappe à la raison. Elle se maudissait, mais sans pouvoir rien y faire. Elle n'était qu'une minuscule feuille morte prise dans le tourbillon de la tempête qui grondait en elle. Elle avait abdiqué toute volonté, tout amour propre. Elle l'attendait.

Elle n'était plus qu'un petit animal en boule en train de chasser quelque chose qui lui ferait battre le cœur un peu plus vite, et que les hommes, avec leur imagination un peu courte, ont baptisé bonheur. Même si c'était un bonheur au regard triste. Elle l'attendait sans même savoir s'il viendrait. Elle rabrouait ceux qui l'approchaient. Elle voulait juste croiser son regard, même pas pour qu'il la voie, mais seulement pour croiser ce regard infiniment triste qui l'avait bouleversée.

Elle était arrivée dès la procession du matin qui annonçait la fête. On avait recouvert le chemin qui menait à l'église de pétales de rose qui poivraient l'air. Sarah l'avait cherché des yeux dans le cortège emmené par un long curé qui tenait sa tête inclinée sur son épaule. Il avait revêtu une chasuble en dentelle de Calais et portait une étole brodée de fil d'or. Il était entouré de deux enfants de chœur en surplis blanc par-dessus leur robe rouge. Ils agitaient des encensoirs muets.

Sarah découvrait avec étonnement cet apparat qui psalmodiait ses espérances devant des reposoirs recouverts de fleurs blanches et de cierges allumés. Dans la procession, il y avait des femmes de vigneron charpentées comme leurs ceps, qui tiraient par la main des gamins en culotte courte avec des cravates qui tenaient grâce à des élastiques passés sous le col de leur chemise blanche, ou des fillettes en robes blanches qui avançaient en laissant traîner leurs souliers vernis dans l'épaisse couche de pétales de fleurs qui recouvrait le sol.

Quand Sarah aperçut enfin Jacques, il descendait les marches du perron de la mairie, où il avait assisté à un vin d'honneur. Par la suite, il eut l'impression qu'il ne pouvait faire un geste, parler à quiconque sans l'avoir dans les pattes.

« Que me veut-elle à la fin ? » se demanda-t-il, exaspéré.

Où qu'il se trouvât, elle se tenait toujours à quelques pas, devant, derrière ou à côté de lui. Sans rien dire. Elle se contentait de le regarder. Il n'était même pas certain que c'était lui qu'elle regardait. Excepté une fois, quand ce regard, qui semblait traverser son corps, se fixa sur lui avec une telle insistance qu'il éprouva de la gêne. Il vérifia même s'il n'avait rien qui clochait dans son costume de flanelle grise qui l'étouffait de chaleur et d'ennui.

Plus tard, on raconta que c'était elle qui s'était littéralement jetée dans ses bras. Ce fut à coup sûr à partir de ce jour-là que sa réputation fut irrémédiablement ruinée, ce qui ne la traumatisa pas outre mesure. Elle avait toujours vécu selon sa propre échelle de valeurs, la toute première de ses règles étant de se fiche du tiers comme du quart de ce qu'on pensait d'elle. Elle s'était empressée de l'appliquer à leur arrivée dans ce pays, puisqu'elle le reconnaissait volontiers, avant cela n'avait été guère possible sous la férule de son père et de sa mère.

Sarah errait à présent près d'une pauvre loterie. Ce n'était qu'une table de bois sur laquelle on avait piqué un cercle de clous. Au milieu, on faisait tourner un bras terminé par une plume d'oie qui frottait sur les clous ; la chance s'arrêtait sur un paquet de tabac gris, des bijoux de pacotille, un poudrier de deux sous en métal doré ou un jeu de cartes. Mais s'il y avait foule autour de la loterie, c'est que la fille de la patronne, montée sur une chaise, chantait *Dans les plaines du Far West,* en veste de daim à franges et en chapeau de feutre noir d'où s'échappait une volée de boucles blondes qui rythmait la chanson. La mère regardait sa propre fille avec une admiration sans bornes, quand une femme au visage bouffi s'approcha en se dandinant :

« T'as bien de la chance d'avoir une gamine qui a tous les talents. Avec sa voix, elle fait ta recette. C'est pas moi qui aurais une chance pareille, regarde mon bon à rien, il fait fuir les clients. Il n'est même pas capable de s'essuyer la morve qui lui coule du nez. » Et elle désigna d'un geste du menton le gamin aux yeux gris et ternes légèrement protubérants qui se tenait derrière le comptoir du stand de tir voisin. Il avait le nez épaté, une bouche sans lèvres et le cheveu ras. Il portait une blouse grise d'écolier, bouffant à la taille, sur laquelle sa mère avait cousu un insolite col en Celluloïd blanc. Pour tenter d'égayer ce visage triste ?

Sarah était certaine qu'il avait entendu ce que sa propre mère venait de dire, malgré son visage impassible. Elle se dit qu'il devait souffrir, alors elle le prit en pitié et s'approcha du stand vide. Elle demanda une carabine qu'il lui tendit d'un air revêche en lui comptant cinq balles qu'il disposa devant elle. Elle se retrouva avec une carabine entre les bras et les cinq balles dont elle ne savait que faire. Autour d'elle on riait. Se moquait-on d'elle ? Brusquement, elle se sentit prête à fondre en larmes.

« Donnez-moi ça ! »

Jacques Antoine Sauvaire-Ronze avait surgi de derrière elle pour lui arracher la carabine des mains. Il glissa la première balle dans la culasse et la referma avec un claquement sec. Pour lui, tirer n'était qu'un jeu d'enfant. Un jeu d'homme plutôt, d'un de ces hommes qui ne parviennent jamais à effacer le pli amer qui leur marque la bouche.

Les cinq balles se logèrent dans le rouge du carton Souzy. Jacques Sauvaire-Ronze lui jeta dans les bras une horrible poupée en robe de tulle rose.

« Tenez, vous êtes contente ? » lui hurla-t-il dans les oreilles pour couvrir les annonces criardes qui invitaient à gagner une oie ou un canard, avant que la foule ne l'engloutisse.

Juste avant les vendanges, la vigne fait relâche. C'est comme si la terre bandait ses muscles pour se préparer à donner l'ultime coup de reins qui va insuffler toute sa puissance à la sève. Comme un avare serre son magot, elle a amassé toutes les odeurs qui ont traîné dans l'air : celle du chèvrefeuille, de la sauge, de la mûre sauvage, de l'herbe mouillée, celle des lavandes que le vent épuise. Celle des genêts en fleur ou de la pierre sèche qui racle la gorge. Elle en fait le souvenir d'une seule et unique odeur que l'on retrouvera dans le vin.

C'est là que tout se joue. On scrute le ciel parce qu'on a peur de la pluie. La terre a assez bu. Celle qui tomberait maintenant serait en trop. Chacun tente de deviner les caprices du vent pour les prendre de vitesse. Sans compter les orages, avec des grêlons parfois gros comme des œufs dc perdrix qui peuvent vous saccager le travail d'une année entière, vous hacher feuilles et grappes avec un plaisir mauvais. Quand le vent tourne, l'inquiétude se pose sur les visages comme un vol de corneilles.

Simon était peut-être encore plus anxieux que les autres, car, de cette terre-là, il connaissait mal l'humeur. Ça ne s'apprivoise pas du jour au lendemain une terre ! Il savait qu'elle était capable de terribles coups de colère qui prenaient en traître. De plus, il avait aussi à se méfier des hommes. Ça rajoutait à son inquiétude. Il dormait mal. Plusieurs fois, il se releva au milieu de la nuit et monta au Campe nègre pour les guetter, au cas où ils reviendraient. Il se tenait tapi au milieu des roseaux comme un chasseur, c'était le territoire des carouges à tête jaune, comme lui avait expliqué Sarah dans un de ses bons jours.

Qu'aurait-il pu faire s'ils étaient revenus ? Pas grand-chose sans doute, mais il était là en veilleur de haine, et ça le rassérénait. D'ailleurs, était-ce bien de la haine ? Il n'était plus sûr. N'était-ce pas plutôt un mélange de jalousie et de connerie ?

En se privant de sommeil, il avait la conscience en paix. C'était une sorte d'hommage qu'il rendait à ce morceau de terre qui leur donnait l'hospitalité.

Les nuits étaient maintenant plus fraîches, et cette nuit-là, il avait dû ramasser des branches pour allumer un feu. Il avait aimé ce moment d'intimité qu'il avait partagé avec un ciel constellé d'étoiles qui ne semblaient ne briller que pour lui. Le vent venait du bon côté. Il venait du nord et avait chassé les nuages. Il se disait que c'était son regard si éphémère qui inventait toute cette immensité, ce miracle de l'infini. Il pensait à Lucy dans cette nuit sans désir qui éclaboussait le ciel comme du lait. Il se rappella sa vie d'avant, à Ikedjane, sans réelle nostalgie ; même si son souvenir venait de plus en plus souvent le hanter comme une musique qui joue en sourdine.

Puis il pensa à l'étrange cours que prenait sa vie d'aujourd'hui, de nouveau à l'absence de Jeanne, sans vrai regret cette fois, à Sarah qui s'éloignait de lui. Mais avait-elle jamais été proche ? À Jaimé qui n'en finissait pas de mourir et qui ne se révoltait même pas. Qu'aurait-il fait, lui, devant la mort ? Ses pensées suivaient ainsi, sans logique apparente, le cours capricieux d'un fleuve nocturne. Enfin, l'aube le surprit avec sa rosée, avec ses parfums qui font toilette. Il avait dû dormir, car il ne se sentait pas fatigué. Il avait vu jaillir une carouge à tête jaune de la muraille des roseaux.

Tout en observant le ciel qui se frangeait à l'est d'un vert émeraude si tendre qu'il vous ferait venir les larmes aux yeux, il se dit qu'il allait devoir donner un sacré coup de collier s'il voulait rattraper un temps qu'il avait le sentiment d'avoir perdu à il ne savait trop quoi.

Quand Simon arriva un peu essoufflé dans la cour de la magnanerie, ils étaient déjà là. Ils avaient enlevé la bâche de la camionnette du domaine et s'apprêtaient à décharger les comportes pour la vendange. Elles étaient marquées A. S.-R., les initiales d'Antoine Sauvaire-Ronze. Il n'avait pas pensé à cela, lui aussi devrait marquer les siennes. Il allait se faire fabriquer un fer avec

S. H. Ces deux lettres, il les fit trotter dans sa tête avec un plaisir d'enfant.

C'étaient deux journaliers du domaine des Sauvaire-Ronze qu'il ne connaissait pas. Peut-être avaient-ils été récemment embauchés en prévision des vendanges. C'étaient des Espagnols aussi à les entendre.

« Si vous avez besoin de nous pour… euh… rafistoler les comportes, M. Antoine nous a dit qu'on pouvait rester la journée », expliqua le plus grand, qui avait les joues étrangement creuses sous des pommettes saillantes, et un nez si droit qu'il partageait l'ombre et la lumière d'un visage impétueux.

Ce « monsieur » Antoine eut le don d'agacer Simon. « Mais pourquoi, bon Dieu, cette déférence de chien docile envers un type qui ne m'a même jamais invité à m'asseoir dans sa maison ? » Il y avait comme ça le souvenir de pleins de petites humiliations qui surgissait n'importe quand et n'importe où, qui le mettait hors de lui, et il leur avait répondu sèchement :

« Dressez-les en pyramide. Quand vous aurez terminé, vous pourrez partir. Je me débrouillerai seul, il y ajuste quelques cerceaux à resserrer », en même temps, il trouvait absurde de s'en prendre à ces deux pauvres bougres.

Quand les deux Espagnols se furent éloignés, une belle pyramide de comportes alignées au cordeau, avec toutes les initiales A. S.-R. tournées du même côté, se dressait sous l'auvent. Il écouta le bruit familier du moteur de la camionnette décroître, il ne lui restait plus qu'à remplir une première fois la plus haute des comportes avec la manche à eau. L'eau allait s'écouler lentement pendant plusieurs jours et, en passant d'une comporte à l'autre, ferait gonfler le bois pour le rendre étanche.

Au moment où il terminait de remplir sa comporte, Sarah traversa la cour.

« Où vas-tu ? lui demanda-t-il.

– J'ai repéré un nid de bruants fous dans une haie… Je suis sûr qu'il y a des petits. Ne t'inquiète pas, dis à Céleste que je ne rentrerai peut-être pas manger… »

Pourquoi fallait-il mentir ? Sarah avait senti son cœur se mettre à cogner violemment dans sa poitrine, exactement comme lorsqu'elle allait retrouver Mansour – tiens, cela faisait une éternité qu'elle n'avait pas pensé à celui-là. Elle était certaine que le bruit de ce cœur allait traverser la pierre comme à la fin des *Visiteurs du soir,* le dernier film qu'elle avait vu.

Non ! Il n'avait rien entendu. Son père descendait tranquillement de son échelle la manche à eau à la main, sans s'apercevoir de rien. Pourquoi fallait-il qu'il soit si indifférent ?

Sarah était prête à hurler la vérité rien que pour le voir réagir.

« Je vais retrouver Jacques Sauvaire-Ronze. Il a promis de venir à la Belle-Croix pour parler. » Il avait dit exactement « juste pour vous expliquer ». Elle avait trouvé cette idée d'une rencontre sur un chemin désert à la fois idiote, comme s'il était terrorisé que l'on puisse les voir ensemble, et adorablement romantique.

Simon pensait, lui, au ferronnier qu'il fallait trouver d'urgence pour forger ces deux lettres S. H. Elles avaient pris une dimension quasi obsessionnelle, il s'en rendait compte. Hors de proportion, en tous les cas, avec leur utilité réelle, puisque ses comportes à lui n'avaient pas vraiment besoin d'être marquées, étant donné qu'elles ne prendraient pas le chemin de la coopérative. Mais peut-être leur attribuait-il le pouvoir magique de chasser toutes ses appréhensions ? C'était comme si elles allaient donner un peu de consistance intérieure à son univers dévasté, ou marquer d'un signe tangible ses nouvelles racines. Finalement, toutes ces tâches ordinaires l'absorbaient suffisamment pour l'empêcher de penser, et il eut la sensation délicieuse qu'il s'en portait mieux.

Sarah aurait préféré être attablée dans un café bondé devant un bon verre de limonade fraîche qu'elle aurait bu avec une paille – elle adorait couper le bout de l'enveloppe en papier et souffler pour la voir s'envoler n'importe où, selon une habitude prise pendant son enfance, quand Jacob lui offrait une menthe à l'eau à la terrasse du café des Facultés, rue Michelet –, plutôt que de se trouver assise dans une herbe sèche avec un derrière qui la démangeait, le dos appuyé contre une de ces croix en pierre que les catholiques sèment le long de n'importe quel chemin.

À côté d'elle, Jacques Sauvaire-Ronze se tordait les mains nerveusement. Il était arrivé en même temps qu'elle, ce qui lui avait épargné les affres de l'attente du premier rendez-vous. Depuis, il n'avait pas prononcé deux mots. Et de le voir comme ça, pour la première fois en tête à tête, elle le trouvait beaucoup moins séduisant. Elle se demandait même ce qu'elle avait bien pu lui trouver. Il était d'une maigreur effrayante. Il flottait dans une chemisette bleu pâle. Mais qu'est-ce qui lui était passé par la tête pour avoir osé murmurer, lors de cette maudite séance de tir, comme ça de but en blanc « je voudrais vous voir ». Pourquoi avait-elle eu cet imbécile accès de sensiblerie devant ce pauvre hère de forain aux yeux globuleux ? C'est ça qui avait tout déclenché, sinon elle serait rentrée chez elle. Peut-être un peu triste, mais elle aurait oublié. Elle ne serait pas ici, honteuse. Qu'avait-il pensé d'elle ? Dans le meilleur des cas, il avait dû la prendre pour une petite dévergondée, comme aurait dit son père. Elle n'osait penser au pire… Il fallait s'excuser et partir très vite. Oui, c'est ça, se lever et partir. C'est ce qu'elle allait faire, quand il posa sa main sur la sienne, la laissant suffisamment longtemps pour qu'il n'y ait aucune ambiguïté sur la signification du geste. Il parlait des combats, de la peur qui les suivait comme leur ombre. Elle n'écoutait plus ce qu'il lui disait. Elle voulait juste sentir le poids de cette main et la retenir.

« … Parfois on subit sa part d'ombre que les circonstances ont créée autour de vous sans pouvoir réagir… »

Sarah fronça les sourcils. Que voulait-il dire ? « Ma parole, il me prend pour Nietzsche », songea-t-elle. Elle avait pensé à Nietzsche au hasard, un hasard absolu étant donné qu'elle n'en avait jamais lu la moindre ligne. Heureusement, il y avait le « trou… trou… trout » obsédant des tourterelles sur leur fil. Elles au moins ne se posaient pas toutes ces questions existentielles.

Elle trouva extraordinaire qu'il ait passé plusieurs semaines à Alger au moment où elle-même s'y trouvait après avoir quitté Ikedjane. Il aurait été amusant de se croiser là-bas si le hasard l'avait voulu. Mais l'aurait-elle reconnu en uniforme ?

Sarah attendait Jaimé dans le hall bruyant de la gare en feuilletant un des livres sur les oiseaux qu'elle venait d'acheter. Après la pratique, un peu de théorie ne lui ferait sans doute pas de mal, même si elle prenait les choses à l'envers. Ce qu'elle ne s'avouait pas, c'est qu'elle comptait trouver dans l'étude du comportement des oiseaux, quelques similitudes qui puissent l'éclairer sur celui du plus étrange d'entre eux : l'homme.

Elle se souvenait encore de ce que lui avait dit Jacques Sauvaire-Ronze en la quittant :

« Certaines souffrances peuvent détruire jusqu'à l'idée même de l'amour. »

Elle cherchait encore ce qu'il avait voulu exprimer exactement. Et lui, est-ce qu'il était de l'espèce des vautours ? Des prédateurs ? Des colombes ? De celle qui dévore ou de celle qui est dévorée ? Elle était incapable de trouver une réponse satisfaisante, même après deux heures entières passées avec lui…

Jaimé faisait la navette entre la gare et le domaine pour amener les équipes de vendangeurs qui arrivaient d'Espagne. Il avait promis à Simon qu'il lui trouverait « des gars sans problème et qui ne manqueraient pas de cœur à l'ouvrage, même les filles ».

Sur les quais, comme dans le hall de la gare, c'était une cohue indescriptible. On se cherchait des yeux en se dressant sur la pointe des pieds. Une femme était même montée sur un banc et appelait d'une petite voix aiguë : « Miguel... Miguel... »

Elle avait des cheveux noirs partagés au milieu par une raie stricte et coiffés avec deux courtes nattes. Un duvet dur et sombre ourlait sa lèvre supérieure. Elle avait peur. Peur de perdre ce maigre espoir de travail, et elle ne savait plus où était Miguel !

Sous la verrière, des moineaux sabraient l'air de flamboyants coups d'aile. Parfois, un plus intrépide qu'un autre venait se poser en sautillant entre les jambes des nouveaux arrivants pour picorer les quelques miettes que l'un d'entre eux avait laissé tomber d'un sandwich rassis.

Soudain, le visage de la jeune femme s'éclaira. Elle venait d'apercevoir Miguel qui lui faisait un signe de la main par-dessus la foule en agitant la gourde qu'il était allé remplir à la fontaine du quai. Pourtant, un instant plus tard, il fut à nouveau englouti par un tourbillon de vapeur grise crachée par une énorme locomotive qui s'arrêtait dans un grincement de bielles comme si c'étaient toutes ses entrailles d'acier qu'elle secouait.

Dans le hall, une autre femme vêtue de la même robe de jais serrée au col était assise sur une valise. Sarah eut la vision fugitive de leur propre départ d'Alger. C'était une très jeune femme. Elle avait déboutonné le corsage de sa robe et donnait le sein à un nourrisson, indifférente aux regards des hommes qui se coulaient vers sa poitrine. À ses pieds, il y avait un petit berceau en osier.

« Allait-elle emmener l'enfant dans les vignes ? » se demanda Sarah.

Les visages des hommes étaient fatigués, leurs traits souvent soulignés par les reflets bleutés de barbes de deux ou trois jours. Combien d'entre eux avaient-ils voyagé, couchés à même le sol du couloir d'un train bondé, et dormi la tête reposant sur un simple sac de toile ou sur une veste roulée en boule.

Les hommes formaient de petits groupes animés. Ils parlaient espagnol. Sarah ne les comprenait pas, mais devinait ce qu'ils pouvaient se dire. Il y avait ceux qui savaient déjà chez qui ils allaient travailler. Ils avaient dans le regard cette espèce d'assurance tranquille que donne la certitude de savoir où dormir le soir. Ceux qui venaient faire les vendanges depuis plusieurs années déjà donnaient des conseils aux autres, avec la fatuité un peu goguenarde des anciens qui accueillent les nouveaux à la rentrée du pensionnat. Puis il y avait ceux qui avaient pris le risque de venir sans savoir s'ils trouveraient de l'embauche. Sarah les reconnaissait à leurs regards d'animal traqué qu'ils adressaient aux contremaîtres des domaines qui inscrivaient le nom des élus dans leur petit carnet noir fermé par un élastique.

L'homme que Sarah suivait des yeux tendit, en baissant la tête, des papiers froissés à un de ces contremaîtres au pouvoir absolu. Comme il fut soulagé, et Sarah aussi, quand l'autre ouvrit son carnet, mouilla la mine de son crayon et inscrivit son nom à l'intérieur. Il se redressa pour saisir un simple baluchon et se dirigea vers une des nombreuses camionnettes qui attendaient sur la place, moteurs ronflant en empestant l'air.

Jaimé fit monter la jeune femme au nourrisson dans la cabine à côté de Sarah. Elle était accompagnée de son mari qui s'appelait Manuel. Il monta derrière avec les autres sous la bâche, car une petite pluie fine de septembre s'était mise à tomber.

« Elle s'appelle Pilar, dit Jaimé en démarrant. Son mari, c'est Manuel, le fils de ma sœur… Il a été « cogida »… euh, comment dire… accroché par une corne de taureau. Ton père pourra compter sur lui. C'est un sacré meneur de « colle ».

– Et le petit ? demanda Sarah.

– Lui, c'est Juanito. »

Comme s'il reconnaissait son nom, l'enfant tourna la tête et sourit. Il avait deux immenses yeux noirs que Sarah trouva très beaux.

Jaimé était arrivé à six heures pétantes. Il faisait encore nuit quand il arrêta la camionnette dans la cour. Les vendangeurs, logés tant bien que mal dans la grange au-dessus de la cave, venaient à peine de se réveiller. Ils avaient leurs habitudes et avaient toujours préféré la magnanerie à la maison mise à leur disposition sur le domaine.

Simon était en train de pester contre une bouilloire récalcitrante, quand Jaimé entra en essuyant ses gros brodequins trempés de rosée sur la serpillière que laissait toujours Céleste sur le pas de la porte.

« Tu veux du café ?

– M'as-tu déjà vu refuser un café le matin ?

– Faudra que t'attendes que j'aie décoincé cette maudite bouilloire. »

Simon était content d'avoir Jaimé à ses côtés, content qu'il ait encore la force et la volonté de tout organiser, les « colles » en particulier. Lui ne connaissait pas les hommes ni leurs caractères, et constituer des équipes qui ne s'entendent pas, ça peut vous bousiller une vendange.

La petite pluie de la veille avait à peine mouillé la terre, et le ciel ne bouderait pas son plaisir dans un moment. Il fallait juste lui laisser un peu de temps.

« Manuel remplacera ton « quicheur » qui part chez le *patrone*. Il prétend qu'il sait faire. Tu peux avoir confiance, c'est…

– Je sais, un de tes cousins. »

Les deux hommes éclatèrent du même rire complice.

« Sa femme, Pilar, est une sacrée meneuse de « colle ». Avec elle, ta fille aura intérêt à filer doux parce qu'elle n'a pas sa langue dans sa poche, elle aura vite fait de la remettre en place…

– Tu sais avec elle, on ne sait jamais sur quel pied danser. Peut-être que tout se passera bien, puisque c'est elle qui a voulu participer aux vendanges… Et le marmot ?

– Fichtre ! On dirait que ça t'inquiète. Ne t'en fais pas, elle l'emmènera avec elle et le nourrira pendant les pauses, je t'en fiche mon billet. »

Jaimé but une nouvelle gorgée de café brûlant en entourant la tasse de ses deux mains comme s'il voulait les réchauffer.

« C'est un des fils Coste qui fera la navette avec le tracteur jusqu'à la coopérative. Il a son caractère, mais avec lui, pas question de « transporter du bois ». Il faudra des comportes bien remplies. »

Peu à peu, Simon voyait s'organiser le mouvement des hommes et des femmes autour de lui, se dessiner leurs caractères, la manière dont il fallait les prendre et dont ils allaient attaquer leur travail. Il ne les connaissait pas encore, mais à écouter Jaimé, ils lui devenaient peu à peu familiers. Il entendait déjà leurs voix, leurs plaisanteries, et ça le rassurait après l'inquiétude de ces dernières semaines.

« Tu tiens toujours à ton idée de cheval ? »

Sur le ton de quelqu'un prit en faute, Simon répondit :

« Tu sais, ça ne nous fera pas perdre beaucoup de temps. C'est Léonce Audecœur qui le mènera. Je voulais que ce soit Platon qui soit attelé au char pour transporter la vendange du Campe nègre.

– T'as un sacré goût pour... Aide-moi, je ne trouve pas le mot.

– Le retour au passé ? Non, ce n'est pas du tout ça. Je crois que c'est plutôt de la superstition. Ce cheval nous a tellement aidés, que de le laisser de côté pendant la vendange, eh bien, je crois que ça nous aurait porté malheur.

– Il y a peut-être aussi un peu de nostalgie ? demanda Jaimé avec un sourire compréhensif.

– Qui sait ? »

Jaimé avait beau avancer au pas dans les chemins défoncés qui traversaient les vignes, « ça lui secouait la forge », comme il disait. Une ornière plus profonde qu'une autre lui arracha même une violente quinte de toux qui le mit au supplice. Il s'épongea le front avec un immense mouchoir qui lui enveloppa quasiment tout le visage.

« Autant en profiter... Voyons ce « cascaillou » », dit-il quand il eut repris son souffle.

Il arrêta la camionnette et ils descendirent tous les deux. Le soleil qui se levait étendait sur tout le vignoble une lumière rousse aussi satinée qu'une peau de pêche. Jaimé avança de quelques pas dans un rang et souleva une lourde grappe en la contemplant longuement. Simon fut surpris de le voir presque ému, comme s'il était fasciné par ce lent travail de la terre qui avait accompli ce petit miracle de perfection absolue. Il n'y avait sans doute pas plus de douceur dans sa main quand Jaimé caressait le sein d'une femme.

Il prit un grain aussi translucide qu'une améthyste qu'il écrasa doucement entre ses dents, juste pour faire craquer l'enveloppe et faire venir un peu de jus… Et ce jus, il le mâchouilla avant de le faire glisser à nouveau sur la pointe de sa langue, d'en projeter quelques gouttes dans le fond de son palais. Il se recueillait. C'était une prière. Simon l'observait en silence. Jaimé épuisait avec sa langue les sucs et les arômes de ce minuscule grain de raisin. Il en évaluait l'acidité. Simon attendait le verdict de l'oracle.

« On lui donne encore trois jours. On commencera la vendange ici dans trois jours. En venant, je me suis arrêté au Carringuole, lui, il est prêt. Son raisin est à maturité. »

Simon enviait cette espèce d'instinct très sûr que lui avait donné l'expérience et qui permettait à Jaimé, rien qu'en goûtant un seul petit grain de raisin, un minuscule grain de raisin, de dire si une vigne avait atteint la perfection. Et quel vin elle allait donner. Dans la Mitidja, Simon ne s'était jamais vraiment préoccupé de tous ces détails.

Jaimé était reparti vers le domaine, peut-être pour prendre un peu de repos. Par la vitre ouverte, il avait adressé un signe de la main à Simon, qui eut un mauvais pressentiment comme si c'était la dernière fois qu'il voyait son ami.

« Allons, au travail ! » Il avait le cœur serré.

Jaimé avait mis la « colle » en route ; il avait veillé à ce qu'il n'y ait pas le moindre grain de sable qui se mette dans cette belle mécanique huilée par la sueur et le rire. Il avait tout de même dû trancher les derniers différends surgis entre les hommes. Une discussion avait éclaté entre deux Espagnols. L'un refusait d'être coupeur pour se mettre aux sémaliers. Il accusait l'autre de lui avoir pris sa place qui était mieux payée. La discussion tournait au vinaigre quand Jaimé s'était interposé, ramenant les deux hommes à la raison.

« Que se passe-t-il ?

– Rien », avait répondu Jaimé dans un sourire éphémère qui découvrait ses dents jaunies et abîmées par le tabac.

Dans l'équipe, quatre coupeurs seulement n'étaient pas espagnols. Deux frères du Massif central, au caractère ombrageux, qui revenaient chaque année parce que leurs parents faisaient déjà les vendanges du temps des parents d'Antoine

Sauvaire-Ronze. Ils se tenaient à l'écart, ne se mélangeaient pas aux autres et avaient préféré s'installer à la maison des vendangeurs plutôt qu'au domaine. Puis il y avait un couple de Polonais. Lui, s'il était courtaud, il avait des épaules massives, et on voyait les muscles impressionnants de son dos saillir sous le curieux maillot de lutteur qui lui moulait le torse. Il était mineur dans le Nord, et chaque année prenait ses congés pour les vendanges. Au début, c'était pour l'argent, « maintenant, je ne pourrais plus m'en passer... C'est pour le bonheur », expliqua-t-il à Simon avec un large sourire et dans un français hésitant. Elle, ce n'était pas pareil, « elle était là parce que son homme était là », avait-elle précisé en gloussant. Un petit rire aigu qui lui avait découvert deux dents de devant très écartées. Elle avait un joli petit minois tout en rondeur, un nez court, une bouche aux lèvres pleines, et surtout d'immenses yeux verts qui avaient immédiatement réveillé chez Simon le souvenir de ceux de Lucy. Et il avait eu du mal à détacher son regard de cette mousse de cheveux blonds qui faisait comme une tache de soleil sur cette houle de dos courbés et de visages sombres.

Simon s'approcha d'elle à plusieurs reprises, comme s'il voulait vérifier comment elle menait son travail. À la vérité, il attendait juste que ces immenses yeux verts, qui ressemblaient tant à ceux de Lucy, se lèvent vers lui, semblant au début l'interroger, mais devinant très vite ce que l'homme avait derrière la tête. Surtout que Kinda – elle s'appelait Kinda – avait surpris son regard dans l'échancrure d'une blouse sous laquelle folâtraient librement deux seins menus aux boutons denses et bruns. « Presque noirs sur sa peau laiteuse », avait jugé Simon, ce qui l'avait un peu étonné.

Par la force des choses, Simon avait cherché la différence entre cette première vendange en métropole et toutes celles qu'il avait conduites auparavant. Il avait mis un temps à comprendre que, là-bas, la vendange n'y était qu'un travail ordinaire que seuls des hommes accomplissaient dans l'indifférence sur la propriété du colon. Demain, ils émonderaient des arbres, récolteraient les olives, répareraient une charrue, tondraient ou tueraient un mouton, c'était la même chose, c'était le rythme ordinaire d'une vie sans joie et sans peine apparente.

Ici, au contraire, et ce fut une révélation pour Simon, il sentait une onde de sensualité heureuse traverser tout ce corps unique et émouvant, comme si la simple promesse du vin à venir suffisait à délier l'esprit, à rendre possible l'audace des caresses. C'était une fête espiègle, un chant doux et lumineux rythmé seulement par le bruit mat des grappes qui tombaient dans le fond des seilles, le halètement des souffles, le bavardage incessant des femmes qui avaient tant à se dire. Il était ponctué par le même cri qui se répétait dans l'infini du jour : le seau !

Un jeune garçon au visage plutôt rond, qui voulait se vieillir en se laissant pousser une pelade de moustache, passait entre les rangs de vigne pour remplacer par un vide le seau plein à ras bord qu'il allait déverser dans la comporte.

« *Putana d'el virgo !* » (Putain de puceau !), venait de hurler un vendangeur que l'adolescent avait heurté avec un seau plein. Le cri avait déclenché l'hilarité de tous les autres, et en particulier des femmes.

El Virgo, le surnom devait lui rester tout le temps que dura la vendange. Et à chaque fois, malgré son teint mat, on devinait qu'il rougissait, surtout quand c'était une femme qui lui demandait, l'air effronté :

« Viens, mon petit virgo, viens t'occuper de moi. » Parfois El Virgo, les épaules rentrées, se mettait presque à courir entre les rangs de vigne pour ne pas entendre.

Malgré la fatigue qui s'accrocherait bientôt à tous ces corps, Simon savait qu'ils ne refuseraient pas l'humilité du désir.

Jaimé ne s'était pas trompé. Manuel connaissait son affaire. C'était un sacré quicheur. Comme un boulanger pétrit sa pâte, avec ses bras déjà rouges d'un jus épicé qui attirait les abeilles, les genoux appuyés parfois contre le bois de la comporte, il ramenait vers lui les grappes qu'El Virgo venait de déverser. Puis, avec sa « tasse », il les martelait juste avec ce qu'il fallait de force pour éviter de faire éclater les grains, mais tout de même suffisamment pour qu'elles s'écrasent les unes contre les autres avec ce bruit de succion qui ressemblait à celui des baisers. Manuel travaillait à l'oreille. Il savait quand il avait bien fait son travail. Et quand il estimait que la comporte avait la bonne charge, il appelait les « porteurs ». Ils arrivaient avec les sémaliers qu'ils passaient sous les poignées de la comporte. Il y avait un « han ! » comme un cri venu d'une seule poitrine quand ils l'arrachaient de la terre ; bras écartés des épaules, ils la descendaient vers le char à vendange qui attendait en bas. Et ces deux-là s'entendaient comme larrons en foire. Ils avaient tout de suite trouvé la bonne cadence.

Une vendange est toujours cette espèce de danse des corps qui s'écrit en pleins et déliés dans le frémissement d'une vigne qui ruisselle, un culte primitif et ardent que l'on rend à la terre.

Ils avaient commencé par le bas du Carringuole, à partir du chemin bordé d'un rideau de roseaux et de quelques chênes verts qui serviraient l'ombre pendant les pauses.

Le Carringuole montait en une suite d'ondulations douces jusqu'à la lisière du Campe nègre, et d'où qu'il se trouvât, Simon pouvait apercevoir une boursouflure de terre grisâtre parsemée de l'éclat de pierres mises à nu. C'était la cicatrice laissée par les ceps sciés. Au début, il avait eu du mal à en détacher son regard, comme on gratte la croûte d'une plaie, une plaie qui avait réveillé sa colère. Et puis il avait fini par ne plus y penser.

Pilar avait tout de suite trouvé le rythme pour mener sa « colle ». Elle ne laissait personne à la traîne et n'épuisait pas ses gens. Elle tranchait les grappes d'un petit éclat vif de sa lame courbe. Elle avait l'œil pour apercevoir un raisin abîmé qu'elle laissait tomber à côté du seau. Pour se protéger du soleil, elle avait mis un foulard bleu roi sur ses cheveux. Elle semblait si frêle qu'on se demandait où elle puisait toute cette force pour avancer sans fatigue apparente. De temps en temps, elle se relevait pour se masser les reins et jeter un regard à la corbeille d'osier dans laquelle dormait son petit. Elle l'avait installé à l'ombre d'un cep. Un voile de gaze en mousseline protégeait l'enfant des abeilles.

Dans le sillage de Pilar, Sarah peinait à suivre. Elle était en sueur et avait l'impression que tout son corps n'était plus qu'une boule de feu. Puis, peu à peu, cette chaleur acide qui rongeait chacun de ses muscles finit par faire refluer la douleur.

« Repose-toi… Je te remplace un moment », lui proposa Simon en s'approchant d'elle. Il avait été surpris et heureux qu'elle veuille faire les vendanges. « C'est pour gagner des sous », lui avait-elle expliqué. Il croyait surtout que ça avait été sa façon à elle de montrer qu'elle commençait à s'attacher à ce coin de terre.

Elle commença par refuser avant de céder. Et maintenant, c'était Simon qui essayait de suivre la cadence imposée par Pilar. Il peinait d'autant plus à suivre que, dans le rang d'à côté, il apercevait, à travers le feuillage qu'il soulevait pour couper le raisin, comme un éclat de lumière : les immenses yeux verts de Kinda qui lui souriaient.

À la pause de midi, le fils Coste avait déjà fait un premier voyage jusqu'à la coopérative, et un nombre respectable de comportes s'entassait à nouveau sur le plateau du char. Un moment, Simon avait imaginé garder sa part de raisin du métayage pour la mettre dans ses cuves, mais ça aurait compliqué les choses, et il avait finalement renoncé : il se contenterait de ce que donnerait le Campe nègre pour faire son vin.

Ça avait été une course joyeuse pour se disputer l'ombre et le petit carré de gazon qui apporteraient un peu de douceur aux dos brisés. On avait sorti des paniers en osier des quignons de pains, des bocaux d'anchois ou de poivrons à l'huile qu'on étalait sur la mie. Il y en a qui effeuillaient des bottes de cébettes qu'ils croquaient en silence après les avoir trempés dans le sel. Tout le reste de la journée, leur haleine empesterait l'oignon, et plus d'une allait râler. À croire qu'ils le faisaient exprès. Un grand Espagnol au front large, avec les cheveux huilés qu'il avait tirés en arrière, avait du mal à se courber pour tailler un reste de serrano qu'il avait coincé à la pliure de son genou. Il coupait de petites tranches de jambon qu'il tendait à sa femme et à El Virgo, son fils. Et bientôt, on commença à faire circuler les « pourros » de bouche en bouche. Chacun faisait gicler un jet de vin au fond de sa gorge, avant de passer l'outre au suivant. C'était le rituel. Rapidement, le vin alluma les regards quand ils se posaient sur les corsages des femmes. C'est pourtant avec toujours cette même indifférence paisible que Pilar sortit un sein que le nourrisson se mit à téter goulûment.

Ils mangeaient avec hâte, le vrai repas c'était pour le soir, avant de s'allonger et de fermer les yeux. Parfois, il y en avait un qui se mettait très vite à ronfler, comme José qui dormait les deux mains croisées sur un ventre qui s'épanchait. Il avait quitté ses espadrilles pour laisser ses pieds nus se brûler au soleil, si bien que deux lascars se mirent à ramper jusqu'à lui pour les lui tremper dans de l'eau glacée. « Pour le faire pisser dans son froc », dit le plus jeune en rigolant. Personne ne sut jamais si la manœuvre avait réussi.

Sarah mordait à pleines dents dans sa pomme. Elle était assise près de Kinda et observait une fourmi lui escalader le mollet.

« Tu vas au bal des vendanges ? lui demanda Kinda.

– Le bal des vendanges ? »

L'étonnement de Sarah déclencha un fou rire chez la jeune Polonaise.

« Bien, d'où tu sors, toi ? Il y en a toujours deux ou trois qui viennent avec leurs instruments, et hop, à la fin de la semaine, en deux coups de pistons et trois notes d'harmonica, ils ouvrent le bal sur la place. On vient de tous les alentours… Et faudrait pas qu'un de ces gaillards n'ait plus la force pour faire danser une fille, il serait la risée de tous. »

Si Kinda avait été plus attentive, elle aurait vu qu'elle avait bouleversé Sarah, qui n'aimait pas particulièrement danser, cette perspective l'effrayant même un peu, mais dès que la jeune Polonaise lui avait parlé du bal des vendanges, elle avait immédiatement pensé : « Lui, il viendra forcément » ; et aussitôt elle avait murmuré : « Mon Dieu, faites qu'il vienne », tout en se rendant compte de l'insignifiance et de l'absurdité de sa prière.

XI

Le bal des oiseaux

LA MUSIQUE DÉLIE LES CORPS de la fatigue comme on délie d'un serment. Dans la transparence légère d'un jour qui s'essouffle, les danseurs tourbillonnent en ombres enlacées comme ces silhouettes découpées dans un bristol noir qu'on fixait jadis sur le plateau d'un phonographe.

En grandes coulées de rire, on s'était hâté à travers les ruelles trop étroites du village pour se serrer autour de cette place. Finalement, c'était un violon, un piston et un accordéon qui faisaient orchestre. On leur avait même dressé une estrade décorée de feuilles de noisetier qui se fanaient en répandant une odeur sèche se mêlant à celle des moûts fermentés qui s'était abattue au-dessus du village comme une chape de plomb.

La guirlande d'ampoules multicolores qu'on vient d'allumer donne aux musiciens un teint uniformément olivâtre. « L'accordéon », un grand gaillard, qui a conservé sa casquette vissée sur la tête et qui tire sur ses soufflets comme sur une forge, a du mal à tenir le tempo. Il a vite fait de prendre une demi-mesure de retard sans que personne ne s'en soucie vraiment, excepté ses deux compagnons qui lui adressent des regards furibonds.

La majorité des garçons est en chemise blanche. Ils ont remonté leurs manches au-dessus du coude. Les filles portent des robes fleuries évasées qui tourbillonnent. On a aussi installé des bancs tout autour de la place, entre les platanes, pour que les plus vieux tiennent les filles à l'œil. Mais que peuvent-elles savoir les vieilles femmes de ce qui se murmure dans une oreille ? De toute façon, les filles s'en moquent comme de leur premier baiser. Il y a en elle une hâte impudique à mordre à pleines dents dans cette poussière de vie qu'elles savent d'instinct si brève.

Un bal des vendanges, c'est une occasion de plus, voilà tout. Elles ont les lèvres qui brillent de salive ou de rouge. Ce sont elles qui acceptent ou refusent l'invitation du cavalier. Elles guignent celui qui a travaillé tout l'après-midi dans le rang de vigne voisin du leur, et auquel elles ont déjà dit oui d'un sourire. Refuser l'autre, c'est une sentence qui tombe. Ces trois-là qui se tiennent par la taille ne se rendent même pas compte qu'elles ont fait du mal à ce garçon timide, aux lunettes rondes et aux cheveux en épi qu'il n'a pas réussi à discipliner malgré la gomina, et qui vient de les inviter l'une après l'autre. C'est du désespoir qui se lit sur son visage. Il se tient là, tout désemparé, au milieu des couples de danseurs qui le bousculent sans le voir. Sa vie venait de perdre tout son sel puisqu'il ne tiendrait pas entre ses bras un de ces corps qui ondulaient comme une gerbe de blé et qui avaient enflammé son imagination. À quoi cela avait-il servi qu'il se casse les reins depuis une semaine sur le domaine de Germain Salves, s'il ne pouvait même pas presser contre lui une de ces tailles félines comme une promesse de bonheur brutal. Pour l'argent ? Il s'en moquait. Pour le vin ? Le vin lui donnait la nausée. Et dans ce soir encore tiède, il se sentit soudain glacé. Sûr, il se serait contenté de la plus laide des trois, celle qui balançait à droite et à gauche une énorme queue de cheval en fermant ses yeux globuleux.

De tous les domaines alentour, on était descendu au bal des vendanges. Personne n'aurait voulu manquer cette récréation des sens. Plus tard, quand le vin aurait éméché les esprits, quelques brèves bagarres éclateraient à propos d'une fille. Mais pour le moment, on se parlait du sourire.

Manuel attendait le premier paso-doble pour entraîner Pilar sur la poussière qui faisait comme le cercle d'une piste. Il aimait cette danse à la fois échevelée et courtoise, cette course enjouée tandis que les regards se cherchent et se fuient, que les nuques s'incurvent, que les dos se raidissent. Ce paso-doble qu'ils attendaient, c'était le rythme clinquant du piston qui allait une nouvelle fois les bouleverser. C'était leur secret. Cette nuit, Manuel lui ferait l'amour, et Pilar le savait.

Sarah aussi attendait nerveuse, l'humeur maussade, plantée comme un piquet de pâture au milieu de ceux qui travaillaient sur le domaine et qui s'étaient tout naturellement regroupés. On la dévisageait. Mais personne ne l'avait encore invitée à danser de peur d'essuyer un refus. Kinda venait de lui faire un petit signe d'encouragement qui voulait dire « Allez, vas-y ». Elle avait mis du rouge à lèvres mauve. Sarah trouvait que cette couleur lui allait bien. Était-ce Kinda qui avait demandé à José de venir l'inviter ? Elle fit celle qui ne comprenait pas son français balbutiant pour refuser. Elle portait le même pantalon et la même chemise de toile rêche que pour les vendanges. Au moment où elle sortait, son père avait demandé :

« Tu ne te changes pas ?

– Pour se retrouver au milieu de tous ces ploucs, je n'en vois pas l'utilité.

– Personne ne t'oblige à y aller, si c'est une corvée.

– Ça me regarde !

– Tu devrais faire attention à ce qu'ils vont penser de toi.

– Depuis quand te soucies-tu de ce qu'on pense de nous ? » avait-elle répliqué rageusement.

Simon eut un geste résigné de la main qui signifiait que, décidément, jamais il ne comprendrait sa fille.

Et maintenant, elle égrenait des secondes qui lui paraissaient des heures, tandis que les musiciens attaquaient une série qui prétendait être du rock and roll. Elle se dit qu'elle détestait le rock and roll. Qu'elle détestait les slows. Qu'elle détestait les valses. Qu'elle détestait le twist. Elle détestait tout et se demandait ce qu'elle pouvait fiche au milieu de cette foule ridicule qui s'agitait dans tous les sens.

« Un Sauvaire-Ronze aurait-il peur de se mélanger avec le petit peuple des vendangeurs », se demanda-t-elle, et ce fut comme une illumination. Oui, c'était l'explication. Plus rien ne l'étonnait venant de cette famille momifiée dans son orgueil. Des courses d'attelage ? Elle n'en revenait toujours pas. Et en même temps qu'elle se disait tout cela, elle ressentit un immense découragement. Elle était abattue. Sans force. Elle n'avait même plus celle de partir.

Il lui fallut un instant pour le reconnaître quand il s'avança vers elle en s'inclinant légèrement avec cette allure un peu guindée qu'elle avait déjà remarquée. Il portait un costume gris et une cravate bordeaux à rayures sur sa chemise blanche.

« Comment ?

– Vous dansez ? »

Elle l'avait fait répéter.

Subitement, c'est elle qui se sentit ridicule dans ses vêtements de toile rêche qui lui donnaient un air de grisaille triste. Pourquoi n'avait-elle pas écouté son père ? Pourtant, elle se laissa emporter comme on s'abandonne aux vagues de la mer. Porter, c'était le mot qui était le plus juste. Elle ne pensait plus à rien. Elle ne savait même pas sur quelle musique elle dansait. D'ailleurs, elle ne savait pas danser. Elle détestait la danse. Mais voilà, elle était serrée contre sa poitrine, exactement comme la première fois quand il l'avait arrachée à la charge des forces policières. Et c'est tout ce qui comptait.

Depuis l'histoire du tir, le fiel avait commencé à se répandre. Mais jusqu'alors la médisance avait joué sa petite musique en sourdine, elle n'avait pas grand-chose à se mettre sous la dent. Maintenant qu'ils osaient s'afficher aux yeux et à la vue de tous, ça dépassait les bornes. Ça leur donnait le droit de parler.

« Ma parole, cette petite juive l'a ensorcelé.

– Tu penses, un domaine pareil, c'est du beau vinaigre pour attirer les mouches.

– Ils ne reculeront devant rien pour s'y incruster.

– À mon avis, il lui a jeté sa fille dans les pattes. Tu sais bien que ces gens-là sont capables de tout.

– Et toi, Claire, qu'en dis-tu ? Tu tolères ça devant tes yeux ?

– Mais on ne s'est jamais rien promis. Il est libre », répliqua sèchement la jeune fille qui ne quittait pas le couple des yeux.

Jacques et Sarah enchaînaient danse sur danse sans souffler, comme s'ils ne pouvaient plus se détacher l'un de l'autre.

Claire était brune avec des traits un peu lourds, en particulier un menton trop fort. Mais elle avait surtout des yeux très bleus, couleur de myosotis exactement, qui auraient dû la rendre très belle si elle n'avait pas eu la bouche jalouse. Le scandale était en marche.

Avec Sarah, Jacques avait fait un pas en avant et deux en arrière. Elle lui rappelait trop l'autre, la petite Berbère, pour qu'il résiste longtemps. Il n'aimait pas Sarah. Il la désirait, et peut-être que ce désir était un début de rédemption.

Le scandale était en marche, mais en ce moment c'était la dernière chose qui lui importait.

« Enfin, assieds-toi, tu me donnes le tournis ! Te rends-tu compte que tu nous mets dans une situation impossible ? Depuis trois jours, on ne parle que de ça à ton père !

– Ce n'est tout de même pas un crime d'avoir fait danser une gamine.

– Un crime, non, une faute de goût, oui, et surtout une provocation gratuite. Encore, si tu t'étais contenté d'une danse… Tu sais qu'ils étaient à l'affût et que ta conduite ne passerait pas inaperçue. C'est comme si tu jetais à la figure des Salves, des Pradal, des Caujal, que leurs filles étaient des gourdes sans intérêt.

– Ils s'en remettront.

– Laisse ta morgue de côté. Ils ne nous le pardonneront jamais. Même Claire, tu ne l'as pas…

– Oh ! fiche-moi la paix avec cette pimbêche qui a les seins qui tombent.

– Ne sois pas grossier en plus. »

La mère de Jacques est assise dans un fauteuil bas au tissu fleuri si élimé qu'on l'a recouvert d'un carré d'étoffe. Elle en froisse nerveusement le coin. Elle a la bouche sèche, les lèvres si serrées qu'on se demande comment les mots peuvent en franchir la barrière. D'ailleurs, elle ne parle pas, elle siffle.

« Il faut que tu te reprennes, mon garçon… Antoine, dis-lui qu'il faut qu'il se reprenne. »

Elle s'est tournée vers son mari, qui lui fait face dans un autre fauteuil, et murmure si bas qu'il peine à l'entendre.

« Après tout, c'est de ta faute, c'est toi qui leur as ouvert notre porte, qui leur as donné nos vignes à travailler, et toi qui leur as vendu le Campe nègre. »

Jusque-là, Antoine Sauvaire-Ronze avait affecté une indifférence bon enfant à l'égard de ce qui se disait. Il faisait doucement craquer l'enveloppe d'un de ses cigares près de son oreille.

« L'humidificateur doit mal fonctionner », songeait-il. Acculé, il répliqua :

« Tu as pris leur argent, t'es contente de l'avoir, non ? »

Et à Jacques, il dit d'une voix molle :

« Tu devrais écouter ta mère », avant de revenir à son cigare, et au petit bruit crispant de l'enveloppe. Il avait toujours eu horreur des scènes.

Jacques baisse les yeux sur le tapis. Lui aussi est élimé. On en voit la trame. Tout est élimé ici, vieux, usé, leur obsession étant de sauver les apparences. Mais combien de temps encore pourront-ils donner le change ? Leur monde est condamné, condamné à disparaître comme ces animaux préhistoriques qui n'avaient pas su s'adapter aux changements de climat. Mais s'adapter, ça signifie quoi exactement ? Acheter davantage de machines, répandre davantage d'engrais pour faire davantage d'un vin dont personne ne veut ? Il n'était pas vieux et il avait l'impression de n'avoir connu que des crises dans ce vignoble.

« Tu dois penser à notre famille. Elle doit tenir son rang, et il vaudrait mieux pour tout le monde que tu cesses de voir cette gamine… »

Sa mère marqua un silence avant d'ajouter :

« Et en plus, elle est juive. »

Depuis un moment, Jacques n'écoutait plus sa mère. Sa voix se perdait dans la brume des mots. Là, il avait tressailli. Il ne la reconnaissait pas. Elle avait la bouche déformée par quelque chose qui ressemblait à de la haine, une haine séculaire inscrite dans les gênes de ces vieilles familles usées.

« Ah, c'est donc ça !

– Ça n'a rien à voir.

– En es-tu si sûre ? Si elle n'était pas juive, est-ce qu'au contraire tu ne serais pas ravie ? Depuis le temps que tu me serines que je dois m'établir. »

Sa mère ne répond rien. Elle se lève brutalement de son siège manquant de faire tomber un des affreux bibelots de porcelaine que Jacques déteste. Elle claque la porte en sortant de la pièce.

« Tu vas partir au Portugal, susurra son père. La famille de Miguel Maria Esposito Santo Ricciardi t'attend. »

L'obliger à partir, c'est tout ce qu'ils avaient trouvé ! L'éloignement forcé a toujours été un grand classique des vaudevilles familiaux. Ce n'était pas non plus une surprise : son séjour dans cette famille de producteurs de vin de Porto, au nom long comme un pensum, était prévu depuis longtemps. Simplement, ils précipitaient un peu les choses. Ensuite, ce serait l'Argentine, puis l'Australie, avant de finir le périple par la Mapa Valley, où l'on prétendait que les Américains commençaient à faire un vin buvable, ce dont il doutait. Ensuite, il reviendrait pour s'occuper avec son père du domaine, dans la famille depuis trois cents ans. En tous les cas, cette sorte de compagnonnage des chais était une idée neuve de son père. Il répétait souvent « qu'il fallait aller voir ailleurs si on voulait progresser ». Une philosophie qui était en étrange contradiction avec la manière dont il gérait ses propres vignes.

« Comme ça je finirai bien par l'oublier, par tout oublier d'ailleurs », se dit à lui-même Jacques.

Quand Sarah releva la tête, elle aperçut au loin un vol immense d'étourneaux qui se déplaçaient en tourbillonnant comme une colonne de fumée noire charriée par le vent.

« Ils s'impatientent. Ils attendent la curée... Tu les verras s'abattre sur la vigne sitôt la vendange terminée. Ils ne laisseront pas le moindre grain et, crois-moi, ils vont chier rouge », lui expliqua Léonce Audecœur avant de s'esclaffer.

Ils venaient de remonter de la magnanerie avec le char vide tiré par Platon. Simon chassa de son esprit le présage absurde qu'il venait d'inventer, et il attacha la longe du cheval au tronc d'un chêne vert nain. Platon plongea aussitôt les mâchoires dans sa poche d'avoine.

Simon était fier de son idée du cheval. En se passant du tracteur, non seulement il ne devrait rien aux Sauvaire-Ronze, mais Platon rendait cette vendange plus vivante. Comme si le rythme paisible de l'animal, avec cette façon têtue de secouer la tête en tirant sur ses harnais, sa prudence craintive dès qu'il devait lever un peu trop haut son sabot au-dessus d'une pierre, finissait par retrouver en une sorte d'accord mystérieux et musical le rythme même de la terre.

On avait moqué son goût du passé qui aurait dû le rapprocher d'Antoine Sauvaire-Ronze. Ce n'était pas exactement ça, mais plutôt une volonté de jouir de cette secrète harmonie.

Dans les cuves, ça avait commencé par un murmure prudent comme on tâte de la pointe du soulier un sable meuble pour savoir où on met les pieds. Rassuré, ça s'était enhardi. Puis, petit à petit, ça s'était mis à ronronner de plaisir comme un chat qu'on caresse sur le ventre. Des bulles étaient venues crever à la surface comme autant de clins d'œil en répandant cette odeur aigrelette qui vous saisit au collet et qui s'insinue partout comme des caresses de femme. C'était l'odeur du vin qui balbutie.

Pour Simon et le vieil Espagnol taciturne qui l'aidait aux cuves, c'était l'odeur même de la vie qui recommence.

« Le raisin se grise », avait dit Léonce Audecœur en reprenant son souffle, parce qu'une comporte, ça pèse. Mais il ne faut pas qu'il s'enivre, sinon on calme ses ardeurs. On lui rafraîchit les esprits. On mate cette fermentation qui s'emballe. C'est ce qu'ils venaient de faire ce matin même en déversant plusieurs comportes de raisin qu'ils avaient coupées dès l'aurore, un raisin qui avait gardé toute la fraîcheur de la nuit. Ils l'avaient versé dans chacune des cuves qu'ils avaient pris soin de ne pas remplir à ras bord la veille, comme on se garde une petite place pour le dessert. Et Simon avait écouté cette musique comme si c'était la première fois qu'il l'entendait.

Même Jacob avait été attiré. Sa longue silhouette un peu voûtée s'était découpée dans le carré du jour de la porte. Il les avait regardés longuement faire. Pour une fois, il avait fait semblant de s'intéresser au travail de son fils.

Sur le Campe nègre, c'était toujours Pilar qui menait la « colle », Manuel qui tassait le raisin dans les comportes. C'était toujours les mêmes porteurs aux sémaliers, sauf qu'ici, c'était plus dur parce que la pente était plus raide. Ça se voyait aux muscles qui faisaient craquer la masse des épaules, aux pieds qui ripaient sur les cailloux. Comme s'ils s'étaient donné le mot, les plaisanteries se faisaient plus rares.

Il y avait toujours aussi le même éclat de soleil des cheveux de Kinda, qui captait le regard de Simon comme un miroir la lumière. Tout était pareil, sauf qu'ici, c'était pour son vin à lui que tout s'accomplissait.

Avant de commencer la vendange sur le Campe nègre, il avait voulu faire comme Jaimé : goûter un grain de raisin de chaque parcelle pour voir la maturité. Il avait été incapable d'en tirer la moindre conclusion. Alors, il avait tout bonnement commencé par les parcelles plantées en merlot, puis il finirait par celles plantées en mourvèdre et en cinsault.

Sarah était étonnée de voir avec quelle rapidité son corps s'était habitué à la vigne. Depuis longtemps, le manche de la serpette ne lui brûlait plus la paume, et son dos avait trouvé l'inclinaison parfaite qui lui permettait de suivre la cadence des autres sans trop de peine. Même si parfois elle trichait un peu, étant donné qu'il n'était pas tout à fait plein quand elle criait « le seau ! », ce n'était pas grave, surtout qu'elle n'y mettait jamais la moindre grappe abîmée. Elle les coupait, mais les laissait choir à ses pieds.

« Comme ça, les bécasses vont se régaler », avait remarqué Léonce Audecœur.

Kinda l'avait prise en amitié. Elle lui avait demandé, avec ses yeux rieurs, ce qui s'était passé après le bal.

« Parce que ça en a fait du foin… », avait-elle ajouté.

Sarah avait répondu :

« Rien.

– Comment ça, rien ? Même pas un petit baiser ?

– Non. Je suis rentrée seule.

– Quel idiot de bouder une belle fille comme toi, il finira par s'en mordre les doigts quand l'oiseau ira voir ailleurs, n'est-ce pas ? » et elle prit un air faussement ingénu.

Le soleil s'était niché au creux d'une couronne de nuages pommelés qui paraissaient immobiles. El Virgo descendait vers la comporte un seau dans chaque main, en faisant attention à ne pas perdre l'équilibre. C'est lui qui, le premier, aperçut le gamin qui avançait sur le chemin en pédalant sur son vélo. Il ne mit même pas un pied à terre. Il se tenait au bord du char sur lequel on avait déjà arrimé plusieurs comportes. Il cria :

« Je cherche Simon Hamani.

– Qu'est-ce que tu lui veux ? »

Simon a laissé tomber son sécateur au pied du cep qu'il était en train de dépouiller de son raisin et s'est approché, soudain inquiet.

« Je viens te dire que Jaimé est mort et que Céleste ne t'attend pas avant ce soir. » Puis, satisfait d'avoir dit ce qu'il avait à dire, il ajouta :

« C'est ma grand-mère qui vient de m'acheter mon vélo. »

Simon pensa que, pour le gamin, le fait que sa grand-mère lui ait offert ce petit vélo bleu avait infiniment plus d'importance que la mort de Jaimé.

Le gamin était en culottes courtes de velours, avec des bretelles vertes sur une chemisette à gros carreaux.

Des bretelles vertes et un vélo bleu, Simon sut tout de suite qu'il n'oublierait jamais ces détails. La mort est toujours entourée de détails insignifiants. Il se dit qu'il venait de perdre le seul véritable ami qu'il ait jamais eu et se sentit envahi par une insondable tristesse. Toutefois, il reprit son sécateur et continua de remplir son seau de ce raisin aussi beau qu'un bijou.

Le soir, Céleste ne pleurait pas. On voyait seulement qu'elle se raidissait pour tenir contre la douleur. Elle lui expliqua que c'était une mare de sang qui avait éclaté dans les poumons de Jaimé, qu'il n'y avait rien eu à faire. Puis elle versa une tasse de café à Simon. Depuis la mort de Jaimé, c'est fou ce qu'elle avait pu faire comme café.

Les vendanges s'achevaient. Magalas retrouvait son calme habituel. Finies les odeurs d'huile d'olives frites qui grésillaient dans la rue et d'anchois salés qui y répandaient celle de la saumure. Au crépuscule, il n'y avait plus guère de monde pour déambuler sous les platanes en essayant de tromper la fatigue et l'ennui. Comme un reflux, les vendangeurs reprenaient par petits groupes le chemin de la gare. Parfois, ils attendaient sur la place que les camionnettes des domaines les prennent pour faire le trajet en sens inverse. C'était toujours un moment de tristesse qu'on essayait de cacher derrière une gaieté factice.

Plusieurs fois, Simon était passé devant le bistrot du Gros Pierre, qui ne désemplissait pas, car dans cette affaire de départ, seuls les bistrots y trouvaient leur compte. Rien de tel que quelques apéritifs bien tassés pour noyer un chagrin ou prolonger un peu l'amitié.

À l'intérieur, on entendait la voix de basse du Gros Pierre énoncer.

« Un pastis, un ! Un picon bière, un ! Un whisky ? Est-ce que tu m'as bien regardé ? » et le Gros Pierre de prendre les autres à témoin qui ne demandaient qu'à se payer une bonne pinte de rire aux dépens de l'innocent qui avait osé commettre ce sacrilège : demander un whisky. Et le Gros Pierre poursuivit :

« Dis-moi, chez nous, on n'est pas des Ricains. On boit tricolore. Goûte-moi ce blanc, il vient de chez les Boyer, tu vas m'en dire des nouvelles. Ça vaut tous les whiskies de la terre. »

Et l'autre de tremper deux lèvres timides sur le bord d'un verre gris de buée glacée.

« Alors, il n'est pas bon mon blanc ? »

L'autre opina, déclenchant une vague d'hilarité. De toute façon, il n'avait pas trop le choix, quand le Gros Pierre avait trois barres verticales qui fronçaient entre ses épais sourcils et qu'il s'essuyait nerveusement les mains sur la bavette de son tablier de toile bleue, mieux valait ne pas discuter et trouver le blanc de chez les Boyer excellent.

« Un frontignan ? Ah, je vois que monsieur est connaisseur ! »

Et les bouteilles voltigeaient, quelquefois une dans chaque main. Comme voltigeait le torchon d'Émilie, la serveuse qui remettait à sa place une main un peu trop entreprenante.

« Quand tu penses que c'est le Gros Pierre qui lui met ses grosses paluches recouvertes de poils où je pense, c'est vraiment pas juste.

– Es-tu si sûr que ça qu'ils couchent ensemble ? C'est que la Marthe n'est pas commode.

– En tous les cas, c'est ce qui se dit.

– S'il fallait faire crédit à toutes les rumeurs… »

La voix du Gros Pierre dominait le vacarme des adieux. Sur le zinc, on se serrait les coudes. Dans ce bistrot, on trouvait un peu de cette chaleur que les hommes savent si bien réinventer chaque fois qu'ils ont peur. Il y en avait deux là-bas, sur la table au coin, qui se tenaient la main par-dessus leurs verres. Ils étaient jeunes tous les deux. C'était la table de Jaimé où il jouait au jacquet. À voir le teint sombre de l'un et la blondeur de l'autre, on savait que leur amour n'allait pas prendre la même direction. Cela faisait un moment que Simon les observait par-dessus le rideau qui partageait la vitre en deux. Mais il n'osa pas entrer et il poursuivit son chemin avec une impression de vide en lui, encore plus forte.

Les ombres s'allongeaient. Les sermons du curé tombaient dans le vide des dimanches ordinaires sur les têtes inclinées couvertes de fichus en dentelle de quelques vieilles qui marmonnaient les prières dont elles seules connaissaient le sens. Dans la troisième travée, un gamin se contorsionnait pour essayer de relacer une de ses chaussures vernies sans se faire remarquer. H finit par faire tomber son missel, ce qui fit, dans cette église aux trois quarts vide, un boucan du diable. C'en était fini du temps des quêtes mirifiques qui ressemblaient à des noces de Cana parce que les Espagnols, qui se pressaient à l'église au plus fort des vendanges, avaient, ça c'est sûr, la piété généreuse.

Ne restaient plus dans les caves coopératives que ceux dont on avait besoin pour aider aux « pressées ». Simon Hamani avait gardé Manuel, Pilar, Kinda et son mineur de fond, ainsi qu'un vieil Espagnol qui flottait dans son pantalon de toile tellement il était maigre et noueux. Léonce Audecœur était là aussi.

Les autres avaient défilé un par un dans la grande pièce, quelquefois deux par deux quand il y avait un mari et une femme, et il leur avait compté leur argent sur la toile cirée avant de glisser les billets dans une enveloppe et d'inscrire la somme sur le registre.

Manuel avait fait la moue devant le pressoir vétuste.

« Il n'est plus de première jeunesse », avait surenchéri Simon comme pour s'en excuser.

« Il y a pire », avait dit un Manuel confus qui venait de se rendre compte que, sans le vouloir, il avait blessé Simon.

Dans les cuves, les raisins arrondissaient leur humeur. Chaque cépage avait un temps de méditation différent, donc ils avaient chacun la leur. Ainsi le grenache, le mourvèdre, la syrah, le cinsault allaient-ils mener chacun de leur côté leur petit bonhomme de chemin jusqu'au moment où Simon les assemblerait comme un peintre marie ses couleurs sur la toile.

Ils avaient retiré les premiers jus qui avaient cavalé à travers la manche, et maintenant le Polonais et le vieil Espagnol, qui s'appelait aussi Miguel, sortaient à la fourche ce qui restait de rafles dans la cuve. Il fallait faire attention au gaz carbonique, sinon il ne vous loupait pas. Les premières grappes se mirent à tomber dans la cage, et aussitôt un jus couleur de sang clair coula dans la gerle.

Manuel et Simon s'étaient mis à la barre du pressoir. Ils avaient donné une première poussée, et la vis s'était mise en branle, le bruit métallique du cliquet semblant rythmer leur effort. Quand le plaisir l'emporte sur l'épuisement, ça aide à oublier tout le reste. Manuel et Simon étaient en sueur, mais maintenant le jus s'écoulait en gros bouillons réguliers dans la gerle. Même s'ils ne parlaient pas de lui, on devinait que chacun d'eux pensait à Jaimé. Le moment où l'on presse le raisin est habituellement un moment de joie. Là, au contraire, on sentait qu'une tristesse épaisse s'était abattue sur eux.

À propos de Jaimé, chacun se rappelait une histoire. Forcément, ce n'étaient pas les mêmes, puisque chacun avait connu un Jaimé différent, mais leur tristesse se ressemblait dans cette odeur poisseuse et aigre du vin en train de se faire.

Les choses auraient pu prendre une tournure différente. Parfois il suffit d'un détail infime pour faire basculer radicalement une vie dans un sens ou dans un autre. C'est toujours ce qu'on se dit après coup, même si le poids de ce fichu hasard a quelque chose de fascinant. Si Sarah n'avait pas entendu le moteur de la Dauphine hoqueter et finalement démarrer, alors que son père essayait de le mettre en route depuis un moment, si elle n'avait pas eu l'envie soudaine de l'accompagner, ou si seulement ils étaient partis quelques instants plus tard, rien ne se serait passé. Mais à quoi ça sert de ressasser tout ça ? À rien, et ça peut rendre fou.

Elle n'a pas voulu non plus le suivre dans les bureaux de la mairie, où il avait été convoqué pour une histoire de formulaires à remplir.

« Je vais étouffer là-dedans. Je t'attends dehors », avait-elle maugréé.

Et elle l'attendait, l'air boudeur, assise sur une borne. Elle pensait qu'elle allait devoir bientôt retourner se momifier au lycée pour une nouvelle année morne et grise. Ces quelques mois de pleine liberté qu'elle venait de vivre l'avaient guérie de sa nostalgie. De la même façon, elle avait réussi à le chasser de son esprit dès lors que sa fierté l'avait emporté sur son désir de le revoir.

Elle n'avait pas essayé de le revoir, et voilà qu'il traversait la rue pour venir vers elle, la main déjà tendue, avec cet air d'indifférence un peu lasse qui l'agaçait tant. Ce type n'était qu'un costume fatigué. Mais pour qui se prenait-il ? C'est sûr, cette fois elle allait le gifler.

Sa grand-mère répétait souvent « qu'une fille n'était pas adulte tant qu'elle n'avait pas giflé un homme ». À coup sûr, dans un instant elle serait plus vieille de quelques années. C'est ce qu'elle se répétait pour affermir sa volonté, tout en se demandant où sa grand-mère pouvait bien aller chercher des idées pareilles. Mais une fille de métayer, gifler le fils du propriétaire, ça aurait belle allure, non ? Sarah était prise dans un tel tourbillon de sentiments contradictoires qu'elle sentit qu'elle perdait pied. Elle voulait le gifler, au lieu de quoi, le sourire qu'elle lui rendit était si crispé qu'il ne put dissimuler un certain amusement. Elle bredouilla un vague bonjour et se mit à rougir :

« Je n'ai pas pu vous revoir plus tôt.

– Ce n'est rien. »

Elle disait exactement le contraire de ce qu'elle pensait. Il avait dû s'en apercevoir, car maintenant il souriait d'un air narquois. Elle avait les joues en feu tandis qu'il continuait :

« Je vais partir bientôt pour le Portugal. Vous savez, c'est une tradition entre grandes familles de vignerons – elle remarqua qu'il avait mis beaucoup d'ironie en prononçant le mot grande. On échange nos petits secrets. J'apprendrai ceux du vin de Porto, et je suppose qu'ils ont un fils ou une fille que nous recevrons à notre tour. »

Et Jacques Sauvaire-Ronze ajouta, songeur, en laissant sa phrase en suspens :

« De notre côté, je ne vois pas trop bien ce qu'on pourrait leur apprendre, peut-être votre père si… »

Elle lui lança un regard de bête traquée. Quand les mâchoires du piège se referment sur sa patte, le renard doit avoir exactement le même et, sans réfléchir, elle dit :

« J'aimerais tant partir avec vous !

– Si je vous prenais au mot.

– Ce n'était qu'une boutade... Je disais cela comme ça... Et pourquoi je partirais avec vous ?

– Parce que vous en avez envie, non ? »

Cette fois, elle ne sut que répondre.

Ce mot partir recèle tant de mystères, tant de possibilités inconnues que c'était un des rares mots qu'elle trouvait véritablement éblouissant. Elle imaginait bien sa vie comme une sorte de voyage perpétuel à la poursuite des oiseaux.

Si elle avait été là, sa mère lui aurait dit, en guise de reproche, qu'elle ne savait pas regarder la réalité en face.

Lui non plus n'avait guère dû réfléchir quand il répéta du bout des lèvres :

« Pourquoi pas, si vous en avez envie ? Le voyage serait beaucoup plus agréable avec vous à mes côtés. »

Était-il cynique ? Jamais il n'avait eu la moindre intention de s'encombrer de ce fardeau de plumes, mineur de surcroît. Mais il avait vu son regard devenir soudainement si lumineux qu'il n'avait pas eu le courage de la détromper. Et petit à petit s'insinua en lui l'idée que cet interminable voyage serait infiniment moins monotone si elle l'accompagnait.

« Bah ! Au pire, je la remettrai dans le train aussitôt arrivés, et j'aurai joué un bon tour à ma mère, se disait-il. De toute façon, nous n'en sommes pas encore là. »

Dans la pénombre de la cave, le sage alignement des barriques sur leurs malchons, la pâle lumière qui tombait des ampoules en accrochant des reflets de velours sur le bois de chêne, l'odeur tenace et tiède de vanille mêlée à celle de champignon écrasé, les voûtes noires maculées de trace humide, donnaient à Simon le sentiment d'une étrange permanence des choses. Il y trouvait une sorte de paix intérieure qu'il n'avait pas connue depuis longtemps.

Il lui arrivait de faire sauter une bonde d'un coup de maillet, et à la pipette il goûtait le mystère de ce vin. Il tâtait son évolution. Est-ce que les tanins se font bien ? Est-ce que ce nez intense de fruits noirs n'était pas trop marqué ? Est-ce que cette attaque en bouche, un peu trop agressive et désordonnée, allait bientôt s'épanouir en une harmonie plus subtile ? Mille questions, mille inquiétudes nouvelles qui surgissaient au fur et à mesure que son vin évoluait et, assez curieusement, ses doutes mêmes le renforçaient dans sa conviction qu'il n'y avait pas d'autre salut possible pour ce pays du Languedoc que de faire un vin qui enchante, un vin de vérité où chaque domaine pourrait exprimer la sienne.

Sous la voûte, on n'entendait que le bruit sourd du maillet qui faisait sauter les bondes de liège entourées d'un carré de toile imprégné de vin. Simon les posait en équilibre au bord de l'orifice marqué de traces violines avant de passer au fût suivant. Quand il eut terminé, il prit l'ouilleuse qu'il avait préparée, et lentement, en bouchant de l'index le long bec qu'il penchait vers le fût, il remplaça dans chacun d'eux le vin qui s'était évaporé à travers le bois pour aller enivrer les anges. Le vin pouvait se remettre à ruminer en paix. Simon avait l'impression qu'il changeait chaque jour, un peu comme on voit l'ombre des cyprès se déplacer au fur et à mesure que le soleil tourne quand on la fixe. Au fond de lui, il était satisfait. Tout ça s'annonçait bien. Quand il eut fini, il remonta les trois marches qui menaient à la cave, referma les deux battants de la lourde porte cloutée qui penchait sur leurs gonds et traversa la cour pour regagner la maison. Le soir tombait doucement et on entendait un chien hurler dans le lointain. Celui de Léonce Audecœur ?

Machinalement, il prit le carré de papier plié en deux posé contre la bouteille de vin à moitié vide qui était restée sur la table du déjeuner, et que personne n'avait débarrassée puisque Céleste n'était pas venue aujourd'hui.

Simon trouva que Sarah et Jacob exagéraient. Ils ne l'aidaient guère. Il avait glissé le papier dans sa poche. Souvent, Sarah lui laissait des messages comme ça, pour lui dire de ne pas s'inquiéter, pour le prévenir qu'elle rentrerait tard parce qu'elle allait observer des oiseaux de nuit. Il se demanda ce qu'elle avait bien pu trouver cette fois, jusqu'à ce que le sens de ce qu'elle avait écrit pénètre à l'intérieur de son cerveau, devenu soudain brumeux. Il ne comprenait pas très bien. Elle lui disait qu'elle était partie. Simon se laissa choir sur une chaise. L'absurde invraisemblance de la situation l'avait assommé. Il ne cessait de balbutier : « Ce n'est pas possible, elle n'a pas osé. Ce n'est pas possible. »

Il y a des moments comme ça où le seul moyen de survivre à une violente émotion est d'en nier l'évidence. Puis une vague de colère le submergea. Il sortit dans la cour en chancelant, l'air hagard. Il trébucha sur un seau qu'il envoya valdinguer d'un coup de pied rageur. En même temps que la colère, Simon oscillait entre l'abattement, l'incrédulité et la peur. Une peur panique. Un gouffre s'ouvrait à nouveau sous ses pieds. Et il se répétait : « Ce n'est pas possible… Elle n'a pas osé », comme s'il croyait encore pouvoir inverser le cours des événements comme on repasse un film muet à l'envers. Une fugue sentimentale, c'était bien la dernière des choses dont il aurait cru Sarah capable. Il montra la feuille à Jacob alerté par les cris.

« Elle est partie… Partie avec ce petit salaud de Sauvaire-Ronze. Ah ! il a bien caché son jeu celui-là… »

Cette évidence lui devenait de plus en plus insupportable. Plein d'interdits remontant à sa propre enfance lui nouèrent la gorge, laissant leur goût de fiel dans sa bouche. Une fille ne se donnait pas avant le mariage… Il fallait respecter la Torah… Faire shabbat… Combien de fois ne s'était-il pas insurgé contre son père et sa rigueur, qui répétait à l'envi qu'il ne fallait pas bafouer ses racines pour ne pas se rappeler ses propres révoltes. Sauf que cette fois, il s'agissait de sa fille. Il poursuivit :

« C'est la même garce que sa mère.

– Ne parle pas de Sarah de cette façon.

– C'est quoi d'autre à ton avis, sinon une petite grue qui ne respecte rien. Mais cette fois, je ne me laisserai pas faire. Je vais les rattraper. Je lui casserai la gueule à ce petit con, et je la ramènerai de gré ou de force à la maison. »

Simon parut soudain exténué.

« Calme-toi », dit Jacob qui, bien avant que Simon ait ouvert la bouche, avait tout deviné.

« Calme-toi ! Calme-toi ! T'en as de bonnes, écoute ça : J'accompagne Jacques au Portugal. Je t'en suplie – supplie avec un seul p, décidément elle sera toujours brouillée avec l'orthographe –, ne fais rien pour m'en empêcher. Je suis heureuse. Tellement heureuse. »

Jacob avait souri et hoché mélancoliquement la tête. Il devait d'abord raisonner Simon, qui avait l'air d'un fou, et qui ajouta :

« Elle est partie avec un homme sans être mariée. Et en plus, il n'est même pas juif…

– Je t'en prie, réfléchissons calmement. Ne sois pas aussi stupide que je l'ai été autrefois. Le monde évolue.

– Si c'est pour évoluer de cette façon, c'est une malédiction. »

Brusquement, Simon se sentit comme un lièvre pris dans le faisceau des phares d'une voiture. Il restait pétrifié sur place. Incapable d'esquisser le moindre mouvement. On lui demandait de comprendre ce qu'il ne pouvait pas comprendre. Quelle était la solution ? Y avait-il une solution, d'ailleurs ? Il les explorait avec la curieuse certitude que, quelle que soit celle qu'il choisirait, elle serait de toute façon mauvaise. C'est la mort dans l'âme qu'il se résigna à ce qu'il appela désormais la fugue amoureuse de Sarah. Ces derniers temps, on avait fait beaucoup de valises autour de lui.

Une fois de plus, Simon trouva refuge dans sa vigne. Il en avait vécu à l'automne la somptueuse métamorphose avec une émotion intense, étonné de redécouvrir que la beauté avait encore le pouvoir féroce de le toucher. Tous ces ors aux reflets de cuivre et de rouille, le paisible apparat de la pourpre qui festonnait les feuilles comme des velours donnait, dans la transparence tranquille de la lumière, une sorte de fête vénitienne incandescente et silencieuse.

Ce matin, les brumes s'attardaient dans les vallons comme on flâne dans la brièveté du jour. Seuls les piaillements effarouchés des bécasses et des perdrix, que son pas levait, déchiraient ce silence à l'intérieur duquel il retrouvait une indifférence rassurante.

Il n'avait reçu qu'une seule carte postale de Sarah. Elle avait été postée à Lisbonne et ne contenait que quelques mots : Je suis bien arrivée. Je vais bien. Je suis heureuse, et puis, en bas, écrit dans une écriture qui tremblait un peu, cet étrange merci, auquel Simon ne sut pas véritablement donner de sens. Il n'y avait pas un mot sur ce Jacques Sauvaire-Ronze, et pourtant Simon sentait tout le poids de sa présence physique dans chacune de ces lignes à la banalité affligeante et hâtive.

Cet hiver-là, il y eut un gel terrible qui détruisit une partie importante du vignoble. La perspective d'un vin plus rare fit remonter les cours et retomber les tensions. Le Campe nègre fut épargné par le gel, ce que Simon interpréta comme un signe favorable, comme un vent qui se met à tourner dans le bon sens.

Jacob mit une sorte de hâte brouillonne à commencer des tableaux qu'il ne terminait plus. Il semblait avoir épuisé le sujet des vignes, du moins ne plus y prendre de plaisir, alors il s'était mis aux natures mortes, dont il dressait auparavant les savantes compositions sur la grande table. Il n'était jamais vraiment satisfait de son travail et les toiles s'alignaient, posées contre les murs de la pièce, comme une vaste fresque inachevée. Il avait eu envie de s'expliquer avec Simon, mais n'avait pas pu, son fils ayant fini par deviner que c'était lui qui avait donné l'argent du voyage à Sarah. Désormais, il y avait entre eux une sourde hostilité maquillée en silence.

Simon ne parvenait pas à chasser de son esprit l'idée que le départ de Sarah était une déchéance. Parfois, il sentait que Céleste avait envie de parler de Jaimé avec lui, mais les phrases commencées s'esquivaient dans un soupir qui, Simon le croyait, signifiait « à quoi bon ». À quoi bon remuer les souvenirs, à quoi bon ramener à la surface des choses, ce qui est enfoui dans la profondeur de l'âme. On ne peut jamais partager avec autrui qu'une part infime de ce qu'on a vécu, de ce qu'on ressent, de ce qu'on est, c'est l'écume trompeuse de la vie. La présence de Jaimé restait étonnamment vivante en elle, c'est ce qui importait.

Un jour de février, l'attelage d'Antoine Sauvaire-Ronze surgit dans la cour de la ferme. De la buée sortait des naseaux du haflinger attelé au tilbury. Pour se protéger du froid, le père de Jacques avait enfilé, par-dessus un costume de velours vert bronze, une espèce de pelisse à brandebourg avec un col de fourrure, que Simon prit pour du renard, et qui était tout ce qu'il y a de plus démodé. D'un ton rogue, le père de Jacques demanda à Simon :

« Aidez-moi donc à descendre, vous voyez bien qu'on gèle ici. »

Les deux hommes se firent face un court instant dans le vent glacial qui transperçait les vêtements. Puis Antoine Sauvaire-Ronze, qui se frottait les mains pour se les réchauffer, dit en soupirant :

« Le gel, c'est une vraie catastrophe… même s'il nous a plutôt épargné vous et moi. »

Simon, qui s'attendait à ce qu'il évoque le scandale, qu'il tente une explication, ou qu'il ait au moins un mot de réconfort, fut déconcerté. Surtout qu'il bougonna :

« Si on allait goûter un peu ce vin. Faut bien vérifier s'il méritait tout ce battage. »

Sans attendre de réponse, il se dirigea de son propre chef vers la cave. Simon crut discerner une lueur de malice derrière le miroitement des lunettes d'Antoine Sauvaire-Ronze. Il ne se trompait guère. Que son fils soit parti avec la fille d'un de ses métayers l'avait plutôt amusé et distrait de la pâle monotonie de ses jours, tout en éveillant en lui quelques obscurs regrets. Il avait fini par se dire qu'il fallait bien que jeunesse se passe. De toute façon, valait mieux feindre l'indifférence devant des événements sur lesquels on n'avait pas de prise. En outre, la façon dont Simon avait tenu bon l'avait plutôt impressionné, et maintenant il avait hâte de savoir ce que valait son vin. Et quand Simon fit sauter la bonde d'un fût avant d'y plonger la pipette, il ne put dissimuler un geste d'impatience. Simon avait les jambes qui flageolaient et l'estomac noué. Bon sang ! il montait à l'échafaud et s'attendait à ce que le couperet tombe. Le jugement de l'autre serait forcément partial, alors il se prépara à l'envoyer balader, tout en étant fasciné par le culot monstre de cet homme qui appartenait à un monde qui n'était pas le sien.

Antoine Sauvaire-Ronze fit doucement tourner son verre dans la transparence de la maigre lumière. Il répétait : « Voyons ce vin, belle robe d'un grenat profond… Et regardez-moi ces larmes épaisses… Le vin pleure bien, c'est bon signe. » Et, il porta le vin sous ses narines dilatées par le plaisir qu'il se réinventait tout en écrasant son épaisse moustache argentée contre le verre. « Superbe, ces senteurs de garrigue et de pierre sèche. On dirait que vous y avez enfermé tous nos paysages. Et que penser de ces épices ? On peut prédire que ce sera un vin puissant et subtil quand il aura fait son temps en fût. »

Le cérémonial est universel. Il scelle le pacte qui lie le vigneron à la terre : Antoine Sauvaire-Ronze fit rouler le vin en bouche. Il s'infiltrait sous la langue, piquait ses banderilles dans le palais, venait festoyer au bord des lèvres avant de retourner se tapir à l'intérieur des joues comme un animal pris en faute.

« On sent déjà la fièvre des tanins. Et ces arômes de mûres dont on devine l'impatience ! Ce sera un vin magnifique ! »

Antoine Sauvaire-Ronze répéta, en fermant les yeux :

« Ce sera un vin magnifique », comme s'il était confronté à l'éclat d'une vérité trop éblouissante pour lui. Et Simon fut certain de discerner un vrai regret dans le son de sa voix. Peut-être le regret de n'avoir pas osé ? Et il y eut entre ces deux hommes si différents, et que tout séparait, un moment fugitif de complicité.

Simon éprouva une intense satisfaction. Elle n'avait rien à voir avec toutes ces foutaises du devoir accompli ou du travail bien fait, ni avec l'orgueilleuse conviction d'avoir eu raison. Non, tandis que le vin poursuivait son mystérieux cheminement dans le silence des chais, il venait de sentir pour la première fois la force du lien qui l'attachait à cette terre nouvelle.

On sortit brutalement du long sommeil glacé qui avait fait craquer la terre. Le temps avait changé d'humeur en une nuit. Ce matin-là, il apportait avec lui des odeurs de feuilles mouillées et des nuages qui battaient la semelle sur le miroir lisse d'un ciel gris ardoise. Est-ce qu'on n'est pas éternellement condamné à se briser la nuque pour y quêter un peu d'espoir ? Est-ce qu'on n'est pas les éternels convalescents d'un temps trop fluide ? La lumière se fit moins compacte. Les contours des coteaux noirs de ceps s'adoucirent comme lorsqu'on passe un doigt sur un trait de fusain. Dans cet air plus léger, la vie se remettait à batifoler. Les oiseaux retrouvaient un semblant de gaieté. Simon et un journalier marchaient côte à côte. Ils revenaient du Campe nègre où ils avaient commencé à brûler les tas de sarments pour préparer à nouveau la vigne. Arrivé en vue de la maison, Simon aperçut une voiture inconnue garée dans la cour. Un homme au corps puissant et massif, au large visage épanoui, s'avança vers lui en lui tendant la main. Sa main était un étau.

« Adrien Denoncours… Avec un s. N'oubliez pas le s, courtier à Bordeaux. On m'a parlé de votre vin. Il intéresse notre maison. J'espère que l'on pourra faire affaire, parce que moi, j'ai un credo : il faut soutenir ceux qui innovent. »

Les phrases tombaient en rafales ponctuées de petits rires de gorge.

« Est-ce qu'on pourrait le goûter... ce... ce... ? »

Visiblement il cherchait un superlatif qu'il ne trouva pas, alors il répéta :

« Enfin, le goûter. »

Soudain sur ses gardes, Simon demanda :

« Qui vous en a parlé ? »

Le courtier desserra le nœud de sa cravate de ses doigts boudinés et eut un geste évasif pour répondre.

« Peu importe. L'essentiel, c'est qu'on m'en ait dit du bien... Et si ce qu'on m'a dit est vrai, c'est le ferment de la révolution que vous avez introduit ici. »

Il y avait de la jubilation dans la voix du courtier, qui dut se baisser pour franchir la porte de la cave. À l'intérieur, il cligna des yeux et huma l'atmosphère humide avec satisfaction.

« Belle cave... ! Vous n'auriez pas un morceau de fromage ou de n'importe quoi d'autre... J'aime bien boire un peu de vin après la dégustation, parce que sa vérité, on a beau dire, c'est à l'intérieur du corps qu'il peut l'exprimer. Et avec un estomac vide, c'est épouvantable.

– Je suis désolé... je n'avais pas prévu.

– Ce n'est pas grave. J'ai ce qu'il faut. »

Et à la grande stupéfaction de Simon, Adrien Denoncours sortit un saucisson de sa poche de pantalon et un couteau. Il tailla dans le saucisson une tranche épaisse et la tendit à Simon, qui refusa d'un geste poli.

« C'est vrai… j'oubliais… vous ne mangez pas de porc. »

Simon remplit les verres posés sur le tonneau retourné en guise de table, et la dégustation commença. L'homme chercha un crachoir des yeux, Simon lui montra le sol.

L'homme avait sorti un petit carnet et notait ses impressions, tout en marquant sa satisfaction de petits hochements de tête. Puis il but un verre avec une certaine solennité. Il claqua des lèvres.

« On dirait à la fois une sorte de menuet de flûte léger et cristallin quand on le fait danser dans le verre. Une valse langoureuse et souple emmenée par les violons du merlot, avant que n'éclate un air plus profond que le violoncelle tire de la syrah. Enfin, il y a cette puissance des hautbois et du basson… Ce sont les grenaches qui se déchaînent…

– J'en ai mis très peu », se justifia Simon en coupant l'envolée lyrique de l'autre.

Le courtier ne s'en formalisa pas.

« Peu, mais puissants, on le sent bien. »

En le voyant, Simon ne l'avait imaginé ni poète ni surtout musicien, mais l'image qu'on donne de soi est parfois si trompeuse, que même si Adrien Denoncours devait conclure son envolée par un des plus terre à terre : surtout attendez notre offre avant de vous décider, c'est cette image de poète qu'il conserva de lui.

Une nuit, Simon rêva. Il ne savait pas exactement qui pouvaient être les personnages falots qui s'agitaient dans son rêve, mais il entendait distinctement les coups de marteau déchaînés qu'ils donnaient sur un stupide amas de planches. Il en avait tiré cette conclusion logique, parce que le bruit n'était pas métallique mais mat, comme si les coups se perdaient dans l'épaisseur du bois. Que voulaient-ils donc fracasser ?

Il mit un certain temps à comprendre que le bruit avait sa propre existence en dehors du rêve. Il était tout ce qu'il y avait de plus réel. Alors que sa perception de tout ce qui venait du monde extérieur restait confuse, il se demanda quel pouvait bien être l'origine de ce bruit : un volet qui battait contre le mur de pierre ? Un des vantaux du portail qui claquait ? Une porte mal fermée ? Immergé dans la torpeur tiède de son lit, il passa en revue toutes les possibilités qui sont infinies dans une ferme d'objets détachés de leur support et auxquels le vent, qu'il entendait maintenant couiner sur les tuiles, aurait pu donner un mouvement désordonné et sonore. Puis il sentit son sang se glacer. Le bruit provenait des chais. Il bondit hors de son lit. Il enfila à la hâte les vêtements qu'il avait sous la main. Il jura quand ses pieds nus refusèrent d'entrer dans ses grosses chaussures de travail parce qu'il était trop fébrile. Curieusement, il se dit que Jacob aurait dû lui aussi entendre ces coups. Et puis, pourquoi avait-il refusé d'avoir un chien ? Il aurait donné l'alerte.

Dehors il pleuvait, un torrent de pluie qui l'obligea à battre en retraite pour aller passer par-dessus ses vêtements un coupe-vent en caoutchouc. Il avait dû allumer la lumière. Quand il ressortit, il entendit distinctement le rugissement d'un moteur qui s'estompait dans la nuit. Des chiens se mirent à aboyer dans le lointain. Ils se répondaient d'une maison à l'autre. C'était bien la porte de la cave qui battait sur ses gonds. Il avait compris. Il resta un long moment cloué sur place au milieu de la cour, incapable de faire le moindre geste. La pluie ruisselait sur son visage. Il ne s'en souciait pas. Cette odeur, il l'aurait bien sûr reconnue entre mille : celle âpre, suffocante, du vin qui bouillonne.

Il se mit à avancer en titubant comme un homme ivre. En réalité, sa démarche était raide, mécanique, crispée. Elle était devenue une sorte de mouvement d'horlogerie qui l'avait précipité en dehors des sentiments. Il n'y avait plus ni haine, ni terreur, ni peur en lui. Il n'y avait plus rien. Le spectacle des barriques éventrées était insoutenable. C'était un désastre. La cave entière baignait dans une gigantesque mare de vin, le vin qui continuait parfois de s'écouler en geignant à travers les éclats de chêne d'un fût éventré. L'un d'eux, qui était complètement vide, flottait carrément sur une mare de vin. Seuls quelques-uns avaient été épargnés. Il ne leur avait pas laissé le temps d'achever leur sale besogne. C'était sinistre. Simon n'avait même plus la force de s'émouvoir ni de pleurer. Son regard balaya la cave dans un sens, puis dans un autre. Il essayait de fuir la réalité insoutenable de ce cauchemar. La lumière glauque des ampoules se reflétait en tremblant à la surface de la mare. Il entendait le bouillonnement du vin qui achevait de s'écouler.

Ils ne l'avaient donc pas lâché. Ils avaient fait mijoter tranquillement leur petite haine à petit feu, et ils venaient de planter leurs crocs dans sa chair pour l'achever. Et il se dit que ceux qui l'avaient condamné ne resteraient jamais que des ombres sans visage disparaissant dans une nuit déchirée par la pluie en faisant hurler les chiens. Il réprima un sanglot. Il y avait en lui tout ce splendide vertige des chagrins muets.

Il les imagina rentrer tranquillement chez eux, leur sale boulot accompli. Il les voyait ôter leurs vêtements trempés qu'ils mettaient à sécher contre un poêle chaud, et ils allaient tranquillement se coucher en rejoignant une femme qui grognait parce qu'elle les avait cherchés de la main dans un sommeil troublé. Peut-être même qu'il y en a un qui la réveillerait pour lui faire l'amour. On prétend que la cruauté excite. Il y a des douleurs si violentes, si terrifiantes qu'elles vous projettent à la lisière de la folie.

« Cette fois, je les tuerai », murmura Simon.

Simon resta prostré trois jours enfermé dans la maison, incapable d'articuler la moindre parole. Jacob chercha des mots susceptibles de le sortir de ce chaos intérieur et n'en trouva pas. Il avait juste dit :

« Tu trouveras le courage de recommencer. Tu sais, là-bas, c'est la vie qu'on aurait pu y laisser, alors… » Ce furent trois jours pendant lesquels la pluie tomba sans discontinuer, gonflant les rivières, les faisant bondir en dehors de leur lit. On parla bientôt de ponts emportés, de murs effondrés, de maisons englouties. L'eau s'infiltrait partout avec la ténacité d'une vieille qui ne veut pas mourir. Le monde redevenait sauvage. On mettait des meubles sur des cales en calfeutrant le dessous des portes avec des sacs de jute remplis de sable. En vain. L'eau triomphait avec l'insolence de ceux à qui rien ne résiste. Il n'y avait plus qu'un vaste marécage bourbeux et sournois autour des villages. On cherchait dans sa mémoire des repères, tandis qu'elle continuait de monter. Il y eut aussi des éclairs, des grondements terrifiants d'orages crépusculaires. Devant cette impuissance, on avait peur. Des femmes se mirent à prier. Des torrents de boue dévalaient parfois les rues pentues des villages. À Magalas, on vit même des chaises emportées par les flots boueux venir s'écraser contre la vitrine du boucher en la faisant voler en éclats.

La pluie tombait toujours, mais avec moins de violence, quand Simon se décida à sortir enfin. Jacob en fut soulagé. Simon prit sa voiture, qui eut du mal à démarrer. Il passa une vitesse avec une sorte de hargne haineuse. Les chemins de terre étaient spongieux. La voiture dérapait dans la boue en laissant de longues traces luisantes derrière elle. Les champs ressemblaient à des lagunes. Simon ne savait pas où il allait, mais il ne s'en inquiétait pas. L'essentiel était de sortir de ce marécage qu'il sentait bouillonner à l'intérieur de lui. Seul le mouvement pouvait le guérir. Les cherchait-il ? Il ne les connaissait pas, mais il avait tout de même mis un fusil de chasse sur la banquette arrière de la voiture.

Il traversa un bosquet de chênes verts et d'acacias assez dense. L'eau dégoulinait des feuilles en claquant sur la carrosserie. La voiture finit par s'immobiliser au bord de la rivière. Par sa sauvagerie même, le spectacle de toute cette eau, dont la colère semblait décupler les forces, avait quelque chose de fascinant. D'ailleurs, ce n'était plus une rivière, c'était un immense fleuve tumultueux et grondant, couleur d'étain en fusion, tantôt noir, tantôt gris ardoise, tantôt verdâtre comme un flot de bile. C'étaient mille taureaux furieux qui fonçaient vers la mer. C'était une eau sans reflet. Les arbres qui surplombaient la rive abrupte n'avaient plus le temps de s'y réfléchir. L'eau touchait presque le tablier du pont de pierre que Simon apercevait un peu plus loin. Ce n'était plus un fleuve, mais un torrent indomptable qui charriait des branches, qui ravageait ses rives avant de les dissoudre dans un tourbillon boueux. Ce n'était plus qu'une nasse liquide qui engloutissait des objets insolites, comme ce matelas qui venait de s'arrêter dans un bras mort avant d'être repris par la violence du courant. Un chariot, avec son timon ridiculement pointé vers le ciel, finit par plonger dans le gouffre liquide.

Simon n'avait encore jamais vu une telle violence se déchaîner. Cette rivière lui faisait peur. Et c'est peut-être pour conjurer cette peur qu'il regarda son frein à main. Il se dit qu'il suffirait d'appuyer sur le minuscule bouton blanc en haut de la tige pour le desserrer. Peut-être que la voiture glisserait doucement dans l'herbe, prendrait un peu de vitesse sur la pente boueuse avant de basculer dans cette eau noire. La voiture resterait un instant à la surface comme si elle marquait un temps d'hésitation, tournerait un moment sur elle-même, puis s'enfoncerait doucement. L'eau viendrait cogner contre la carrosserie comme on martèle une poitrine de ses poings fermés, comme on cogne à une porte. Puis elle monterait doucement à l'intérieur de l'habitacle. Il sentirait tout le métal vibrer, être secoué par le galop furieux de ce torrent impitoyable. Combien de temps mettrait-elle à monter jusqu'à ses genoux, à atteindre sa ceinture, à lui recouvrir la poitrine ? Il la sentirait venir lui effleurer le menton. Il la trouverait douce à ce moment-là. Est-ce qu'elle arriverait jusqu'à sa bouche avant que la voiture ne soit précipitée au fond ? Est-ce que dans un moment pareil on repense à la dernière femme avec laquelle on a fait l'amour ? C'était avec Kinda. Forcément, ça avait été une étreinte brève, brutale et brûlante. Surtout brûlante. Ç'avait été une étreinte clandestine. Il l'avait prise debout, le dos appuyé contre la cage du pressoir. C'est Kinda qui l'avait guidé en elle par-dessous ses vêtements, avec une sorte de hâte fébrile, tout en surveillant la porte. Puis sa bouche s'était collée à la sienne, sa bouche qui avait voulu aller goûter son plaisir, bien qu'on risquât d'entrer à tout moment. Comme elle lui avait souri avant de lui mordre la lèvre jusqu'au sang. Le désir est le seul fragment d'éternité que l'homme porte en lui, alors…

Il était debout derrière le rideau de scène, les yeux baissés sur ses souliers vernis, le menton enfoui dans un nœud papillon ridicule, incapable de faire un pas de plus. Par la fente du rideau disjoint, il entrevoyait le piano brillant, le tabouret avec son assise cramoisie. On avait monté au maximum la vis pour qu'il puisse poser ses mains sur les touches d'ivoire. Derrière lui, son père Jacob le houspillait. Il lui avait pris l'épaule pour le pousser sur la scène, mais Simon s'arc-boutait, incapable de faire ce pas que Jacob souhaitait. Pourtant, il la connaissait par cœur cette petite sonate de Mozart. Il l'avait travaillée et retravaillée pour être prêt le jour de la distribution des prix. Il aurait pu la jouer les yeux fermés, et pourtant il était incapable de faire un pas de plus. Dans son dos, son père tonnait : « Avance donc, petit imbécile… Tu ne les entends pas, ils s'impatientent ? Avance donc, tu me fais honte. » Quel âge pouvait-il avoir ? Sept ans ? Huit ans ? Simon n'était plus certain de son âge, mais là, dans la voiture, il se dit que c'était ce jour-là qu'on l'avait banni du bonheur. Soudain, il se rappela les parfums violents du caroubier, les odeurs d'amandes amères et celles du jasmin mêlées qui envahissaient tous ses souvenirs, ne laissant qu'un sillage de poussière derrière eux.

Simon remarqua une fauvette venue se poser sur une aile de la Dauphine. Elle fut bientôt rejointe par une grive rousse et par un traquet rieur. Alors, surgit dans un battement d'ailes une rousserolle au plumage qui ressemblait à la robe d'un chamois. Elle avait un long bec effilé et vindicatif.

Tous ces oiseaux semblaient le dévisager à travers la vitre envahie de buée. Bientôt, d'autres les rejoignirent. Certains continuaient de sautiller sur le capot. Leurs têtes minuscules s'agitaient dans tous les sens. Ils secouaient leur plumage comme s'ils voulaient le sécher. Les premiers furent rejoints par une sturnelle des prés, puis par des bergeronnettes grises avec leur drôle de petit ventre jaune serin. Elles battaient des ailes comme si elles applaudissaient un concert invisible et semblaient s'amuser beaucoup. Et, un premier oiseau se mit à chanter. Peut-être la rousserolle, dont Simon crut reconnaître les notes aiguës et stridentes. D'autres oiseaux, beaucoup d'autres oiseaux qu'il ne connaissait pas – Sarah les aurait identifiés à coup sûr – arrivèrent encore. Et eux aussi se mirent à chanter. Ce fut d'abord une cacophonie de battements d'ailes, de cris et de piaillements désordonnés qui formèrent une sorte de fanfare discordante aux modulations stridentes qui lui déchira les tympans, si bien qu'il crut que sa tête allait éclater. Elle laissait pressentir le chaos. Enfin, tous ces chants se fondirent en un seul, une sorte de note tenue infiniment douce, une note sensible et sensuelle. Simon la voyait comme ça sa mort, entourée de la fanfare des oiseaux.

Le chien de Léonce Audecœur se mit à courir sur la berge. Elle surplombait maintenant la rivière dont les eaux avaient baissé. Il aboya furieusement quand il aperçut le toit beige de la Dauphine émerger à la surface. La voiture était enchevêtrée dans des troncs d'arbres et des branches qui formaient une espèce de barrage qui l'avait retenue. Celui qui accompagnait Léonce dit d'une voix lugubre :

« Quel accident stupide... C'est vrai qu'il n'était pas d'ici. Il ne pouvait pas savoir... »

Après un moment de silence recueilli, il ajouta :

« Sûr qu'il aurait mieux fait de rester chez lui si c'était pour finir comme ça. En fin de compte, il était trop différent de nous, la greffe ne pouvait pas prendre. »

Léonce Audecœur trouva que l'oraison funèbre était un peu abrupte, mais juste. Un vol de martinets cingla à travers le ciel au-dessus de la voiture dans une embardée stridente de cris aigus.

Même s'il n'avait jamais vraiment compris Simon, Jacob fut terriblement affecté par sa disparition. Il ne voulut pas rester une seconde de plus dans la maison. Il ferma lui-même les volets et oublia les vignes. Il chercha un établissement où il pourrait attendre sa propre mort avec indifférence. La mort d'un enfant détruit toujours ce qui reste de vivant en soi. À l'intérieur, il n'y a plus qu'un amas de cendres et de sentiments calcinés. On n'est plus qu'une apparence de vie.

Jacob eut beaucoup de mal à s'habituer à cette odeur d'urine et à toutes ces vies chiffonnées qui s'agitaient en tremblant autour de lui, et avec lesquelles il estimait n'avoir rien de commun. Il continua pourtant de s'habiller chaque jour, de manger un peu aussi. Il s'acheta un panama et se fit une place sur un banc où il finit par lustrer la mousse qui commençait à dévorer la pierre. Il y avait des lierres sur la façade de l'établissement. Il s'estimait responsable de tout ce gâchis. Il n'avait jamais cherché à comprendre vraiment Simon. Pourquoi ? Il n'en savait rien. S'il n'avait pas brûlé toutes les lettres de cette infirmière, est-ce que les choses auraient pris un cours différent ? Sans doute. Elle était jolie, cette... comment déjà... Amy ? Keny ? Lucy, oui, c'est ça, Lucy. Il revoyait son visage lumineux parsemé de taches de rousseur avec une acuité étonnante après tant d'années alors qu'il n'avait fait que l'entrevoir sur une photo qu'elle avait jointe à l'une de ses premières lettres, et qu'il avait fini par brûler aussi. Il pensait surtout beaucoup à Sarah. Il aurait aimé la revoir juste une fois avant... À chaque automne, il attendait avec impatience la chute des marrons qu'il faisait inlassablement rouler sur le gravier du bout de sa canne.

XII

Les cailloux blancs

LA JEUNE FEMME S'INCLINA devant la tombe de son père située à l'écart des autres et plus émouvante dans sa simplicité. Elle sortit les sept petits cailloux blancs ramassés dans le lit de la rivière et les aligna sur le socle de pierre. Disposés ainsi, ils ressemblaient à des bonbons. C'est la première idée qui lui passa par la tête, une idée insolite et troublante, puis elle murmura :

« Pardon… Pardon. »

L'enfant courait sur le gravier. C'est ce qu'elle avait d'abord cru avant de s'apercevoir qu'en réalité il était assis dans l'allée pour ramasser du gravier qu'il faisait glisser entre ses doigts ouverts. Il se releva d'un coup, lassé d'un jeu qu'il avait fini par trouver insignifiant pour aller escalader une tombe. Il interpella sa mère.

« Mam… regarde, je saute. »

Et il sauta sur le gravier. Les enfants ont toujours aimé la tranquillité figée des cimetières pour y inventer des jeux différents de leurs jeux ordinaires, du moins tant que leur innocence les tient à l'écart de l'idée même de la mort.

Néanmoins, on ne pouvait pas dire que Sarah songeait à son père comme à un être mort. En réalité se mélangeaient en elle l'effrayante représentation de ce corps en train de se dissoudre dans la terre, là, à quelques dizaines de centimètres d'elle, et le souvenir étonnamment vivant qu'elle en conservait. Elle entendait le grain exact de sa voix, avec sa sonorité un peu particulière, à la fois rauque et chatoyante. Elle revoyait sa manière unique de laisser retomber les bras le long de son corps quand il était saisi par le découragement. C'étaient d'ailleurs plutôt des fragments désordonnés de souvenirs.

Elle se rappela aussi la violence extrême de l'un de leurs nombreux affrontements parce qu'elle lui tenait tête pour une histoire de jupe qu'elle voulait raccourcir. Sa mère, sans intervenir, avait dit : « Regardez-les, ces deux-là, on dirait deux coqs sur leurs ergots. » Ça les avait fait rire et la tension était retombée aussi soudainement qu'elle était montée.

Elle s'aperçut qu'elle pleurait. Elle avait déjà fui à Londres quand elle avait appris la mort de son père. Elle travaillait dans ce parc où elle veillait, avec un soin scrupuleux, à ce que la reproduction en captivité de manchots de Humboldt, des oiseaux en voie de disparition, se passe le mieux possible. Ils espéraient pouvoir un jour les réintroduire dans leur milieu naturel. Il ne fallait pas que les petits soient au contact direct de l'homme.

Elle se rappelait le choc ressenti quand sa logeuse, qui s'appelait Rose Smith, lui avait appris la nouvelle. Une odeur de lard frit avait envahi l'étroit corridor avec son tapis qui tirebouchonnait. Elle avait refermé la porte pour rester seule. Elle était debout, la lettre avec sa surcharge de cachets à la main, incapable d'admettre l'effroyable vérité : elle ne reverrait jamais son père, elle ne l'entendrait jamais plus, bien qu'ils ne se soient pas parlés depuis trois années entières. Elle s'était mise à délirer. Elle répétait : « Papa... Papa... Écoute-moi... Parle-moi... Dis-moi quelque chose. » Sa phrase était devenue une sorte de litanie désespérée qui refusait la mort. Elle se sentit immensément coupable et inexplicablement souillée. Elle avait titubé jusqu'à son lit, la poitrine secouée de sanglots, mais dcs sanglots secs, sans larmes. Quand elle avait récupéré son fils le soir, elle se sentait brûlée et d'une tristesse infinie.

Elle s'était demandé où pouvait se trouver sa mère, si on l'avait avertie à temps, si elle avait pu revenir pour l'enterrement. Sur le moment, elle lui en avait voulu, comme elle ne lui en avait encore jamais autant voulu, parce qu'elle se répétait que si sa mère était restée auprès de lui, rien de tout cela ne se serait produit. Comme elle s'en voulait pour les mêmes raisons. Même si le choix entre ce qu'on doit faire ou ne pas faire relève de la pure abstraction.

Sarah n'avait pas accouru aussitôt. Par manque de courage et sans doute parce qu'elle avait voulu repousser indéfiniment ce face-à-face cruel avec le souvenir de son père. Plusieurs fois, elle avait reporté son voyage. De report en report, son fils avait grandi.

Elle était partie précipitamment pour Londres quand ce docteur, avec ses drôles de lunettes rondes et sa barbe taillée en pointe, lui avait confirmé qu'elle attendait un enfant, parce qu'on prétendait qu'il n'y avait qu'à Londres qu'on… Elle avait voyagé dans un état de panique extrême. Puis elle n'avait pas eu le courage d'avorter, surtout après avoir parlé à Jacob. Même si elle se sentait très jeune. À la vérité, elle se sentait à la fois très jeune et très vieille, Jacques l'ayant fait vieillir tellement vite…

Finalement, ils étaient partis ensemble. Elle se rappelait comment elle avait été terrorisée à la frontière par le douanier indolent qui lui avait demandé ses papiers. Il leur avait jeté un coup d'œil distrait, la regardant surtout elle. Quelquefois la beauté, ça arrange les choses avec un homme.

Puis tout l'avait éblouie. Ils avaient trouvé une petite pension de famille dans une rue étroite et escarpée de Lisbonne, rua dos Doradores, elle s'en souviendrait toujours. C'était un nom qui chantait, et c'était une rue qui faisait chanter du linge aux fenêtres, tandis que des vieilles femmes en fichu noir marmonnaient d'interminables conversations d'un balcon en fer forgé à l'autre, tout en surveillant d'un œil acéré ce qui se passait dans la rue. De leur fenêtre, Jacques et elle pouvaient apercevoir un des murs étincelant de blancheur de l'église Santa Lucia ou les vertèbres brinquebalantes du tramway escaladant la colline. Et quelle que soit l'heure, il y avait toujours, montant de la rue, les mêmes odeurs de morue frite et de sardine grillée.

C'est elle qui avait choisi cette pension parce qu'elle avait aperçu sur la façade une fresque d'Azulejos qu'elle avait trouvée très belle, et qui représentait des filles qui liaient des gerbes de blé. Elle l'avait choisie en réalité parce que Jacques l'avait embrassée pour la première fois devant l'entrée. Un baiser chaste et fugitif dans cette rue animée. Elle y avait accroché toute l'impatience de son désir. Il ne lui avait rien demandé. Elle avait accompli seule et émue les gestes de la parade nuptiale. Il avait détourné la tête. Elle avait aimé avec ferveur cette force qui s'était épuisée en elle et qui l'avait fait grandir d'un coup.

Ils avaient décidé de rester quelques jours à Lisbonne avant de gagner la Quinta, le domaine de Miguel Maria Esposito Santo Ricciardi, dans la vallée du Douro. Elle avait appris ce nom par cœur et le faisait chanter dans sa tête, parce que même si Jacques la déconcertait, elle était heureuse. Quand les jours se mettent à ressembler à une danse légère, on n'aime guère se poser de questions. Avoir Jacques près d'elle la nuit l'étonnait et lui suffisait. Non sans pouvoir s'empêcher de penser que ce qu'elle éprouvait ne faisait qu'obéir à la loi universelle de l'espèce, ce qui n'était pas la manière la plus poétique de vivre ce moment d'intense banalité.

Le soir, ils allaient manger des poissons grillés dans des auberges au bord du Tage en contemplant le va-et-vient des ferries. Jacques restait silencieux la plupart du temps et l'observait en plissant le front. Il était triste. En dépit de tous ses efforts, elle ne parvenait que rarement à le sortir de ses pensées de plus en plus sombres. Néanmoins, un jour il l'avait appelée « petite mouette, ma petite mouette pleine de folie », à ce moment-là elle avait été si heureuse qu'elle avait voulu donner de l'argent à tous les mendiants et à tous les musiciens des rues qui se trouvaient sous les arcades de la place du Commerce. En y réfléchissant bien, c'était la dernière fois qu'elle avait dû être heureuse près de lui. Il y en a qui seront toujours des culs-de-jatte du bonheur.

Tout s'était gâté quand ils avaient rejoint la vallée du Douro. Déjà, dans le train, il s'était enfoncé dans l'encoignure du compartiment de bois. Il s'était collé le front contre la vitre pour fixer le paysage qui défilait. Elle voyait sa pomme d'Adam aller et venir comme s'il ressassait elle ne savait trop quel tourment. Il n'avait pratiquement pas desserré les lèvres depuis le départ.

Le couple et les deux enfants qui partageaient leur compartiment avaient, à un moment donné, sorti d'un panier de pique-nique un jambon entamé entouré d'un torchon et une espèce de saucisse qui sentait très fort l'ail. L'homme, qui avait un beau visage tanné de paysan, leur en avait tendu une tranche sur la lame de son couteau. Jacques avait refusé méchamment et était sorti dans le couloir. Sarah l'avait rejoint.

« Tu devrais t'excuser, il a voulu être aimable.

– M'excuser pourquoi ?

– Pour éviter qu'il pense que tu es un salaud et un imbécile, t'excuser pour toute cette violence… Je ne te reconnais pas. »

Jacques la regarda d'un air halluciné et lui jeta à la figure, dans une sorte de rire sarcastique :

« Pauvre idiote ! Tu crois que tu me connais parce qu'on couche ensemble. Mais tu ne sais rien de moi. Tu t'es jetée dans mes pattes sans rien savoir de moi. Et tout ça ne peut mener nulle part.

– Tu es ivre, ma parole.

– Ivre ! Si seulement j'étais ivre. »

Jacques avait hurlé ces derniers mots. Des gens s'étaient retournés dans le couloir du train. Des escarbilles entraient par la fenêtre baissée.

« Tu as honte de moi ? » La voix de Sarah était devenue soudain une plainte.

En guise de réponse, Jacques l'avait regardée comme s'il ne la voyait pas, comme si elle était devenue aussi transparente que du verre, et il avait hoché la tête.

Ils étaient arrivés à la nuit tombée. Ils avaient terminé leur voyage sur une charrette tirée par un mulet pour arriver dans un village proche du domaine des Ricciardi. L'attelage était mené par un vieillard qui portait un curieux gilet de velours rouge, souvenir sans doute d'une splendeur passée.

Sous le regard inquisiteur de l'aubergiste, Jacques s'était senti gêné. Et Sarah avait songé : « C'est la seule explication, il a honte de moi. » Si elle avait été sur un pont, elle se serait jetée dans le vide.

On fait circuler le train de sa vie sur des rails qui ne peuvent être que tordus. Forcément, il déraille. À ce moment-là, Sarah avait éprouvé une envie violente de parler à quelqu'un. Mais est-ce que cela aurait servi à quelque chose, puisque de toute façon on ne peut jamais approcher que de très loin la réalité de ce que l'on ressent ?

L'aubergiste avait introduit un doigt dans une des narines de son nez épais et bulbeux, ce qui semblait traduire chez lui une intense réflexion. Sans doute qu'il éprouvait une certaine perplexité, partagé qu'il était entre son austère morale de catholique et son intérêt immédiat. Forcément, c'est le second qui l'emporte toujours, et il avait fini par faire semblant de croire à leur fable de « mari et femme », tout en jetant malgré lui un regard soupçonneux à leurs mains.

Le lendemain, ils s'étaient levés tôt. Jacques l'avait entraînée à travers des ruelles pavées bordées de maisons blanchies à la chaux, dont certaines étaient en retrait, jusqu'aux rives surplombant le Douro. Et dans ce matin de lumière tendre, elle n'était plus qu'une gamine amoureuse qui suivait un type un peu fou auquel elle ne comprenait rien. C'était un funambule déroutant parce qu'on se demandait en permanence à quel moment il allait laisser choir son balancier et tomber dans le vide. Tantôt il l'aimait avec une sorte d'exaltation juvénile, tantôt il la prenait tout en lui donnant l'impression qu'il voulait la repousser loin de lui, comme si elle lui faisait peur. Par moments, Sarah se sentait si seule qu'elle se mettait à pleurer.

Il lui avait passé son bras autour des épaules, un geste de tendresse si inhabituel qu'elle en tremblait de bonheur, si bien qu'elle se demanda si le spectacle flamboyant qu'elle avait devant les yeux n'allait pas lui faire payer un prix exorbitant pour ce bref instant.

La brume qui se levait du fleuve portait comme une offrande les collines que l'automne enflammait. Elles avaient été taillées en terrasse et leurs courbes sinueuses enchâssaient la vigne comme autant de diadèmes de feu. Jacques avait murmuré, elle s'en souvenait :

« C'est vrai, c'est la plus belle vigne du monde. »

Sarah était de son avis. Toutes ces collines qui surplombaient le Douro étaient d'une beauté époustouflante. Et quand les derniers lambeaux de brume s'étaient dissous dans l'air échauffé, ce sont comme des coulées de lave incandescente qui semblèrent se mettre en mouvement pour aller se jeter dans le fleuve. Parfois, sur un des gradins de ce théâtre étincelant qui jouait à guichets fermés pour les dieux, émergeait une maison d'une blancheur lumineuse avec un toit de tuiles rouges. Sarah eut la vision fugitive d'elle et de Jacques en train de se lever dans cette maison et d'ouvrir les volets sitôt après avoir fait l'amour. Elle la chassa très vite de son esprit en se traitant d'idiote.

Jacques quittait l'auberge à l'aube. Il se rendait en vélo à la *Quinta* des Ricciardi, où il se familiarisait avec les secrets de l'élaboration du vin de Porto. Ils n'avaient pas compris qu'il ne reste pas au domaine, où on lui avait préparé une chambre. Il s'était embrouillé dans des explications peu convaincantes, mais qui avaient suffi à sauver les apparences aux yeux de ces catholiques puritains à la morale aussi rigide que leurs génuflexions devant l'autel. Du moins, avaient-ils fait semblant de le croire. Ça lui avait suffi.

Durant la journée, Sarah s'ennuyait. Au début, elle s'était mise en tête d'étudier les espèces locales qui nichaient autour du village. Elle avait pris quelques notes sur des vautours amoureux ou sur quelques chevaliers à cul blanc. Elle avait même reconnu une barge rousse qui hivernait à son vol en saccades. Mais sans Léonce Audecœur pour la guider, elle était comme une aveugle dans une pièce inconnue, elle se cognait aux meubles.

Chaque dimanche, Jacques devait accompagner toute la famille Ricciardi à la messe. Ils avaient leur banc avec leur nom gravé sur des plaques de cuivre, au premier rang, si bien que le prêtre ne semblait célébrer l'office que pour eux seuls. Amalia, la fille de Miguel Maria Esposito, se mettait toujours à côté de lui. C'était une fille à la beauté banale avec un duvet sombre au-dessus de ses lèvres épaisses. En se rappelant l'insistance de son père pour qu'il commence ses séjours à l'étranger par les Ricciardi, il s'était dit que son père devait bien avoir une idée derrière la tête. Il ne s'était pas trompé, à voir les regards chargés de langueur qu'elle lui décochait.

Ce dimanche-là, le vent avait tourné et soufflait une bise glaciale qui avait déposé une mince pellicule de givre sur le carreau de la fenêtre de la chambre, ce qui était, paraît-il, un phénomène extrêmement rare dans lequel on ne pouvait voir qu'un mauvais présage. Jacques avait préféré à la messe du dimanche la tiédeur du corps de Sarah. Il s'était dit, avant de s'abîmer en elle, qu'il trouverait bien une excuse pour les Ricciardi, et tant pis pour la déception d'Amalia…

Sarah avait remonté le drap jusque sous son menton : elle se sentait si bien dans cette furieuse immobilité de son ventre qui rendait son corps aveugle et égoïste ! Jacques se rasait en pestant contre l'eau qui ne se réchauffait pas assez vite. En riant, Sarah tira le drap sur sa tête et cria d'une voix étouffée :

« Regarde, je suis dans un linceul. Je suis morte. »

Elle ne pouvait pas le voir, mais Jacques devint livide. Il avait laissé tomber son rasoir dans le lavabo. Il s'était précipité vers le lit et retira brutalement le drap qu'il jeta par terre. Sarah était entièrement nue. Instinctivement, elle se recroquevilla pour se protéger, fixant Jacques les yeux agrandis par la peur. Elle ne comprenait plus rien. Il avait crié :

« Petite folle… petite folle… », avant de la gifler violemment à plusieurs reprises. Des gifles de plus en plus fortes dont elle avait essayé, tant bien que mal, de se protéger.

« C'est comme s'il se frappait lui-même. » C'est l'idée qui lui avait traversé l'esprit en un éclair, avant que le sang ne se mette à couler. De son nez ? De sa lèvre ? Elle ne savait pas. Elle ne savait plus. Il n'y avait que cette saveur fade dans sa bouche. Et sa peur. Lui n'était plus qu'un sauvage qui cognait. Puis il était sorti de la chambre en faisant trembler la porte.

Sarah n'avait pas su combien de temps elle était restée prostrée sur le lit en tremblant, mais en étant incapable même de faire le geste de remonter le drap sur son corps. Elle s'était assise contre les barres de métal de la tête de lit. Elle avait juste ses mains croisées sur sa poitrine secouée de sanglots. Mais qu'est-ce qu'il lui avait pris de suivre ce cinglé ?

Deux heures plus tard, Jacques était revenu, l'air sombre mais déterminé. Il s'était assis sur le lit, lui jetant à peine un regard. Il n'avait pas eu un geste vers elle, ni un mot de regret. Il avait simplement dit : « Il faut que je te parle. » Sa voix était devenue douloureuse. Et toute cette eau boueuse des souvenirs qui croupissait en lui s'était mise à couler.

Il avait commencé par : « Je ne pourrai plus jamais aimer personne, ni toi ni une autre. » Et dans sa voix, il y avait une insondable tristesse et beaucoup de résignation. Après un long silence, il avait repris :

« Nous étions arrivés depuis peu dans ce douar, en mission de pacification – c'était le terme officiel. On avait installé notre campement à l'extérieur de ce village où il n'y avait en tout et pour tout que quelques dizaines de maisons de boues séchées, un bureau de poste en parpaings qui servait aussi d'école et de la poussière granuleuse qui s'infiltrait partout sous un soleil de plomb. Chaque fois qu'on mangeait, on avait l'impression qu'on n'arriverait jamais à s'en débarrasser, elle crissait sous les dents. Il y avait aussi des nuées de mioches piailleurs, des chèvres et des poules noires qui semblaient lancées dans une quête perpétuelle de nourriture. » Après tout, Sisyph, ce n'est peut-être jamais qu'un homme fatigué qui cherche un peu de boustifaille sous son rocher.

« Nous, on leur distribuait des gommes et des crayons, des feuilles de papier et quelques livres aussi qui racontaient l'édifiante histoire de notre belle république généreuse et universelle – le ton de Jacques était devenu sarcastique. Des vieux prenaient d'une main avide tout ce qu'on leur donnait avant de l'enfouir dans les plis de leurs gandouras crasseuses. Tu vois, on pacifiait. Comme il n'avait pas plu depuis des semaines et des semaines, on avait fait venir un camion-citerne et on avait distribué l'eau, l'arme à la hanche. On avait aussi distribué des boîtes de lait. C'est curieux, non ? Ils avaient préféré le lait et l'eau aux livres. C'était impossible de savoir ce qu'ils pensaient, simplement on devinait qu'ils ne nous aimaient pas. Après tout, ça ne devait pas être très loin d'Ikedjane. »

Jacques se parlait à lui seul d'une voix lointaine. Son ton était devenu monocorde, son récit était parfois ponctué de petits ricanements qui soulignaient toute la dérision de ce qu'il racontait. De temps en temps, il regardait Sarah, qui avait ramené ses genoux contre sa poitrine. À un moment donné, il esquissa un geste vers sa cuisse nue, mais sa main resta en suspens. Après cette pause, les mots semblèrent sortir plus difficilement. Il devint hésitant.

« Le puits était un peu à l'écart du village... Plusieurs fois par jour, c'était la même gamine qui s'y rendait avec une jarre de terre. Chaque fois que je la croisais, elle me souriait. Elle avait d'immenses yeux noirs, les mêmes que les tiens. Elle te ressemblait. Un sourire était si rare dans ce bled que je me suis mis à l'attendre, puis à m'impatienter quand elle avait du retard... Cette attente m'occupait. Je l'avais baptisée Lila soleil. Un jour, j'eus l'impression très nette que c'était elle qui s'était mise à nous suivre. Il fallait se tenir sur ses gardes. Je n'avais pas été le seul à la remarquer, je devinais qu'elle faisait bouillir le sang de plusieurs de mes hommes. Le matin, elle ramassait les œufs dans un poulailler qui devait appartenir à plusieurs familles. C'était juste une cage grillagée dans laquelle elle pouvait à peine se tenir debout, et dont le toit était recouvert de feuilles de palmier séchées maintenues par de simples pierres. Au pire de la chaleur, la puanteur de la fiente était insoutenable... Un jour, elle s'approcha de moi et posa simplement sa main sur la mienne, comme si elle appréciait leur différence de taille. Bien sûr, on l'avait vue, il y avait des yeux partout pour nous épier dans ce village... Elle ne devait guère avoir plus de quatorze ans. Elle avait éclaté de rire, et j'ai eu envie d'elle. »

Sarah sentit que l'aveu coûtait beaucoup à Jacques. Ses mots devenaient de plus en plus lourds, il reprit pourtant :

« Un soir, j'étais resté pratiquement seul au campement, avec un soldat silencieux qui passait son temps à faire des réussites avec son jeu de cartes. Il devait être de Toulon, si je me souviens bien. Je l'entendais jurer « Putain de cartes... Putain de guerre... Putain de pays... » Puis il y eut soudain un cri. Je n'avais jamais entendu un cri pareil, aussi déchirant, aussi bouleversant. Sans jamais avoir entendu sa voix, j'étais certain que c'était Lila soleil qui criait. Après le cri, ç'avait été une longue plainte de souffrance, et une sorte d'immense sanglot que voulait tuer la nuit. Et, mêlés à ce sanglot, des murmures sourds, presque des rires et des bruits de toile froissée. J'étais resté là, immobile, incapable de bouger. Le Toulonnais avait haussé les épaules et repris ses réussites…

J'étais debout à l'aube. Et je guettais Lila soleil. Je ne fus rassuré que lorsque je vis sa mince silhouette noire soulever son habituel petit nuage de poussière sur le chemin. Quand elle arriva à ma hauteur, elle ne m'a pas souri. Au contraire, elle a baissé la tête. Elle se dirigeait vers le poulailler avec l'anse d'un petit panier de bois, dont elle avait tapissé le fond avec un peu de paille, passée autour de son bras. Je la suivis des yeux. Je la vis entrer dans son poulailler. Je l'imaginais en train de se pencher pour chercher à tâtons un premier œuf en chassant les poules qui se mirent à caqueter, quand il y eut une explosion. Je me souviens que des plumes se mirent à voler partout. Quand j'arrivai, Lila soleil n'était plus qu'une bouillie informe de chair et de sang. Quelqu'un avait placé une grenade dégoupillée au milieu des œufs. Un de mes hommes ? Quelqu'un de sa famille ? Un fellouze ? Je n'ai jamais su, ni cherché à savoir. Je n'oublierai jamais son sourire. Le tien creuse exactement la même fossette sous les joues… Vaut mieux que tu partes, non ? »

Jacques avait le visage en sueur et ses mains moites tremblaient.

Soudain, Sarah eut la certitude vertigineuse que la hargne de la sale guerre venait de la rattraper dans ce village reculé du Portugal pour achever son travail. Elle partit le lendemain pour Lisbonne. Elle n'aimait pas particulièrement les pèlerinages, mais elle avait repris la même chambre dans la même pension de famille qui sentait toujours la même odeur de morue frite et de sardine grillée. Quelque part, elle fut soulagée de retrouver le tumulte de sa solitude.

Quand Sarah gara sa voiture devant l'établissement, elle se sentit soudain très faible. Elle ne prêta aucune attention à la femme qui lui débitait les fadaises habituelles sur le bien-être de ses pensionnaires. Elle remarqua seulement la lourdeur de ses bracelets en or et l'abondance de ses bagues. Elle ne voulait surtout voir aucun de ces pensionnaires, et quand elle aperçut une vieille femme, le peignoir ouvert sur une chemise de nuit plus très nette, qui avançait en glissant ses pieds chaussés de pantoufles sur les dalles en damier du couloir, elle détourna les yeux. Le son assourdi d'une radio annonçant qu'*Un homme et une femme* venait de décrocher la palme d'or à Cannes lui parvint à travers une porte matelassée.

Elle traversa un hall immense dallé de carreaux blancs et noirs en suivant la femme aux bijoux pour se rendre dans le jardin baptisé pompeusement parc. De loin, elle reconnut la silhouette un peu tassée de Jacob. Il était assis sur son banc habituel et contemplait le vide. Quand il se retourna, il cligna des yeux pour être certain de la reconnaître. Il s'était levé et, instinctivement, il s'était redressé, comme pour effacer les plis de l'âge. Son étonnement était immense. Ce n'était qu'une visite, c'est ce qu'il était en train de se répéter, mais il était heureux. Doucement, des larmes se glissèrent dans les sillons de ses rides. Il demanda :

« C'est toi, petit soldat ? Comme s'il n'en était pas encore tout à fait sûr. Celui-là, qui c'est ?

– Le fils de Jacques. »

Jacob plissa le front comme s'il cherchait à savoir qui pouvait bien être ce Jacques dont elle lui parlait, et qu'il était censé connaître.

« Ah ! oui, le fils Sauvaire-Ronze. Au fait, où est-il passé celui-là ?...

– Je n'en ai pas la moindre idée. Peut-être en Australie ou en Nouvelle-Zélande. Il ne sait même pas que l'enfant existe.

– Il reviendra un jour.

– Avec lui tout est possible.

– Alors il faudra que tu lui parles de l'enfant.

– Je ne l'empêcherai pas de l'aimer s'il le désire.

– Et toi ?

– Oh ! moi, il y a longtemps que je ne sais plus où j'en suis... »

Jacob trouva que Sarah était devenue bien amère. Il le lui dit. Elle haussa les épaules.

Elle lui raconta brièvement l'histoire de Lila soleil. Alors, il dit :

« Personne ne saura jamais à quel point cette fichue guerre nous aura brisés… Et comment tu l'appelles ce petit ?

– Jacob.

– Comme moi ! »

Ç'avait été un cri de jubilation heureuse. Et le vieil homme sentit sa gorge se nouer devant ce cadeau imprévu, qui le surprenait au crépuscule d'une vie qui n'avait plus guère de sens et qui allait lui survivre. Il s'approcha de l'enfant en voulant lui passer la main dans les cheveux comme on bénit un souvenir. Il se sentait si gauche, avec ses muscles flasques et ce qu'il leur restait de force raidie par l'émotion, qu'il fit peur à l'enfant qui se mit à pleurer.

« J'ai fait préparer tes affaires… On rentre à la maison.

– À la maison », bredouilla Jacob.

Ce n'est pas du tout ce que Sarah avait prévu, mais voilà, face à Jacob, elle n'aurait rien pu décider d'autre.

Dans la voiture, elle dut se fâcher. À côté d'elle, elle avait deux enfants insupportables qui jouaient à la balle ensemble.

Arrivée à la maison, Sarah est allée ouvrir les volets. Elle avait du mal à ne pas penser à son père. En définitive, Céleste était venue, ça sentait la cire. Dans la chambre, des pics-verts avaient percé la porte de l'armoire en chêne et avaient fait leur nid au milieu des draps. Elle n'osa pas les déranger.

Jacob était resté planté au milieu de la cour près du mûrier. Il tenait l'enfant par la main, du moins il essayait, car il était incorrigible, il était déjà en train de lui inventer un destin. Il lui avait demandé :

« T'iras leur montrer l'enfant aux Sauvaire-Ronze ? C'est tout de même aussi leur petit-fils… C'est sûr qu'ils vont tomber des nues. »

Sarah avait éclaté de rire :

« Mais ce n'est pas un ours savant qu'on montre sur une place. »

Elle avait tout de suite vu la confusion de Jacob, avant d'ajouter :

« Qui sait ? Peut-être un jour… Plus tard. »

Ils remarquèrent à peine Sarah se dirigeant vers la cave. Sur leurs malchons, cinq ou six barriques seulement ont échappé au massacre. Sous les voûtes faiblement éclairées, Sarah ne bouge plus. Elle sent pourtant une sorte de danse païenne des odeurs et des souvenirs envahir son corps. Elle ne sait pas si la danse a commencé dans son nez, dans sa bouche, dans sa tête ou dans son ventre.

Quand elle porte un verre de vin devant ses yeux, c'est pour en boire la lumière. Toute la lumière. Elle sait que dans ce vin, il y a toute la force de son père, son souvenir et un peu de son âme aussi.

Quand elle ressort de la cave dans cette fin du jour qui s'alanguit en ruisselant sur les vignes, elle voit passer un immense geai bleu à gros bec. Elle sait que celui-ci, elle vient de l'inventer, encore qu'au fond d'elle-même, elle n'en soit pas tout à fait sûre.

Table des matières

I Les pleurs de l'enfant 11
II « Le départ » 33
III La traversée 63
IV L'installation 91
V Une odeur de café chaud 121
VI Nuit de colère 153
VII Le concours d'attelage 193
VIII Le départ de Jeanne 217
IX État de siège 253
X Tonnerre sur le Campe nègre 291
XI Le bal des oiseaux 325
XII Les cailloux blancs 373

Dans la même collection

Les textes de la collection Terre de poche nourrissent la mémoire collective à travers des histoires fortes, des récits de voyage, des documents historiques ou des chroniques intimes.

AGUILLON Arlette
La Maîtresse du moulin

ALIA Josette
Le Pensionnat

ANGLADE Jean
Le Pain de Lamirand
Les Mains au dos
L'Ivraie et le Bon Grain
Le Pays oublié
Le Chien du seigneur

AUBARBIER Jean-Luc
Les Démons de sœur Philomène

AUDIDIER Robert
Les Sentiers de traverse

BATUT Maryse
Les Monvalan

BESSON André
La Grotte aux loups

BICHELBERGER Roger
Les Années buissonnières

BORDES Gilbert
Le Chat derrière la vitre

BOUCHET Maurice
Les Souliers ferrés

BOUDOU Josette
Le Printemps d'Antonia
Les Grillons du fournil

BOURGEADE Justin
Tintinou, paysan

BOUSSUGE Micheline
Adieu lou païs
La Maison d'Anaïs

BOUTET Gérard
La Belle Ouvrage
Les Forestiers
Nos grands-mères aux fourneaux
Mémoires de femmes
Métiers insolites
Saisons paysannes

BRIAND Charles
La Batteuse
Le Seigneur de Farguevieille

CABROL Laurent
L'Enfant de la Montagne noire

Les Disparues
de la Saint-Jean
Le Crime de la Noël

CALLEROT Geneviève
Les Cinq Filles
du Grand-Barrail

CAPPEAU Marie Nicole
Le blé germe en hiver
La Mule blanche
Chantemerle

CASTELAIN Anne-Marie
Le Loup des marais

CHALEIL Léonce
Léonce,
la mémoire du village

CHAMOUX Simone
La Passe-Vogue

CHANTELAUZE Jean-Louis
Clémentine

CHAUSSIDIÈRE Patrick
Pauvre Bougre

CHAUVIGNÉ Jean
Le Secret de Marie

CLÉMENT-MAINARD Michelle
La Fourche à loup
La Foire aux mules

COATMEUR Jean-François
Des croix sur la mer

COMBE Rose
Le Mile des Garret

CORNAILLE Didier
Les Gens du pays
Le vent des libertés
soulevait la terre
Le Forgeron d'Éden

COSMOS Jean
La Dictée

DECK Olivier
La Neige éternelle
L'Auberge des Charmilles
Les Rumeurs du Gave

DIMITRIADIS Dicta
Le Nid de la hulotte

DODANE Michel
Les Enfants de la Vouivre
Les Herbes noires (Les
*Enfants de la Vouivre**)*
La Malédiction des
Mouthier (Les Enfants
*de la Vouivre***)*

DOURIAUX Hugues
La Saison des vendanges
(Les Gens de la Paulée)*
Le Bois des Auriottes
*(Les Gens de la Paulée**)*

DUFOUR Hortense
Le Bois des abeilles
La Fille du saulnier
Ce que l'océan ne dit pas

DUPUY Daniel
Les Quatre Jeudis

DUTRONC Robert
La Maison des Chailloux

ÉVRARD René
et VIELZEUF Aimé
Comme le scorpion sous la lauze

EXBRAYAT Charles
Rachel et ses amours

FABRE François
et RICHARD Jean
La Bête du Gévaudan

FABRE Jean-Luc
L'Été des Fontanilles

FEUILLERAT André
La Clef des champs

FOURNIER LA TOURAILLE Jean-Pierre
Le Troisième Prétendant

FRONTENAC Yvette
L'Étoile rousse
La Soupe des autres

GAMARRA Pierre
Le Maître d'école

GARDI François
L'Atelier du vannier

GENEVOIX Maurice
Le Jardin dans l'île

GÉRAUD Roger
Le Pré derrière la grange

GIMBERT Yveline
L'Ombre des chênes

GLEIZE Georges-Patrick
La Vie en plus
Le Forgeron de la liberté
Un brin d'espérance
Le Sentier des pastelliers
Le Destin de Marthe Rivière

GOURGAUD Joseph
La Vallée des forges

GREMBERT Francis
Le Dernier Regain

GRIFFON Robert
Le Dernier Forgeron
Le Bedeau de la République

HEURTÉ Yves
Le Pas du loup

JAILLER Isabelle
La Ferme des hautes terres

JEURY Michel
La Classe du brevet
Le Crêt de Fonbelle

JUDENNE Roger
La Maison d'en face
Drôle de moisson

JULIEN Henri
La Bâtisse aux amandiers

LABORIE Christian
Le Chemin des larmes
L'Arbre à pain

LARDREAU Suzanne
Orgueilleuse

LAURENT Jean-Paul
La Ferme aux loups
L'Autre Montagne

LAVAL Henri
Le Chemin des souvenirs

LEMAIRE Philippe
Le Chemin de poussière

LE ROY Eugène
Jacquou le Croquant

LIMOUZIN René
Les Cèpes de la colère

LOUTY Pierre
Léonard, le dernier coupeur de ronces
Les Fiancés de la Briance

MALAVAL Jean-Paul
Les Encriers de porcelaine
La Rosée blanche

MALROUX Antonin
La Dernière Estive
Le Soleil de Monédière

MAMÈRE Noël
Les Forçats de la mer (Gens de Garonne)*
*Le Combat des humbles (Gens de Garonne**)*

MARCON Christian
Le Refus

MAURY Martial
Le Secret des Restiac

MAXIMY (DE) Hubert
Le Bâtard du Bois noir

MAXIMY (DE) René
Le Puits aux corbeaux

MAZEAU Jacques
Mensonges
La Ferme d'en bas
La Rumeur du soir
La Dénonciation
Le Retour de Jean
Le Pré aux corbeaux

MOUCHEL Jean
La Robe bleue d'Hélène
Le Fils d'Hélène

NÉDELLEC Gérard
L'École de monsieur Paul

NIGREMONT Georges
Jeantou le maçon creusois

NIQUET Gilberte-Louise
Le Destin des Vanbergh
Les Enfants du beffroi

PALET (DE) Marie
Le Sentier aride
La Tondue
L'Enfant oublié
Retour à la terre
Amandine

PERRÈVE Paul
Les Galoches rouges
La Burle

PEYRAMAURE Michel
Le Bonheur des Charmettes
Le Château de la chimère
Les Flammes du paradis

POURRAT Henri
et L'OLAGNE Jean
Sur la colline ronde

PÉLISSIER Patrice
L'Ange et le Loup

PINCE Jacques
Les Blouses grises

PLUCHARD Mireille
Le Petit Bâtard

PRORIOL René
Antoinette

PUIJALON Bernadette
Le Moulin des retrouvailles

QUEREILLAHC Jean-Louis
La Moiss-batt (Trois Sillons de terre rouge)*
*Rouge est ma terre (Trois Sillons de terre rouge**)*

RABUTEAU Pascal
Les Faveurs de Sophie

REY Georges
Le Bal des sabots
La Montagne aux sabots

RIBES Georges
Les Gens de la vallée

ROSSET Jean
Les Porteurs de terre

ROUANET Marie
Nous les filles
Quatre Temps du silence

ROUANET Marie
et JURQUET Henri
Apollonie

ROUIL Jacques
Les Rustres

ROUQUET Jean
L'Enfant de la Borie

SAND George
La Mare au Diable

SELO Joël
Les Vieux Démons

SORDELLI Jean-Claude
Le mal rôde

SOURY André
Le Pain blanc

SOYEZ Jean-Marc
La Tuile à loups
Au café de l'Église
Les Galoches de Julia

STEVENSON Robert Louis
Voyages avec un âne dans les Cévennes

TAMAIN Louis
L'Encre violette
Le Temps de l'école

THIROLLE Jérôme
Les Doigts d'or d'Élise

TISSERAND Pierre
L'Arbre au pendu

TOUPET Armand
La Bouzoute

VALETTE Paule
La Meule éclatée
Les Jours derrière la montagne

VAN DER MEERSCH Maxence
L'Empreinte du dieu

VENTRE Julien
Julien, berger des collines
Julien des collines

VERDIER Henri
Les Lentilles vertes

VERRIER Michel
Là où les chèvres sont pires que les loups
La Taille de la Saint-Vincent
Les Vignes du bout du monde
La Ferme des Pitaval
Le Mystère de Millepertuis
Le chien qui faisait peur au diable

VIGOULETTE Daniel
Les Ombres du Léman

VINCENT Claude
Les Roses de l'hiver

VITTÉ Louis-Olivier
La Servante
L'Enfant de la rivière
La Vallée des illusions